KB088688

낯익은
괴물들

테마소설-촉법소년×성 착취×인공지능

김종광

김이설

서유미

듀나

주원규

김은

권정현

김희진

신주희

폭스코너

차례

#누구의잘못

#범죄

#죽범소녀

✕ 시골악귀 ✕

✕

김종광

김종광

1998년 《문학동네》에 단편소설로 데뷔.

2000년 《중앙일보》 신춘문예 희곡 당선. 신동엽창작상 수상.

소설집 《경찰서여, 안녕》, 《모내기 블루스》, 《낙서문학사》,

《처음의 아해들》, 《놀러 가자고요》, 장편소설 《야살쟁이록》,

《똥개 행진곡》, 《조선통신사》, 산문집 《웃어라, 내 얼굴》 등이 있다.

×

강수가 학교—어른들이 흔히 '소년원'이라고 부르는 감옥—에 들어가기 전날이었다.

아빠가 엄마에게 물었다.

"〈낭만에 대하여〉라는 노래 알지? 네 아버지 십팔번이잖아. 낭만이 무슨 뜻인 줄 알아? 낭만이 뭔지 아냐고?"

엄마가 마지못해 대꾸했다.

"이 판국에 그걸 왜 알아야 하는데?"

"나도 몰랐는데 비로소 알겠어."

"듣고 싶지 않아."

"좀 들어봐. 나도 말 좀 하고 살자."

"실컷 말해봐."

"옛날에 거지발싸개 같은 소설 하나를 읽었어. 심지어 제목도 기억나. 〈경찰서여, 안녕〉이라고. 줄거리가 어떻게 되냐면, 삼십 년 전에 딱 네 새끼 같은 놈이 하나 있었지. 유치원 때부터 좀도둑질을 해대는 거야. 초등학교 때는 아주 상습범이었지. 그놈 꿈이 괴도 루팡이야. 설정부터 어이 상실이지. 네 새끼처럼 촉법소년이라도 보호처분은 가능해. 교도

소에 못 집어넣어도 소년원에는 집어넣을 수 있단 말이야. 근데 강수 그놈은 아직 만 10세가 안 되서 보호처분도 불가능해. 아무튼 그놈은 지역사회의 골칫덩이였지. 황당하게도 형사가 보호자이자 선생이자 아빠 노릇을 해. 형사 숙직실에서 먹이고 재우면서. 경찰서 식당 할머니랑 아줌마는 엄마 노릇을 하고. 이게 말이 되는 얘기냐? 작가 새끼는 지가 직접 본 일인 것처럼 썼더라만. 자기가 전경을 그 경찰서에서 했는데 그놈한테 한글도 가르쳐주고 그랬다는 거야."

"텔레비전에서 본 얘기 같아."

"원래 단편소설인데 〈베스트극장〉인가 〈드라마시티〉인가에서 한 번 했었어. 그런 형사 있을 수 있지. 그런 부처님 가운데 토막 같은 형사가 왜 없겠어. 내가 낭만적이라고 얘기하는 건 그 개새끼를 부모처럼 형, 누나처럼 챙겨주고 보호해준 경찰서 사람들이 아니야. 그놈 자체야."

"우리 강수도 그런 형사 만났으면 소년원까지 안 갔다고."

"그놈은 도둑놈이야. 그놈을 무슨 자유를 갈구하는 투사처럼 그려놓았어. 그놈이 경찰서 탈출하는 얘기를 무슨 '고난의 행군'처럼 써놨어. 그러니 그놈이 저지른 범죄는 중요하지 않게 돼. 그 새끼를 챙겨주는 착한 사람들, 탈출을 꿈꾸는 소년이라는 스토리 때문에 그놈이 범죄자라는 사실, 그놈의 도둑질 때문에 많은 부모와 학생이 고통 받았다는 사실은 휘발되었어. 이런 게 바로 낭만주의였어. 감상적인 그림

같은 이야기로 본질을 덮어버리는 게 낭만이었다고. 홍길동, 임꺽정, 장길산, 일제 때 건달들은 어렸을 때부터 폭력배였고 도둑놈이었고 강도였어. 걔들 때문에 다치고 죽은 사람이 얼마나 많은 줄 알아? 그것들을 의적, 활빈당, 독립운동가로 포장하는 게 낭만주의란 말이야. 〈낭만에 대하여〉라는 노래가 바로 그렇잖아. 산업화세대의 고통을 낭만적인 유행가로 가렸다고. 그놈이 경찰서를 탈출해서 어떻게 살았을 거 같아? 여행을 떠난 어린 왕자처럼 그려놓은 그놈이 어떻게 살았을 거 같으냐고? 결국은 또 도둑질을 했겠지. 더 나쁜 짓도 저질렀겠지. 소년원에 갔을 거고, 교도소에 갔을 거고, 계속 감옥을 들락날락했을걸. 그저 구제불능의 타고난 범죄자의 한때를 미화한 거라고. 무책임하게. 그런 소설을 좋다고 뽑은 작자들이 정신 나갔지."

"아는 게 많아서 좋겠다. 그렇게 많이 알면서 아들이 저 지경이 되도록 그냥 놔뒀니? 걔 부모는 어떤 사람이었어? 우리처럼 한심했지?"

"야, 대체 우리가 왜 한심하다는 거야. 우리 정도면 나쁜 부모는 아니야. 굶겼냐? 학원 안 보내줬냐? 공부하라고 강요했냐? 그놈은 조실부모해서 찢어지게 가난한 형 밑에서 맞으면서 컸다는 핑계라도 있지. 네 새끼는 대체 뭐가 문제냐?"

"나 혼자 낳았냐? 왜 '네 새끼'래. 이게 다 너 때문이야. 너니 새끼랑 대화 한 번 나눈 적 있어? 니 새끼랑 놀아준 적 있어? 네가 아빠니까 아들은 네가 책임져."

"돈 벌어오느라고 애랑 못 놀아줬다. 아빠가 안 놀아줬다고 도둑질을 해? 친구를 패? 선생님을 칼로 찔러? 저게 사람 새끼냐. 너희 집안에 저런 유전자 있지? 우리 집안엔 저런 유전자 없단 말이야."

"말이면 다야?"

강수가 문을 열고 빽 소리를 질렀다.

"씨발, 연놈들아, 조용히 안 해!"

아빠가 달려가서 손바닥을 치켜올렸다.

"이 개새끼를 진짜!"

강수는 똑바로 쳐다보고 발악했다.

"그래, 죽여라, 죽여!"

*

육경면민화합잔치가 있던 날, 역경리가 발칵 뒤집혔다. 스물여덟 호 중 스무 집이 털렸다.

대문이 제대로 있는 집이 드물었다. 문단속을 착실히 해놓은 집도 없었다. 대문이 허술하지 않다 해도, 문단속을 단단히 했다 하더라도 마음만 먹으면 얼마든지 들어갈 수 있었다. 울타리는 대개 개구멍 숭숭 뚫린 나무였고, 담은 없는 거나 마찬가지였다.

노인 한 명 아니면 두 명만 사는 집이 태반이었다. 노인이 기거하는 방은 표시가 났고, 샅샅이 뒤진 흔적이 역력했다.

추석 연휴가 끝나고 보름밖에 안 돼 현금 피해가 컸다. 우선 보란 듯이 놓인 저금통은 당연히 없어졌다. 농협 가서 돈 찾는 건 쉬워도, 농협에 예금하는 건 어려운 노인들이다. 아껴 쓰는 게 체질이니 아직까지 수십만 원씩 있었고, 겨우 몇 시간 놀러 가는 거고, 괜히 사람 많은 데 가지고 갔다가 잃어버릴까봐 다들 집에 놔두었다. 딴은 꼭꼭 숨겨놨다지만 그래 봐야 장롱 속이나 화장대나 장판 밑이나 싱크대 어딘가였다.

패물도 몽땅 털렸다. 그 밖에 조금이라도 돈이 될 만한 물건은 싹 가져갔다. 개 있는 집도 꽤 되었다. 개들은 모조리 총을 맞은 상태였다. 즉사하지 못해 피를 흘리며 고통스레 살아 있는 개들도 있었다.

이 집 저 집에서 노인네들 곡하는 소리가 요란했다.

육경파출소 박 순경은 피해액 집계하기가 엔간히 힘들었다. 다들 천만 원 이상씩 도둑맞은 것처럼 떠벌렸다. 노인들의 엄살과 과장을 최대한 덜어내고 계산하니 평균 백만 원가량은 털린 듯했다.

도둑놈들을 멀리서 본 이가 있었다.

"관광버스가 어르신들 태우고 떠난 지 한 십 분 지났나, 오토바이 세 대가 마을로 들어오더라고요. 꽤 괜찮은 오토바이들이었어요. 어르신들이 끌고 다니는 작은 오토바이 말고 배달 아저씨들의 오토바이 정도는 되더라고요. 막 올라가더라고요. 바이커들이 길을 잘못 든 줄 알았죠. 도둑놈이라면 그렇게 시끄러운 소리 내가며 보란 듯이 들어오겠어요. 그러니까요, 그런 무식한 놈들이 도둑놈인 줄 알았겠느냐고요. 가는 건 당연히 못 봤죠."

아주 가까이서 본 노인네들도 있었다.

중풍 노인네는 열심히 말했으나 박 순경이 알아들을 수가 없었다.

오 년을 요양원에 있다가 죽을 날 받아, 집에 돌아온 아흔여섯 살 노인은 눈만 끔뻑댔다.

욕쟁이 노인은 기다렸다는 듯이 쏟아냈다.

"내가 완전 왕따잖여. 내가 이 동네서는 같이 놀 사람이 없어서 면소재지 가서 종일 고스톱 치는 사람인디 거기 사람들도 중학교로 놀러 갔을 거 아녀. 별수 없이 오늘은 테레비나 조져야겠구나 하고 있는디 누가 문을 벌컥 열고 들어오대. 오토바이 헬멧을 쓰고 있어서 얼굴은 못 봤지. 그 새끼가 스마트폰에다 대고 뭐라고 하대. 그니께 텔레비전 변조 목소리가 나와. '띠팔년, 움직이면 밟아 죽인다.' 이러는겨. 와, 나도 평생 욕 많이 하고 살아서 욕이 얼마나 더럽고 무서운지 잘 아는디, 그놈 욕은 듣는디 모골이 송연하대. 그놈이 막 뒤지는겨. 속으로 비웃었지. 실컷 뒤져봐라. 아무것도 없지롱.

'띠발년, 거지네' 하더니 돼지저금통을 드는겨. 아이구, 내 돼지저금통. 손주 대학 갈 때 줄라고 수십 년을 모은 것이여. 만 원짜리도 들어가고 오만 원짜리도 들어가고 자식들이 줄 때 받아서 무조건 넣어놨다고. 천만 원도 넘을 텐데! 놈 바짓가랑이를 붙잡았지. 야, 그건 안 된다. 제발 봐주라. 봐주기는 커녕 '뒈질래?' 그러더라고. 근데 이번엔 그놈이 스마트폰에다 대고 말한 게 아니거든. 딱 들으니께 애 목소리여. 야, 좆새끼야, 너 몇 살이나 처먹고 도둑질이냐? 그 새끼가 '골로 보내줄까?' 하면서 나를 뻥 차더라니께. 여기 봐봐. 좆새끼 잡으면 살인미수 추가여."

욕쟁이 노인이 허벅지를 보여주었다. 시퍼런 멍이 들어 있었다.

공주댁은 아직도 떨고 있었다.

"나는 아무 말도 안 했어. 딱 보니 키만 컸지 애더라고. 여자애 같던데. 망치인지 도끼인지도 들었더라고. 나는 바로 이불 뒤집어썼어. 한 사람이었냐고? 아니, 둘이던데."

여교장은 갑자기 이십 년은 더 늙어버린 듯했다.

"내가 보기에도 애들 같습디다. 내가 그래도 교장 했던 사람인데 도저히 그냥 보고 있을 수가 없어 한마디했어요. 이놈들, 커서 뭐가 되려고 그러냐? 그랬더니 두목으로 뵈는 놈이 헬멧 대가리로 박치기를 합디다. 기절했다가 방금 전에 깨어났어요."

여교장은 그 뒤에 당한 능욕은 차마 말하지 못했다.

*

아이들이라는 건 확실했다. 아이들이 오십 시시 스쿠터도 아니고 백이십오 시시 넘는 오토바이를 타고 다녔다. CCTV가 있는 집은 딱 한 채였다. 소를 삼백 마리도 넘게 키우는 그 집만 털리지 않았다. 하지만 안녕 시 전체 CCTV를 통해 사진을 수십 장 얻었다. 오토바이 번호판도 보이지 않았고 제대로 찍힌 사진이 없었다. 그래도 오토바이들이 육경면 어디선가 출발했고 육경면 어딘가로 사라졌다는 건 특정할 수 있었다.

박 순경이 중2 학생 넷을 찾아냈을 때, 강수는 달아난 뒤였다.

셋은 반성한다기보다는 겁을 잔뜩 집어먹어 말을 제대로 못했다. 애들은 애들이었다.

강수와 동거했다는 소녀는 애 같지가 않았다. 거침없이 잘도 대답했다. 자랑질이라도 하는 듯했다.

"우리는요, 조직 이름도 있어요. 5땡단! 5인조 오토바이절도단, 5가 두 개니까 줄여서 5땡단!"

녀석들은 역경리처럼 스물여덟 호나 사는 큰 마을은 처음 털었지만 서너 집 이하로 사는 외딴마을은 수시로 털었다. 개가 있는 집은 다섯이 함께 털었고, 빈집은 두세 명씩 나누어 털었다.

"개 키우는 집이 부자거든요. 지킬 게 있으니까 개새끼로 지키는 거죠. 엽총요? 훔친 거죠. 강수 엄청 명사수예요. 백발백중. 사격선수 했으면 올림픽 금메달 땄을걸요. 강수는 일부러 개 있는 집을 찾아다녔어요. 개 죽이려고. 개 죽이는 게 너무 재미있대요."

육경면 내 마을을 턴 것은 이번이 처음이었다.

"양심이 있지, 우리 면을 털 수는 없잖아요. 글고 오토바이를 탔으면 좀 달려야죠. 강수가 오토바이 타는 걸 너무 좋아했어요. 오토바이도 다 훔친 거죠. 강수가 옛날부터 역경리 범골 손 한번 볼 거라고 했어요. 강수 엄마가 역경리로 노인네들 똥 닦아주러 다녔거든요. 강수 엄마가 좆나게 미투당했대요. 말하자면 복수하러 간 거예요."

훔치기만 한 게 아니었다.

"우리도 사람 있는 집은 안 들어가려고 했거든요. 잡히는 건 구리니까. 근데 들어가보니 있는 걸 어째요. 꼰대가 가만히 있으면 우리도 안 건드렸어요. 자꾸 뭐라고 하니까 조용히 시키려고 패버린 거죠."

박 순경은 두 소년에게 물었다.

"설마 성폭행도 했니?"

"강수만 했어요. 그 새끼는 되게 밝혀요."

딱 잡아떼더니 인정했다.

"몇 번 같이 했어요. 강수가 안 하면 죽이겠다고 해서. 강수 진짜 살벌한 새끼예요. 우리는 걔한테 맞아 죽기 싫어서 따라다닌 것뿐이에요."

텔레비전에서 들었던 촉법소년의 범죄들이 총망라되었다. 듣는 내내 귀가 의심스러웠던 강수의 담임교사가 물었다.

"니들 소실 쓰니? 니들은 사람이잖아? 어떻게 그럴 수가 있어."

동거 소녀가 맹랑히 대꾸했다.

"강수 말로는 소년원엔 자기보다 더한 애들 천지래요. 그리고요, 다시 한 번 강조하는데요, 우리는 강수가 시켜서 했어요. 강수가 시키는 대로 안 하면 우리 엄마 아빠까지 목 따버릴 거라고 위협했어요. 정말이에요."

담임교사가 울음을 터트렸다.

"니들, 강수한테 다 뒤집어씌우는 거니?"

동거 소녀가 삐쭉댔다.

"샘도 여러 번 걸레 될 뻔했어요. 강수가 샘을 착하게 봐서 봐준 거지."

피해자들은 개를 잃고도 도둑을 맞고도 폭행을 당하고도 윤간을 당하고도 왜 신고하지 않았을까.

"강수가 딱 폼 잡고 말했거든요. '우리 촉법소년인 거 알지? 소년원 갔다가 금방 나온다. 다시 찾아와서 네 새끼들 모가지 딸겨.' 그러면 무서워서 아무도 신고 못하더라고요. 신고했는데 수사를 제대로 안 했는지도 모르죠. 경찰 바보인 거 세상이 다 알잖아요."

박 순경은 무슨 말을 들을까 두려워하며 물었다.

"사람은 안 죽였지?"

"한 번 죽일 뻔하기는 했는데. 강수가 진짜 많이 팼거든요. 담배 먹고 있는데, 꼰대 하나가 담배 피운다고 지랄하잖아요. 강수가 그런 건 싫어하거든요, 말 많은 거. 강수가 막 팼어요. 꼰대가 싸움도 못하면서 개겼거든요. 강수가 학교서, 소년원서, 겁나게 얻어터지면서 싸움이 되게 늘었대요. 강수가 꼰대 벗겨놓고 거시기를 담뱃불로 지졌다니까요. 왜냐고요? 그냥요. 재미있잖아요. 강수는 지지는 재미가 있고 우리는 보는 재미가 있고."

"그러다가 사람 죽으면 어쩌려고. 그건 살인미수야."

"강수 혼자 있을 때 죽였는지도 모르죠. 그러고도 남을 새끼예요. 나도요, 강수랑 살면서 죽을 뻔한 적 많거든요. 개새끼, 기분을 맞출 수가 없어."

"강수는 어디로 갔니?"

"모르죠. 경찰 아저씨, 강수한테서 우리 지켜줄 수 있어요?"

네 촉법소년의 부모는 육경면의 유지였다. 아이들이 범행 일 년 동안 훔친 것들은—현금 오백만 원 정도를 강수가 갖고 튄 것을 제외하면—그대로 있었다. 돈이 필요해서 훔친 게 아니었다는 것을 증명하듯. 부모들은 역경리 노인네들에게 돌려주고 위로금까지 얹어주었다. 아이들을 데리고 다니면서 사죄시켰다.

"미안요. 강수 새끼가 시켜서 그랬어요."

*

석탄산 봉우리들과 구름 서너 점이 수놓은 서쪽 하늘. 저런 풍경을 보면 괜찮은 표현이 좀 떠올라야 하지 않나. 어떻게 아름답구나, 기이하구나! 밖에 안 떠오르냐. 이러니 등단은 고사하고 온갖 아마추어공모전에서 장려상 한 번을 못 탔지. 머리칼을 쥐어뜯었다. 나름 창작의 고통 중이었다. 디카시공모전에 투고할 글이었다. 친구들은 '디카시가 시냐? 낙서지!' 비웃었지만 상금에 눈이 먼 학생에게는 시든 낙서든 상관없었다. 잘 안 써지는 걸로 봐서 디카시가 낙서는 아닌 게 분명했다.

"되게 이쁜디."

앳된 목소리가 멧돼지처럼 나타났다. 소스라치며 벌떡 일어났다. 스마트폰이 뚝 떨어졌다. 멧돼지는 티브이로만 보았다. 실제로는 멧돼지를 본 일이 없다.

몰러, 다른 동네서는 멧돼지 무서워서 못 살겠다는디 할미는 아직 본 일이 없다야. 멧돼지도 뭐가 있어야 나타나지. 할미는 멧돼지 좋아하는 고구마 같은 걸 안 심으니께. 멧돼지 무섭다는 핑계 대고 할아버지 묘에 성묘도 안 가려는 손녀에게 장담하던 말씀이었다.

한 일주일은 조심스럽게 다녔는데 멧돼지는커녕 고라니도 마주친 적이 없다. 사람 하나 보지 못했다. 한 집에 한 명씩만 쳐도 스물여덟 명이 사는 동네. 논바닥에서 일하거나 마을길을 오가는 노인들을 심심찮게 볼 수 있었다. 아이구야, 평평한 맨길 걸어댕기는 것도 벅찬 노인네만 남았는디 누가 산속을 돌아다닌다니. 사진 찍어 인터넷 검색을 해봐도 이름이 헷갈리는 새와 곤충은 무수히 만났지만, 위협감을 주는 생물체와는 전혀 조우하지 않았다. 다만, 무의식 한가운데 멧돼지를 만날지도 모른다는 겁이 은근히 남아 있었나. 저 예쁘게 생긴 소년을 보고 멧돼지를 떠올리다니.

161센티미터인 여자보다 머리통 하나는 더 있었다. 고1은 확실히 아닌 것 같고, 중3쯤 돼 보였다. 요새 꽃미남 아닌 소년 없다지만, 돋보이는 외모였다. 여기가 사막처럼 황량한 가을 산속이어서 그런지도 모르겠지만 소년이 키만 좀 작았다면 '어린 왕자'를 만난 것으로 착각할 뻔했다. 사람이 제일 무섭다고 섬뜩했던 여자는 안심이 되었다. 저런 착하게 생긴 소년이라면 겁먹을 게 하나도 없지.

"누구랴?"

당황스러운 목소리였다. 애늙은이 말투랄까. 시골은 노인네나 애나 말투가 다 똑같네. 절로 미소가 나왔다.

최대한 살갑게 반문했다.

"너야말로 누구니? 너 왜 학교에 안 갔어? 그리고 넌 어른한테 왜 초면에 반말이니? 너 왜 마스크 안 썼니? 아, 나도 안 썼지. 이런 산속에서까지 마스크 쓰면 웃기지. 그렇지?"

"씨발년, 말 좆나 많네."

잘못 들었나. '어린 왕자'가 저렇게 말할 리가 없다.

"뭐…?"

소년은 뭘 들고 달려왔다. 너무 놀라 소리를 지르지도 못하고 여자는 얼어붙었다. 비로소 비명을 지르려고 하는데 알아서 입을 벌려준 꼴이 되었다. 야구공처럼 땅땅하게 뭉친 칡넝쿨 뭉치가 입안으로 쑥 들어왔다. 숨이 컥 막혔다.

소년은 여자를 들쳐 업었다. 여자는 발버둥 쳤다. 스무 발짝쯤 가서 소년은 칡넝쿨 바닥에 여자를 패대기쳤다. 여자는 정말로 별을 보았다.

악귀의 목소리가 들렸다.

"가만 안 있으면 죽여버린다."

여자는 정신이 들었다. 악귀의 얼굴이 보였다. 악귀는 여자의 청바지를 벗기고 있었다. 이런 데는 뱀이 살지 않나. 뱀도 텔레비전으로만 보았지만. 시월 초순이다. 뱀은 겨울잠 자러 들어갔을 거야. 벌써? 모르겠다. 벌레들은 어쩌지. 지금 악귀가 뭘 하려는 거지. 안 돼! 여자가 저항의 몸짓을 하자 악귀가 닥치는 대로 때렸다. 손바닥으로 후려치고 주먹으로 가슴을 팍팍 치고 무릎으로 허벅지를 찍었다. 여자는 누구한 테 맞아본 적이 없었다. 단 한 번도.

여자는 가만히 있었다.

죽을지도 모른다! 일단 살아야 한다. 드라마나 영화에서 얼마나 많이 보았던가. 죽음까지 당하는 여자들을. 어떻게 하면 살 수 있을까. 질문이 잘못되었나. 어떻게 하면 악귀가 살려줄까. 청소년이니까, 청소년은 아직 여리니까 살려줄지 도 몰라. 청소년이 여려? 개소리, 청소년이 더 악귀다. 어른 이고 청소년이고 본성이 문제다. 세 살 본성 여든 살까지 간 다. 가해자의 본성에 피해자의 생사가 걸려 있다니. 본성이 착한 놈이라면 백주대낮에 무덤 가까이에서 다짜고짜 누군 가를 겁탈하지는 않을 테다. 본성이 악한 놈이니 이런 짓을 저지를 수 있다. 이런 짓을 저지른 놈이니 필시 나를 죽이고 야 말겠지.

바다 같은 하늘에 구름배 세 척이 항해 중이었다. 이런 아 름다운 풍경 속에서 이런 개 같은 일을 당하고 있다는 것이 억분했다. 악귀를 한눈에 알아보지 못한 눈을 파버리고 싶었 다. 악귀라는 걸 알아챘다면 도망쳤을 것이다. 악귀가 아니 더라도 사람이 제일 무섭다. 무조건 보는 순간 도망쳐야 했 다. 태권도학원을 여섯 달 다니고 만 것이 후회되었다. 신종 플루 아니면 메르스가 왔을 때 감염 위험을 핑계로 그만두 었다. 태권도 끝나고 노는 것은 즐거웠지만, 지청구 먹으면서 이상한 자세와 움직임을 반복하는 것은 싫었다.

생리 끝난 지가 언제였더라. 일주일 전? 열흘 전? 위험하다. 최대한 빨리 피임약을 먹어야 한다. 다른 여자들도 악귀가 지랄하는 동안 월경주기를 계산했을까. 얼마나 비참했을까. 왜 정신을 잃지 못하는 것일까.

여자는 완전히 벗겨져 있었고, 악귀도 완전히 벌거숭이였다. 도망가볼까? 발가벗고? 살 수만 있다면 잠깐 벗고 달려도 괜찮다. 할머니 집까지는 이백 미터쯤. 가깝고도 먼 거리. 악귀는 여자보다 빠를 테니 금방 붙잡힐 테다. 할머니 집에 무사히 간다 해도 대책이 없다.

할머니는 병원에 갔다. 이 고장은 팔월 말까지 코로나 감염자가 없어 청정구역을 자랑하다 구월 초순에 여덟 명이 확진되었다.

아이구야, 난리, 난리다. 하루에 이장이 몇 번씩 방송하고, 공무원이 차 타고 댕기면서 떠들고, 전화 계속 오고. 뭘 뭐라고 햐. 나돌아다니지 말라는 거지. 그렇지 않아도 노인네들이 겁나서 나가지도 않고 자식들도 내려오지 말라구 해쌓고 청정구역인데도 참 조심조심 살았는디 아주 감옥처럼 산다니께. 병원 가는 게 낙인 할마씨들이 병원도 못 가고. 나도 병원 갔다가 시원하게 목욕하고 오는 게 낙인디.

악귀는 할머니 집까지 쳐들어올 것이다. 신고하면 여기 경찰은 얼마나 빨리 올까. 차로 오 분 거리에 파출소가 있기는 한데. 참 스마트폰은 어디 있지?

새삼스레 말할 수 있다는 걸 느꼈다. 녀석이 빼준 건지, 절로 빠진 건지 모르겠으나 입안에 칡넝쿨 뭉치가 없었다. 조심스레 물었다.

"저기, 옷 좀 입어도 될까⋯."

존댓말어미 '요'를 붙일까 말까 망설였다.

"안 돼. 한 번 더 할겨."

발가벗겨진 채 악귀와 누워 있는 것이 싫었다. 옷을 꼭 입고 싶었다.

"입고 있다가 다시 벗기면 되잖니."

"튀려고 그러지? 죽는다."

입어도 된다는 뜻일까? 여자가 몸을 일으켰다. 악귀가 뺨을 호되게 때렸다.

"확 진짜 죽여버린다."

바닥에 닿은 등짝이 미치게 가려웠다. 움직이면 또 맞을까봐 움쩍도 못했다. 비로소 눈물이 났다. 너무 무서워서 눈물샘도 얼었었던 모양이다.

"울지 마, 씨발년아."

드라마나 영화에서 무수히 보았듯이, 시키는 대로 다 한다고 죽일 놈이 살려주는 것도 아니고, 살려줄 놈이 죽이는 것도 아니잖은가. 그것부터 알고 싶었다. 악귀가 살려줄 놈인지 죽일 놈인지. 말을 해보는 수밖에 없었다.

"살려줄 거지?"

악귀는 금방 대답했다. 마치 물어보기를 기다리기라도 했던 것처럼.

"하는 거 봐서."

"나 신고 같은 거 절대 안 할 거야. 정말이야. 아무 일 없다는 듯이 조용히 살게. 믿어줘."

"신고하든지 말든지."

"신고 안 한다니까, 정말. 누나 말 믿어줘."

"누나 같은 소리 하고 자빠졌네. 걸레년이."

"말이 심하다, 좀."

"난 선생년한테도 대놓고 걸레년이라고 하거든."

"너 참 말버릇이…."

악귀가 여자의 머리통과 뺨과 가슴을 난타했다.

"젊은 게 벌써 꼰대질이여."

여자는 지난겨울에 학원강사를 했다. 초등학생 고학년부터 중학교 3학년까지 두루 가르쳤다. 학원에서 만난 중학생들은 참 착했다.

초등학생들한테 삥을 열다섯 차례 총 십삼만 원 뜯었던 길산이, 자기 아버지 차로 질주하여 사람까지 죽인 청소년들을 흉내 낸다고 자기 어머니 차를 끌고 나갔다가 십 미터도 못 가 경비실을 들이받은 두환이, 편의점 주인을 꾀어낸 태우와 그사이에 현금을 턴 정희, 친구가 자기 머리통을 건드렸다고 친구의 머리통을 볼펜으로 찍은 승만이…. 그 개놈들마저 이놈에 비하면 얼마나 착한 아이들이었던가.

여자는 슬그머니 윗몸을 일으켰다. 저만치 노란 티셔츠가 보였다. 나머지는 어디 있는지 안 보인다. 청바지도, 팬티도, 브래지어도, 카디건도. 할머니는 언제쯤 돌아오실까? 일찍 돌아와도 손녀를 찾지는 않을 것이다. 할머니, 내가 없다고 생각해. 조금이라도 날 챙기거나 귀찮게 하면 바로 올라갈 거야. 신신당부해두었으니.

악귀가 뭘 내밀었다. 분신과도 같은 여자의 스마트폰이었다. 이걸 왜 주는 걸까? 얼른 119를 눌러버릴까.

"고맙다."

여자는 감사히 받아 들었다.

"풀라고."

"왜?"

"좀 보게."

"왜 남의 것을 함부로."

악귀가 또 뺨을 때렸다.

"맞는 게 좋냐?"

악귀가 칡넝쿨 뭉치를 여자 입에 쑤셔 넣었다. 여자를 던지고 차고 밟았다. 악귀는 여자를 사람으로 생각하지 않는 게 분명했다. 여자를 무생물 취급하고 있었다. 살아야 한다! 여자는 있는 힘을 다해 무릎을 꿇었고 두 손을 싹싹 비볐다.

목소리는 나오지 않았지만 살려주세요, 살려주세요 갈구했다. 스마트폰이 보였다. 구타당하며 패턴을 그렸다. 한 번에 그리지 못해 몇 대를 더 맞았는지 모른다.

하늘은 변함없이 선명했다. 충분히 알고 있다. 성폭행당한 여자의 상당수가 살해당했다는 것을. 혹시 살아나더라도 그때의 고통이 배가된 트라우마에 시달려야 한다는 것을. 정순이와 민해도 그렇게 떠났다. 만약 밤이라면 정순이별 민해별이라도 찾아볼 텐데. 내 별이라도 찾아볼 텐데. 아까 있던 구름조차 가뭇없었다.

"이 소설 어떤 새끼가 쓴겨? 졸나 말도 안 된다."

여자는 자기한테 묻는 소리인 줄 몰랐다. 악귀가 째렸다.

"아직 덜 맞았냐? 누가 쓴겨?"

웹소설 같은 걸 보는 거라면 저렇게 물을 리가 없다.

"카톡에 있는 거?"

"그래."

"내가 썼지."

"네가 소설을 써?"

"어."

"너 깉은 병신이 어떻게 소설을 쓰냐?"

"미안해."

"모자란 년, 뭐가 미안하다는겨."

어떤 소설가가 말했다. 소설에는 세 가지가 있다. 스마트폰으로 읽히는 웹소설, 대중이 좋아하는 장르소설, 문단 사람들끼리 읽고 쓰는 클래식소설.《시계태엽 오렌지》라는 소설이 떠올랐다. 온갖 강력범죄를 일삼는 청소년 주인공 알렉스는 자기 방으로 돌아오면 교향악을 감상한다. 악귀는 알렉스 같은 놈인 모양이다. 사람을 이렇게 만들어놓고 그 사람의 스마트폰을 뒤져 웹소설이 아니라 클래식소설을 읽다니.

*

엄마는 마스크를 벗다가 소스라치게 놀랐다. 아들이 있었다. 가까스로 진정하고 아는 체를 했다.

"왔니? 이 판국에 잘도 돌아다닌다."

아들은 자기를 낳아준 사람을 걸그룹 소녀 보듯 내리훑더니 물었다.

"벗고 다니냐?"

의문이 아니라 야단인지도 모르겠다. 공포가 엄마의 등골을 타고 흘렀다.

식탁에 피자와 치킨이 있었고, 양주와 담배가 있었다. 담배 냄새가 지독했다.

"문이라도 열고 피우지."

엄마는 거실 창문을 활짝 열었다. 늦가을이 한아름 들어왔다. 시내가 내려다보였다. 인적 드문 곳이었다. 고향 선배의

별장이었는데 공짜로 살고 있었다. 저런 악귀가 있는 줄 알면 당장 집을 비우라고 하겠지.

"요새 만나는 새끼는 어떤 새끼야?"

변성기에 접어든 아들의 목소리. 악귀의 얼굴을 어떻게 봐야 할지 모르겠다. 얼마 만에 보는 거지. 석 달 만인가.

"이리 와."

"엄마, 옷 좀 갈아입고."

"이리 오라니까."

"옷부터 갈아입어야지."

"두 번 말하게 할래?"

엄마는 아들에게 뛰어갔다.

"벗어."

"다?"

"코트 달라고."

엄마는 얼른 코트를 벗어주었다. 강수는 스마트폰을 꺼내고 코트는 휙 집어던졌다.

"엄마가 또 신고할까봐 그러는구나. 엄마 신고 같은 거 안 해. 저번에 네가 죽인다고 했잖아. 엄마는 더 살고 싶어. 해봤자 넌 촉법소년이잖아. 금방 풀려나올 거잖아."

"소년원도 감옥이야. 나는 죽어도 감옥에 안 갈 거야. 계란찜 해줘."

비닐봉지에서 계란이랑 파랑 양파랑 감자를 꺼냈다. 사람에게는 분명 이성적으로 설명하기 어려운 부분이 있다. 어째 사고 싶더라니. 뚝배기에 계란 세 개를 풀어 넣고 파, 양파, 감자를 잘게 썰어 넣었다.

촉법소년과 우범소년 등을 보호하며 교정교육을 하는 법무부 소속 특수교육기관에 다녀오면 변할 줄 알았다. 교정까지는 아니더라도 조금은 착해질 줄 알았다. '완득이'처럼 될 줄 알았다. 텔레비전 〈학교〉 드라마에 나오는 청소년들처럼 반성하고 뉘우칠 줄 알았다. 공기 좋은 시골에 오면 유순해질 줄 알았다. 선량한 시골 아이들과 학교를 다니면 아이도 선량해질 줄 알았다.

박 순경에게 불과 일 년 동안 저지른 강수의 무수한 범죄를 듣고 까무러쳤다. 강수는 악귀가 되어 있었다. 시골에서 그렇게 된 건지, 소년원에서 그렇게 된 건지, 아니면 엄마 뱃속에서부터 그랬던 건지, 하여간 악귀가 아니고 뭘까.

악귀가 사라졌다가 몇 달 만에 귀가했다. 대구에서 코로나가 창궐하던 때였고, 경찰들도 더는 찾아오지 않던 때였다. 그때까지만 해도 아직은 사람이라고 생각했다. 사람이 아니라고 깨닫는 데는 한 시간도 걸리지 않았다. 악귀는 엄마를 거리낌 없이 때렸다. 아들한테 장난이 아니라 진짜 얻어맞고 제정신일 수 있는 엄마가 얼마나 될까. 엄마는 이성을 상실하고 아들에게 대들었는데, 아들에게 곱빼기로 더 얻어맞고 차마 말할 수 없는 수치를 당했다. 엄마는 저게 내가 낳은 아들이 아니라 악귀임을 인정하고서야 엄마 노릇을 포기할 수 있었다.

코로나가 끝나가는 듯하다가 서울 광화문집회 이후 다시 퍼졌을 때, 악귀가 또 불쑥 찾아왔다. 처음부터 아들이 아니다, 사람도 아니다, 악귀라고 생각하니 편했다. 경찰에 신고하려다가 걸렸는네, 악귀가 또 무지하게 팼다. 아들에게 맞는 게 아니라 악귀에게 맞는 것이므로 참을 만했다.

엄마는 식탁에 계란찜을 올려놓았다.

"뜨겁다, 천천히 먹어."

악귀가 잠깐 아들로 보였다.

"저기, 아들. 밥도 먹으면 안 될까?"

"줘."

"그래, 조금만 기다려. 얼른 새 밥 해줄게."

"햇반 없어?"

"아니, 엄마가 밥 해주고 싶어서."

"언제 기다려?"

"그래, 그럼 찬밥이라도 줄게."

엄마는 만사가 귀찮고 먹는 데 성의가 없어져 거의 밥을 안 하고 살았다. 요양원에서 노인네들이 남긴 밥을 대충 먹고 살았다. 어제저녁은 무슨 바람이 불었는지 밥을 새로 지었다. 한술도 못 먹고 말았지만. 밥한 지 열 몇 시간은 지났으니까 새 밥은 아니었지만 아무튼.

밥 한 공기를 퍼서 올려놓았다. 계란찜을 거의 다 먹은 악귀는 밥을 보자 막 퍼먹었다. 이럴 줄 알았으면 반찬이라도 해놓는 건데.

"엄마, 여기 앉아 있어도 돼? 너 밥 먹는 거 보고 싶어서 그래."

악귀는 답이 없었다. 엄마는 맞은편에 앉았다.

"나도 한 잔 마셔도 되지?"

엄마는 양주 한 잔을 따라 마셨다. 양주도 이 별장 주인 언니의 것이었다.

악귀가 문득 말했다.

"엄마가 해준 계란찜이 가끔 생각나."

엄마? 대체 얼마 만에 듣는 '엄마' 소리인가. 기억도 나지 않았다. 자꾸만 악귀가 아들로 보이려고 했다.

"아빠한테는 전화해봤니?"

"그 씹새끼, 다시는 씹 못하게 좆대가리를 잘라버릴겨."

악귀의 흐뭇한 표정, 정말 오랜만에 본다. 언제 보고 못 보았지.

"한 잔 따라봐."

악귀가 술집 여자한테 시키듯 했다. 엄마는 아들에게 한 잔을 곱게 따라주었다.

악귀가 졸린지 꾸벅꾸벅 졸았다.

"아들아, 어떻게 살았어? 우리 아들 홍길동인가봐. 잡히지

도 않고. 너 범골에 또 갔었니? 그 동네는 왜 자꾸 가? 그래도
많이 착해졌다. 그 누나 안 죽이고 살려줬다면서."

"죽여서 뭐 해."

"그래, 사람은 절대 죽이면 안 되는 거야."

"죽여도 싼 꼰대도 많아. 그 누난 착해서 봐줬어."

"네가 착한 걸 알아?"

"씨발년이 뭐래?"

"엄마가 미안."

*

엄마는 초강력 대형 스카치테이프로 둘둘 묶어놓은 악귀를
내려다보았다. 한 치의 빈틈도 없이 둘렀다. 저렇게 길고 징
그러운 벌레를 내가 낳았다니. 자궁을 들어내버리고 싶었다.

아들 때문에 한참 괴로워할 때 박 순경이《다섯 번째 아이》
라는 소설을 읽어보라고 했다. 위안이 될 겁니다.

두꺼웠다면 읽어볼 엄두를 못 냈을 것이다. 얇은 책이었
다. 아마 이런 얘기였다. 서양 무슨 나라 부부가 다섯 번째 아
이를 낳았다. 그 아이는 갓난아기 때부터 악귀의 조짐을 보
였다. 악귀가 자라면서 자연스럽게 가정은 붕괴했다. 어머니
는 끝까지 악귀가 아니라 사람이라고 우기면서 보호하려고
했지만 결국 정신병원 같은 데 보내게 된다. 정신병원 같은

데서는 계속 묶어놓다시피 하고 종일 약을 먹였다. 어머니는 충격을 받아서 그 아이를 데리고 돌아왔다. 그리고 어떻게 됐더라? 그다음이 기억나지 않았다.

박 순경에게 물었다. 무슨 위안이 된다는 거예요?

강수 같은 애가 한둘이 아니라는 거잖아요. 어머님 잘못이 아니라는 거예요.

그럼, 누구의 잘못인가요?

돌연변이니까, 유전자의 실수라고 봐야겠죠.

"아들아, 엄마가 어떻게 했으면 좋겠니? 네가 아직도 만 열세 살이라는 게 믿기지 않는다. 교도소에 보낼 수 있으면 덜 고민일 텐데. 네가 소년원에 가면 다른 애들을 괴롭힐까봐 그래. 너 같은 진짜 악귀 말고 재수 없어서 끌려온 애들도 있을 거 아냐. 너는 걔들까지 오염시킬 놈이야. 넌 코로나보다 백배 천배 나빠!"

녀석이 깨어나면 어떡하지? 수면제의 효력이 어느 정도일까? 언젠가는 악귀가 올 거라고 믿었다. 수면제 백 알을 빻아 가루로 만들어 찬장에 넣어두었다. 계란찜에 수면제를 뿌리면서 어찌나 떨었던지. 무엇보다 악귀의 입이 무서웠다.

"야, 개새끼야. 엄마한테 씨발년이 뭐니? 왜 욕이 아니면 말을 못하니. 내가 너를 그렇게 가르쳤어? 엄마를 때리는 놈이 어딨어? 이 패륜아야."

새삼스럽게 억분했다. 엄마는 악귀의 뺨을 한 대 때렸다.

한 대 때리고 나니 기분이 괜찮았다. 또 때렸다. 미친 듯이 때렸다. 손이 아팠다. 손에 잡히는 대로 쥐고 패고 또 팼다. 녀석은 미동도 하지 않았다. 죽었나? 녀석이 꿈틀댔다. 녀석의 입에다 테이프를 붙였다. 욕을 못하도록.

어떻게 해야 하는 것일까.

첫째, 신고한다. 악귀에게는 현상금까지 걸려 있다. 아무데라도 전화하면 마스크 쓰는 것도 잊고 달려오겠지만, 이왕이면 박 순경에게 영광을 주고 싶다. 여러 가지로 많은 도움을 받았다. 녀석은 소년원에 갔다가 소년교도소로 옮겨질 테다. 하나도 교정되지 않을 것이다. 나중에 출소하면 머지않아 거듭 사고를 쳐서 교도소에 들어갈 것이다. 죽을 때까지 그렇게 살겠지.

둘째, 죽인다. 이번에 잡혀가도 몇 년 후에 악귀는 나올 것이다. 다시 잡힐 때까지 얼마나 많은 사고를 칠 것인가? 지금까지는 사람을 안 죽였다지만 죽일 수도 있다. 꼭 직접 목숨을 끊어야 죽이는 것인가. 악귀에게 당한 사람 중에 죽지 못해 사는 이들이 얼마나 많을 것인가. 그런 악귀를 둔 엄마도 이렇게 살기가 괴로운데, 그 악귀에게 직접 당한 사람들은. 악귀를 낳은 사람이 책임져야 한다. 영화에서도 그런 거 많이 봤잖은가. 에일리언 새끼를 안은 여전사가 용암 속으로 뛰어드는 영화가 뭐였더라.

셋째, 떠난다. 악귀를 저대로 놔두고 나 혼자 떠난다. 저 악귀를 차 트렁크에 싣고 같이 떠난다. 어디로? 언제까지? 떠난다는 것은 너무 막연하고 답이 없다. 즉각 해결할 수 있는 방법이 필요하다.

넷째, 저 악귀를 개과천선시킨다. 무슨 수로. 엄마 말도 안 듣는 악귀가 누구의 말을 듣겠는가. 저 악귀가 소년원에 있을 때 저 악귀에게 좋은 말씀을 들려주었던 사람들이 못난 사람들이겠는가. 그걸로 밥 먹고 살아온 훌륭한 선생님들이셨다. 그분들도 교화를 못 시킨 저 악귀를 누가 무슨 수로.

다섯째, 뇌수술을 해버린다. 이 방법이 제일 확실한 것 같다. 텔레비전에서 많이 봤다. 유튜브에서도 본 적 있다. 옛날 뇌수술을 잘못해서 많은 사람이 백치가 되었다는 것을. 저 악귀에게 꼭 필요한 게 바로 그 수술이다. 저 녀석의 뇌를 열고 폭력 유전자 혹은 폭력 신경세포를 제거해야 한다. 도려내야 한다. 말도 안 되는 생각이지. 좀 현실적인 생각을 하라고.

여섯째, 정신병원으로 보내버린다.

사실 엄마는 알고 있었다. 셋째, 넷째, 다섯째는 그냥 해본 생각이고, 방법은 셋 중에 하나였다. 신고한다, 죽인다, 정신병원에 보낸다. 셋 다 무서워서 결행하지 못할 뿐이다. 아냐, 잘 생각해보면 또 다른 방법이 있을지 몰라. 왜 없어, 또 있을 거라고.

악귀가 깨어나기 전에 어디든 전화를 걸어야 한다. 보석을 흩뿌려놓은 듯한 시내 밤풍경. 코로나19에도 저토록 밤의 빛은 다채로웠다. 십자가들이 참 많다. 저 십자가는 얼마나 크길래 여기에서도 십자가처럼 보이는 걸까. 저 십자가는 악귀들 때문에 생긴 거잖아. 종교를 가져볼까.

*

악귀가 간절한 눈으로 호소했지만, 엄마는 무시했다. 녀석의 용변 사정을 봐주다가 역전당할 수 있다. 영화에서처럼 미련하게 틈을 안 줄 것이다. 아무리 지독한 냄새가 나도. 악귀는 오줌을 싸고 똥을 쌌다. 악귀도 생리현상은 어쩔 수가 없구나.

엄마는 테이프를 뜯어냈다.

"아들, 욕 한 마디라도 하면 다시 테이프 붙일 거야. 욕 안 할 거지."

악귀가 끄덕였다.

"엄마가 너무 궁금해서 꼭 물어보려고. 넌 진짜 왜 이러는 거니? 이유라도 알면 좋겠어."

"몰라."

"너 생각이란 걸 하기는 해?"

"나 머리 좋아."

"너 공감세포가 없는 거야?"

엄마는 악귀의 뺨을 호되게 꼬집었다. 악귀가 비명을 질렀다.

"씨발년 죽인다."

엄마는 다시 스카치테이프를 붙였다. 악귀는 지가 싼 오줌 물에 데굴데굴 굴렀다.

삼십 분 후에 다시 테이프를 뜯어냈다.

"욕하지 말라고. 엄마가 욕을 싫어한다고."

"안 해."

"존댓말 못해? 존댓말해."

"왜?"

"소원이야. 지금 못 들으면 다시는 못 들을 테니까."

"왜 죽이게? 좋아, 죽여. 난 하나도 무섭지 않아."

"대답해봐. 너 공감 같은 게 안 돼?"

"좋아."

"뭐가 좋아?"

"꼰대가 살려달라고 비는 게."

"너 정말 사람이니?"

"착한 사람은 안 건드렸어. 한 명도."

"너같이 악한 놈이 어떻게 착한 사람을 알아봐?"

"딱 보면 알아."

"자랑이니?"

"씨발년 왜 자꾸 물어."

"내가 너를 어떻게 낳았는데!"

"엄마 잘못이 아냐."

"누구 잘못이냐고! 하느님 잘못이니? 부처님 잘못이야?"

"아빠 새끼 잘못이지."

"아빠가 뭔 잘못이야?"

"그 새끼가 나쁜 유전자를 줬잖아."

"엄마가 너한테 어떻게 해줬으면 좋겠니? 네가 원하는 대로 해줄게."

"살려줘."

"안 죽여. 엄마가 아들을 어떻게 죽이니."

"풀어달라고."

"안 돼. 네가 무서워."

"씨발년아, 그럼 죽이든가."

엄마는 황급히 악귀의 주둥이에 테이프를 붙였다. 엄마는 진짜 욕이 싫어!

엄마는 몇 달 전에 사다 둔 석유를 악귀에게 뿌렸다. 최후의 용틀임을 끝내고 기진맥진한 악귀 옆에, 엄마는 누웠다. 라이터를 들었다.

✕ 테임 ✕

✕

김이설

김이설

소설집 《아무도 말하지 않는 것들》, 《오늘처럼 고요히》,
경장편소설 《나쁜 피》, 《환영》, 《선화》, 《우리의 정류장과 필사의 밤》,
연작소설집 《잃어버린 이름에게》가 있다.

×

닫힌 방문 너머로 킬킬대는 태현의 웃음소리가 들렸다. 희미하게 담배 냄새가 맡아졌다. 입을 맞추며 소미의 가슴께로 조심스럽게 손을 올리던 지훈은 더 이상 참지 못하고 벌떡 일어났다. 중심을 잃은 소미가 기우뚱 넘어지며 교복 치마가 훌렁 뒤집혔다. 지훈은 아랑곳지 않고 방문을 열어젖혔다. 뿌연 담배 연기가 훅 끼쳤다.

"아이씨, 이 방에선 피우지 말라니까!"

담배를 들고 있던 예랑이 멀뚱히 지훈을 쳐다봤다. 태현은 사육장 앞에 쪼그려 앉아 있었다. 그중 한 개의 사육장 문이 열려 있고 태현의 손에는 블루텅스킨크가 쥐어져 있었다. 보름 전에 분양 받은 혀가 파란 줄무늬 도마뱀이었다. 저 새끼가! 지훈은 태현에게 와락 달려들었다.

"야, 이 새끼야, 꺼내지 말라는 말을 몇 번이나 해야 알아듣냐? 씨발새끼, 일부러 그러는 거냐?"

지훈은 태현의 손에 쥐어져 있던 도마뱀을 잡아빼 다시 사육장에 넣었다. 사육장에 넣자마자 블루텅스킨크가 은신처로 숨어들었다. 태현은 계속 키득댔다.

"이게 웃겨?"

"응."

태현은 사육장 앞에 더욱 바짝 달라붙어 다른 도마뱀들을 살펴보았다. 열네 마리의 도마뱀들은 각자의 사육장에서 느릿하게 움직이거나 자고 있거나 숨어 있었다. 소미가 지훈을 불렀다. 예랑은 벌써 현관에서 운동화를 신고 있었다. 소미가 태현을 쏘아보며 입을 삐죽 내밀었다.

"예랑이가 재미없대. 할 것도 없고…."

예랑이 인사도 없이 현관을 나섰다. 그제야 태현이랑 예랑이랑 둘이 같이 있게 한 게 잘못이었다는 생각이 들었다. 예랑이랑 태현이가 엮일 거라고 생각한 자신이 한심했다.

"학원은 어떻게 할 거야?"

같은 건물에 소미의 수학학원과 지훈의 영어학원이 있었다. 시간도 같아 만나서 가거나 만나서 돌아오곤 했다. 지훈이 대꾸했다.

"몰라."

소미가 교복을 매만졌다. 딱 맞는 셔츠를 입은 소미의 동그란 가슴을 보자 지훈은 입이 말랐다. 입을 맞추는 건 쉽게 됐는데 그다음은 잘 안 됐다. 가슴에 손이 닿기만 해도 소미가 화들짝 놀라며 지훈을 밀쳐냈다. 지훈은 예랑이 때문이라고 생각했다. 혹시나 예랑을 떼놓을 수 있을까 싶어 태현을 불렀다가 안 부르니만 못하게 되었다. 태현의 기척이 들리지 않아 다시 불안해진 지훈은 서둘러 소미를 배웅했다. 태현은 아까와 같은 자세 그대로 입을 벌린 채 도마뱀을 쳐다보고 있었다. 벌린 입에서 침이라도 떨어질 것 같았다. 미친 새끼. 지훈은 담배 냄새를 빼기 위해 방 창문과 거실 창문까지 열었다. 초여름인데도 맞바람이 불어 금세 서늘해졌다. 도마뱀 걱정에 냄새가 다 빠졌는지 확인도 못하고 서둘러 창문을 닫았다. 어느새 태현은 냉장고 문을 열어 콜라를 꺼내 마시고 있었다.

지훈은 태현이 자기 집처럼 무람없이 지내는 것이 싫었지만 어쩔 수 없었다. 술, 담배 심부름을 해주는 것으로 들락거리게 한 것부터가 잘못이었다. 무엇보다도 지훈이 애지중지하는 도마뱀을 자꾸 만지려 해서 여간 거슬리는 게 아니었다.

"뭐 해, 너도 가, 새끼야."

지훈은 태현의 등짝을 발로 툭툭 치며 말했다. 그 말에 태현은 비죽 웃으며 일어나 지훈의 집을 나섰다.

지훈이 태현을 처음 알게 된 건 초등학교 4학년 때였다. 전학 간 학교의 첫날 아침. 낯선 학교로 아이들이 줄지어 등교하고 있었다. 엄마는 마치 자기가 다니게 될 학교인 양 바짝 긴장한 얼굴로 지훈의 손을 잡아끌었다. 엄마 손을 잡고 등교하는 건 지훈밖에 없었다. 지훈은 얼굴이 달아올랐다. 부끄러워진 지훈은 엄마의 손을 뿌리치려 했다. 그러나 그럴수록 엄마는 더 세게 손을 그러잡았다. 지훈은 엄마 손에 끌려 교문으로 들어섰다.

등교하는 아이들 사이에서 화단 앞에 쪼그려 앉아 있는 애가 보였다. 질서 정연한 등굣길 풍경에 유일하게 어울리지 않는 사람이 다행히 지훈 혼자는 아니었던 것이다. 지훈은 어쩐지 조금 안심이 되기도 했다. 화단 앞에 쪼그려 앉아 있던, 훗날 물어보니 흙을 파내며 지렁이를 찾고 있었다던 그 애가 바로 태현이었다.

이번에 전학 온 김지훈입니다. 친하게 지내도록 하세요. 지훈 대신 첫인사를 해준 담임의 말에 교실의 아이들은 하나같이 네, 라고 대답했다. 그때 대답 없이 혼자 교실 뒤편을 서성이던 아이도 태현이었다. 태현이 주목하고 있는 건 교실 뒤 사물함 위에 둔 개구리 사육장이었다. 담임의 지적에도 불구하고 태현은 좀처럼 자리에 앉을 줄 몰랐다. 아이들의 얼굴에 권태로운 짜증이 피어올랐다.

다음 날은 비가 내렸다. 최대한 느린 걸음으로 학교로 가던 지훈은 아파트 화단 난간을 기어가는 달팽이를 발견했다. 지훈은 그 달팽이를 주워 나뭇잎 위에 올려놓으려던 참이었다.

"그거 나 줘."

태현이 다짜고짜 손을 내밀었다. 지훈이 대답하기도 전에 달팽이를 가로챈 태현이 그걸 두 손가락으로 순식간에 으스러뜨렸다. 그러고는 킬킬 웃으며 가던 길을 가버렸다. 갑작스럽게 벌어진 일이어서 지훈은 아무 말도 못하고 잠시 멍하게 서 있어야 했다. 그날 하굣길, 지훈과 태현은 화단의 달팽이를 잡아 죽이는 놀이를 했다. 잡는 건 주로 지훈이, 죽이는 건 태현의 역할이었다. 밟아 으깰 때마다 뽀그작 하는 작은 소리가 들렸다. 그 소리가 들릴 때마다 태현은 깔깔 웃어댔고, 새 친구가 빨리 생긴 것이 좋았던 지훈도 괜히 소리 내어 따라 웃었다.

전학한 이유는 지훈의 부모가 갈라서면서 엄마가 운영하는 레스토랑 근처의 아파트로 이사를 했기 때문이었다. 지훈은 태현과 노는 시간이 아니면 대부분의 시간을 혼자 보냈다. 그 무렵이 엄마 아빠가 이혼한 직후라는 걸 지훈은 나중에서야 깨달았다. 세 식구에서 두 식구로, 두 식구인데도 늘 혼자 지내야 하는 지훈의 유일한 친구는 태현이었다.

태현은 아이들에게 직접적인 피해를 주지는 않았다. 다만 살아 있는 것들, 곤충이나 징그러운 벌레를 보면 가만히 두지 못하는 성격이었다. 지훈의 전학 첫날 태현이 교실 뒤를 서성였던 것도 개구리 사육장 때문이었다. 물론 반 아이들은 결국 개구리 성체를 관찰할 수 없었다. 태현이 성체가 되도록 놔둘 아이가 아니었다.

태현은 개미를 죽여도 꼭 손바닥에 올려놓고 짓이겨 죽였다. 잠자리는 살아 있을 때 퍼덕이는 꼬리를 잘라내거나, 다리를 잡아 찢어 내장이 튀어나와 죽게 했다. 방과 후 생명과

학 시간에 받아온 누에고치, 생이새우, 사슴벌레, 장수풍뎅이 모두 다 그렇게 자기 손으로 죽여놓고 킬킬댔다. 압권은 거북이였는데 손바닥만 한 거북이를 뒤집어놓고 몸통을 칼로 그어버린 일이었다. 살아 있는 것들을 죽일 때마다 태현의 옆에는 지훈이 있었다.

열네 개의 사육장 안에는 도마뱀이 하나씩 들어 있었다. 총 열네 마리의 도마뱀은 지훈이 초등학교 시절부터 모아온 것들이었다. 엄마와 아빠가 싸운 다음 날, 얼굴이 퉁퉁 부은 엄마는 예전부터 사달라고 조르던 크레스티드게코를 사들고 왔다. 엄마는 지훈에게 선물이라고 했지만 엄마의 미안함의 표시라는 걸 지훈은 모르지 않았다. 그것이 지훈의 첫 번째 도마뱀이었다. 두 번째 레오파드게코는 엄마 아빠가 싸운 다음 날 아빠가 들고 온 도마뱀이었다. 도마뱀이 한 마리씩 늘어간다는 건 엄마 아빠 사이가 점점 나빠진다는 증거였다. 도마뱀이 여덟 마리쯤 되자 아빠가 짐을 빼 나갔다. 아홉 번째 도마뱀은 전학을 한 다음 날, 열 번째 도마뱀은 태현이 전학을 갔을 때, 열한 번째는 엄마 몰래 아빠의 오피스텔을 찾아갔던 초등학교 졸업식 날이었다.

지훈은 한 달에 한 번쯤 아빠를 보러 오피스텔에 가곤 했다. 졸업식을 한 날이어서 그런지, 혼자서 저녁을 먹기가 싫었던 탓인지, 그날따라 지훈은 연락 없이 무작정 아빠를 찾아갔다. 그날 오피스텔 문을 열어준 것은 낯선 여자였다. 여자 뒤로 아빠가 바지춤을 올리며 엉거주춤하게 서 있었다. 그 여자의 치마 끝자락이 팬티에 껴 있는 걸 아빠가 서둘러 빼주었다. 열한 번째 도마뱀인 크레릴리화이트를 산 건 바로 여자의 검은색 팬티를 본 날이었다. 퓨전화이트 색감에 도살도 아주 넓어 멋지게 생긴 고가의 도마뱀이었다. 아빠가 집으로 데려다주는 길에 자주 들르던 애완동물 숍에서 졸업선물로 사준 것이었다. 그러나 지훈에게 크레릴리화이트는 검은색 팬티를 떠올리게 할 뿐이었다.

열두 번째 도마뱀은 작년 학폭위에서 강제 전학이 정해진 날에 입양한 비어드래곤이었다. 같은 반 여자애한테 한 말이 꼬투리 잡혀 강제 전학까지 당하게 된 것을 생각하면 지훈은 아직도 화가 치밀어 올랐다. 어울리던 애들과 몰려 있던 지훈이 지나가던 여자애를 훑어보며 무심코 했던 말이 문제가 되었다.

씨발, 쟤 가슴 좀 봐라. 존나 땡기네.

한 것도 아니고, 하자고 한 것도 아니고, 한번 해보면 어떨까도 아니었다. 그저 땡긴다고 말한 것이 도대체 뭐가 문제인지 몰랐다. 그 말이 공론화되면서 예전의 잘못들이 튀어나오기 시작했다. 일부러 여자애들과의 스킨십을 유도했다, 쉬는 시간에 남자애들과 자위 이야기와 성기 크기 이야기를 했다, 수업 시간에 바지 안에 손을 넣고 있었다는 것도 여자

애들은 끄집어냈다. 지훈은 어이가 없었다. 농담이었다고, 장난이었다고, 기억에도 없는 일이라고 해도 받아들여지지 않았다. 기다렸다는 듯이 같은 반 남자애들도 말을 보태기 시작했다. 억지로 담배를 피우게 했다, 술 심부름을 시켰다, PC방 비용을 내라고 했다…. 다 저희들이 좋아서 한 일인데 지훈의 잘못으로 몰아세웠다.

"이 씨발년들이 나한테 붙고 싶어서 먼저 굽신거렸던 주제에! 언제는 좋다고 같이 다녔잖아, 씨발아!"

교실을 지나갈 때마다 교실 문을 발로 차며 소리를 질러댔지만 아무 소용이 없었다. 선생들이 시키는 대로 반성문을 쓰거나 사과문을 쓰기도 했는데 결국엔 강제 전학으로 결정이 났다. 피해 학생의 부모들이 강제 전학이 아니면 등교 거부를 하겠다고 단체 행동을 했기 때문이었다.

가장 최근에 분양을 받은 건 청록색의 프라시나 도마뱀이었다. 한여름의 열세 살 생일을 혼자 보낸 날이었다. 나쁜 일이 생길 때마다 들여놓은 도마뱀들은 지훈에게는 반창고와 같았다. 치료가 될 수 없는 미봉책으로, 결국 상처가 여기에 있다고 알려주는 징표 같은 것.

강제 전학을 간 학교에서 태현을 만났을 때 지훈은 마음이 놓였다. 아는 애가 하나도 없는 학교와 한 명이라도 있는 학교의 의미는 달랐다.

소미를 볼 생각으로 학원에 가려고 나섰던 지훈은 현관에 잠시 서 있다가 다시 방으로 들어갔다. 갑자기 모든 게 다 귀찮아졌다. 지훈은 입은 차림 그대로 침대에 누워 소미에게 메시지를 보냈다.

—나오늘안감ㅋㅋ

—그럴줄알았음ㅋ

—ㅇㄷ?

—학원가는중

—우리집으로와

—왜?

—싫으면말고ㅋㅋ

소미는 그 뒤로 답이 없었다. 지훈은 베란다에 나가 담배를 피워 물었다. 담배는 세 개비밖에 없었다. 아까 태현을 보내기 전에 담배 좀 사다 달라고 할걸. 동네 백수처럼 생겨 담배나 술을 살 때 한 번도 신분증 검사를 받아본 적이 없는 태현이었다. 어쩌면 지훈이 태현과 계속 만나는 이유는 담배나 술을 손쉽게 얻을 수 있기 때문일지도 몰랐다. 세 개비 남아 있는 걸 확인하고 나니 더 피우고 싶었지만 억지로 참았다. 배는 고팠는데 집에 먹을 거라곤 식빵과 우유, 콜라밖에 없었다. 엄마가 레스토랑 사장이어도 소용없었다. 라면 아니면 시켜 먹어야 했다. 배달 앱을 열어 메뉴를 살펴보는데 소미에게 연락이 왔다.

—갈게

소파에 누워 있던 지훈이 벌떡 일어나 앉았다.

—피자먹을래?

—ㄴㄴ

—ㅇㅋ 빨리와

지훈은 핸드폰의 소미 사진을 열어놓고 바지춤을 내렸다. 드디어 할 수 있다는 생각에 지훈의 얼굴이 달아올랐다. 소미의 얼굴을 보며 자위를 했던 적이 처음은 아니었으므로 빠르고 쉽게 끝냈다.

어울리는 애들 중에서 지훈의 마음에 드는 건 소미밖에 없었다. 소미는 뭐랄까, 보통 애들 사이에서는 노는 애처럼 보였고, 노는 애들 사이에서는 모범생처럼 보이는 애였다. 평상시에는 화장을 심하게 해서 뽀얗고 예쁜 얼굴처럼 보였지만 가끔 예고 없이 집 앞으로 찾아가서 보게 되는 소미의 맨얼굴은 너무 평범해서 귀여운 데가 있었다. 특히, 눈꼬리가 처진 게 아주 앙증맞았다. 술은 좀 마셔도 담배는 피우지 않는 것도 마음에 들고, 가느다란 다리에 동그란 가슴도 예뻤다. 딱 날라붙는 셔츠에 아슬아슬하게 짧은 교복 치마를 입은 걸 볼 때마다 지훈은 아래가 묵직해지는 기분이 들었다. 저 교복 치마를 확 뒤집을 수 있다면. 검은 팬티를 입은 소미를 침대 위로 내동댕이칠 수 있다면. 여하튼 골초 예랑과 붙어 다니는 것만 아니면 다 좋았다.

벨 소리가 들렸다. 지훈은 서둘러 현관문을 열었다. 현관문 밖에는 소미가 아니라 태현이 서 있었다. 태현의 손에는 몸이 축 늘어진 고양이가 들려 있었다.

중학교에서 재회한 뒤에야 태현이 6학년이 되자마자 갑자기 전학을 가버리게 된 이유를 알았다. 이사를 간다는 말도 없었는데 하루아침에 사라진 태현에 대해서 지훈은 제법 서운했다는 기억이 선명히 남아 있었다.

"우리 엄마가 장학사인 거 몰랐냐?"

"내가 어떻게 아냐. 그래도 그만한 게 다행이었네."

"다행은 무슨. 어차피 촉법인데."

길고양이 꼬리를 잡아끌고 다닌 걸 동네 사람이 촬영했고, 그것이 맘카페에 공유되면서 태현의 개인정보가 노출되었다. 그 당시의 태현이라면 그러고도 남았다. 아니, 꼬리를 끌고 다닌 정도면 양호했달까. 지훈은 태현이 길고양이를 죽여 왔다는 것도 알고 있었다. 지나가는 사람들에게 비비탄 총을 쏘고 길고양이에게 돌멩이를 던지거나 자기가 사는 십칠 층 아파트에서 아래로 물건을 버리는 일도 다반사였다. 오래된 그림책, 탁상시계, 플라스틱 컵이나 가위 같은 물건을 아무렇지 않게 집어던지곤 했다. 지훈이 왜 그러느냐고 물을 때마다 태현은 킬킬 웃으며 가볍게 대답했다.

"그냥. 재밌잖아."

특별한 이유 없이 그냥이라는 데 지훈은 뭐라 덧붙이지 못했다. 그 버릇이 어디 갈 리 없었다.

"그렇다고 죽은 고양이를 들고 오면 어떡해, 새끼야."

"그런가?"

태현이 실실 쪼갰다.

"아, 씨, 또라이 새끼."

지훈은 소미가 올 시간이 다 되어가는 것이 불안했다. 오늘이 기회인데 태현 때문에 놓치고 싶진 않았다. 아니나 다를까, 엘리베이터가 열리면서 소미가 나타났다. 소미는 태현을 보자마자 엘리베이터에서 내리지도 않고 다시 문을 닫고 내려가버렸다. 지훈은 소미가 자기를 향해 원망스러운 눈빛을 보낸 걸 놓치지 않았다. 지훈은 다음 엘리베이터로 내려가보았지만 소미는 보이지 않았다. 아파트 현관으로 고양이를 질질 끌고 나오는 태현만 보였다. 여전히 실실 웃어대고 있었다. 지훈은 집으로 올라가지 않고 학원으로 향했다.

소미가 나올 때까지 학원 앞에서 기다리며 지훈은 편의점에서 삼각김밥과 콜라를 사 먹고 유튜브로 게임 영상을 봤다. 학원에서 왜 안 오냐는 문자가 왔지만 대꾸하지 않았다. 곧이어 엄마의 문자도 도착했다. 엄마는 오늘도 늦을 것 같다며 기다리지 말고 먼저 자라고 했다. 지훈이 학원에 오지 않았다는 문자를 엄마도 받았을 텐데 그 이야기는 언급조차 하지 않았다. 요 근래 엄마는 자정을 넘어 귀가하는 일이 잦았고, 아침엔 깨워주지도 못하고, 등교하는 것도 모른 채 자기 일쑤였다. 지훈은 엄마에게 만나는 남자가 있다는 걸 알고 있었다. 헤드폰을 끼고 있던 지훈이 엄마의 말에 대꾸를 하지 않았더니 안 들리는 줄 알고 거실에서 무심히 통화했던 적이 있었다. 엄마는 통화를 하는 상대에게 오빠라고 불렀다. 아빠에게는 너라고 부르던 엄마였다. 그 뒤로 지훈은 엄마와 이야기하고 싶지 않은 날에는 그저 아무 소리도 나지 않는 헤드폰을 껴버렸다. 방문을 열어본 엄마가 지훈이 헤드폰을 끼고 있으면 말을 시키지 않고 조용히 문을 닫고 나갔기 때문이었다.

엄마가 지훈에게 바라는 것은 자신이 학교에 불려가지만 않게 해달라는 것이었다. 엄마는 지훈이 담배를 피우는 것도, 애들과 어울려 술을 마시는 것도 알고 있었다. 그래서 늘 알아서, 적당히, 눈치껏 하라고만 했다.

소미는 지훈이 따라오는 걸 싫어하지 않는 눈치였다. 팔짱을 끼고 걷던 예랑이 3단지 입구로 들어갔고, 소미는 두 개의 신호등을 지나 1단지로 들어섰다. 지훈은 소미의 팔꿈치를 잡아당겼다.

"왜."

"야."

"뭐."

"그냥 가면 어떡해."

"뭘."

"삐졌냐?"

"내가 뭐."

"근데 왜 그래."

"내가 뭘."

"삐졌네."

지훈은 소미의 팔을 툭툭 건드리며 따라갔다. 소미의 발걸음이 아까보다는 늦춰졌다. 지훈은 그것을 긍정의 신호로 받아들였다.

"이리 와봐."

지훈은 소미의 팔목을 움켜쥐었다.

"이거 봐."

"가자니까."

지훈이 힘을 주어 소미의 팔을 잡아당겼다. 소미가 맥을 못 쓰고 질질 끌려왔다. 지훈은 소미를 벤치에 억지로 앉혔다. 오래된 나무에 둘러싸인 놀이터는 주변보다 어둑했다. 지훈은 다짜고짜 소미에게 입을 맞췄다. 소미가 지훈의 가슴팍을 밀었지만 밀리지 않았다. 오히려 지훈이 소미의 양팔을 세게 잡았다. 한참 입을 맞춘 후에야 지훈은 두 팔의 힘을 풀고 소미를 놔주었다.

"거봐. 너도 좋으면서."

"내가 언제!"

"내일 다시 와."

소미가 눈을 흘기더니 자리에서 일어났다.

"한태현 있으면 안 가."

"그 새끼 정말 못 오게 할게."

어떻게든 소미랑 하고 싶었다. 당장이라도 하고 싶었다. 소미는 알고 있다는 듯이 갑자기 아파트단지 안으로 달려갔다. 소미의 뒷모습에 지훈은 내일이 오지 않을 것처럼 아득하게 느껴졌다. 지훈은 되돌아 집으로 걸어가기 시작했다.

저기 앞에 걸어가는 여자가 보였다. 딱 달라붙은 치마를 입은 바람에 걸을 때마다 엉덩이에 팬티 자국이 드러났다. 멀찍이서 걸어가는 한 가족 외에 주변엔 아무도 없었다. 지훈은 냅다 달리기 시작했다. 발소리에 여자가 흠칫 멈춰 섰고, 그때 여자의 앞가슴을 꽉 쥐었다가 앞으로 달려 나갔다. 숨이 턱에 차오를 때까지 달리자 학원가까지 와 있었다. 그제야 뒤돌아보았다. 어둑하고 서늘한 밤공기만 뒤따라와 있었다. 지훈은 그제야 숨을 크게 들이켰다.

어둑한 거리를 걷는 여자들의 가슴을 훔치듯 쥐었다 도망치기 시작한 건 아버지의 여자를 본 다음부터였다. 고가의 크레릴리화이트 도마뱀으로는 참아지지 않는 무엇을 꺼내버리고 싶었다. 그러지 않고서는 스스로가 터질 것 같았다. 가슴이 잡혔던 여자들 중 단 한 명도 지훈을 따라온 적은 없었다.

1학년 때만 해도 지훈은 수업 시간에 시끄러운 편이었다. 괜히 헛기침을 해 수업 흐름을 깨거나, 옆에 앉은 여학생의 지우개를 뺏어 멀리 던져버리거나, 모둠 활동을 할 때는 엉뚱한 소리만 해댔다. 애들이 귀찮아하고, 번거로워하고, 싫어하는 표정을 보는 게 재미있었다. 가끔 귀찮은 일이 생기면 책상을 발로 차고 일어나며 큰 소리로 욕을 내뱉었다. 순간 교실이 조용해지고 모두 자기를 쳐다보는 것이 좋았다. 그럴수록 자기 주변으로 애들이 모이는 재미도 나쁘지 않았다. 담임에게 몇 번의 전화를 받은 엄마는 신경을 못 써서 미안하다며 용돈을 더 쥐여주었다. 그러나 지훈은 아랑곳하지 않았다. 지훈의 집은 늘 비어 있었으므로 애들이 모이는 곳이 지훈의 집일 때가 많았다. 모여서 하는 일이란 담배를 피우거나, 술을 마시거나, 때때로 눈이 맞은 애들끼리 지훈의 침대에서 뒹구는 정도였다.

길거리에서 담배를 피우다가 주민들의 신고로 걸리기도 하고, 술 냄새를 풍기며 등교를 하는 바람에 학생부 선생에게 잡혀가기도 했다. 그래봤자 반성문을 쓰거나 교내 봉사 몇 시간이면 되었다. 귀찮고 쪽팔린 일일 뿐 무섭거나 두려운 벌은 아니었다.

그러나 2학년이 되고 나서 지훈은 모든 것이 시시해져버렸다. 특별한 이유가 있는 건 아니었다. 그저 모든 것이 다 유치해 보였다. 떼를 지어 PC방에서 노는 것도, 학원 건물 옥상에 모여 담배를 피우는 것도, 술을 마시거나 괜히 애들에게 시비를 걸고 시시덕거리는 일도 재미가 없었다. 그게 하나도 안 멋있게 느껴졌다. 지훈이 권투를 시작한 게 그즈음이었다. 체력 운동을 마치고 잽, 스트레이트, 훅, 어퍼컷을 연습하다 보면 두어 시간이 금세 지나갔다.

체육관을 나올 때는 온몸에 힘이 다 빠진 듯 힘들었지만 어딘가 뭉쳐 있던 속이 조금은 풀린 것 같기도 했다. 운동을 시작한 뒤로는 학교에서 하루 종일 엎드려 잤다. 아무도 지훈을 건드리지 않았고, 지훈도 애들에게 시비를 걸지 않았다. 지훈을 따라다니던 애들은 지훈이 없어도 저희들끼리 어울려 다니면서 술을 마시고 담배를 피우고 연애를 하는 모양이었다. 의리는 있어서 가끔 지훈에게 같이 놀자고 하기는 했지만 지훈은 그때마다 고개를 저었다. 대신 집으로 태현을 불러들였다. 지훈은 술과 담배가 필요했고, 태현은 도마뱀을 좋아했다.

저녁거리로 편의점에서 도시락과 콜라를 사 들고 나오는 길에 태현과 마주쳤던 것이 지난봄이었다. 지저분한 머리에 늙수그레한 얼굴, 게다가 아버지 옷인지 등산바지까지 입고 있어 제법 나이가 들어 보였다. 지훈은 태현에게 담배 좀 사다 줄 수 있느냐고 물었다. 태현은 흔쾌히 담배를 사다 주었다. 태현과 가까이만 지내면 담배와 술을 구하는 데 수월할 것이었다. 지훈이 태현에게 저녁을 같이 먹겠냐고 물었다. 그러겠다는 태현을 지훈의 집에 데리고 간 것이 그 둘이 다시 어울리게 된 시작이었다.

오기로 한 소미가 연락도 없자 지훈은 초조했다. 오늘은 소미와 진짜로 할 생각이었다. 술도 준비해뒀다. 안 되면 술을 먹여서라도 할 생각이었다. 그러나 결국 소미는 오지 않았다. 대신 태현이 또 죽은 고양이를 들고 찾아왔고, 지훈은 집에 들이지 않았다.

담배를 피우러 베란다로 나갔을 때 응급차 한 대가 아파트 단지 안으로 들어오는 것이 보였다. 그러고 보니 아파트 현관 입구에 사람들이 모여 있었다. 후— 지훈이 한숨 같은 담배 연기를 뱉어냈다. 초여름의 밤공기에 담배 연기가 자유롭게 퍼져나갔다. 얼마 안 있어 다시 응급차 사이렌 소리가 들렸다. 지훈은 그 소리를 들으며 캔 맥주를 마셨다. 술을 마신 김에 빈 캔 사진을 찍어 '보고 있냐?'라고 적어 인스타에 올렸다.

다음 날 학교가 술렁댔다. 등교하자마자 엎드려 잠든 지훈도 느껴질 정도로 어수선했다. 여자애들이 우르르 몰려다니며 떠들어댔다. 점심시간이 되어 정신이 든 지훈은 애들이 자꾸 자기를 쳐다본다는 걸 느꼈다. 지훈은 고개를 벌떡 들어 소리쳤다.

"아, 왜 그러는데! 할 말 있으면 제대로 하든가!"

그때 예랑이 다가와 쏘아붙였다.

"지금 잠이 오냐?"

"뭐래."

"소미 얘기 들었어?"

"몰라, 아 왜."

"소미 병원에 있어."

"그게 뭐."

여기저기서 웅성거리는 소리가 들렸다. 지훈을 쳐다보는 예랑의 눈빛에 노여움이 묻어 있었다.

"아, 씨발. 제대로 말을 해야 알아듣지!"

그날 점심시간에 교무실로 불려간 지훈은 그제야 자초지종을 들을 수 있었다. 지훈의 아파트 동 앞에서 소미가 다쳐 쓰러졌는데, 누군가 던진 죽은 고양이에 맞았기 때문이라는 것이었다. 지훈은 태현을 떠올렸다. 지난밤의 응급차를 떠올렸다. 선생님들은 지훈과 관계된 일이냐고 물었다. 소미가 지훈에게 오는 길이었다 해도, 태현이 지훈의 집을 들락거렸다고 해도, 이번 일과 관계가 있다고 말할 수는 없었다. 지훈의 책임이 아니었다. 지훈은 고개를 저었다.

CCTV에 걸린 태현은 남의 아파트 옥상에서 죽은 고양이를 던졌으면서도 끝까지 장난이라고 대답했다. 어두워서 아래에 사람이 있었는지 보이지 않았다고 했다. 태현은 그저 높은 곳에서 떨어뜨리면 고양이가 터질지 궁금했을 뿐이라고 대답했다. 며칠 보이지 않던 태현은 소미의 부상이 크지 않기 때문인지, 엄마가 장학사여서 그런지 별다른 법적 조치를 받지 않았다. 학교에서는 봉사 몇 시간을 부여한 게 다였다.

지훈은 소미가 입원한 병원에 찾아가거나 하지는 않았다. 다만, 자기 때문이 아니라는 확신이 들 때까지 땀을 흘렸다. 지훈은 하교 후 대부분의 시간을 체육관에서 보냈다. 두 어깨의 감각이 사라질 때까지, 팔꿈치가 시큰거릴 때까지 샌드백을 치다 보면 복잡한 마음이 사라지곤 했다.

집에 돌아오면 내내 도마뱀 사육장 앞에 앉아 있었다. 사료 통마다 밀웜을 넣어주고 몇몇 사육장의 벽면과 은신처에 분무기로 물을 뿌려주었다. 만지거나 핸들링이 되도록 길들여지는 테임 훈련을 아직 마치지 못한 듀게코가 있는 사육장 문을 열었다. 분무기로 손에 물을 뿌려준 다음 조심스럽게 손을 넣어 도마뱀의 배를 살짝 건드렸다. 오톨도톨한 돌기가 없는 놈이어서 촉감이 매끄럽고 말캉했다. 테임이 가능해질 때까지는 조금 더 연습이 필요할 것이다. 서두르게 되면 도마뱀에게 스트레스를 주고, 지훈은 팔에 상처를 입을지도 모른다. 지훈은 테임을 마친 도마뱀들을 꺼내 쓰다듬고 핸들링을 하며 시간을 보냈다. 자정이 넘어서 귀가하는 엄마를 보고서야 사육장에 달린 온도계를 체크하고 방을 나섰다.

그 일이 있은 이후에도 태현은 아무 일도 없었다는 듯이 지훈을 찾아왔다. 시키지도 않은 담배와 술을 들고 와서 지훈도 굳이 내치지는 않았다.

보름쯤 뒤부터 소미는 다시 등교를 시작했지만 지훈을 향해 눈길 한번 주지 않았다. 지훈은 종종 가슴이 답답해졌다. 화가 나는 것 같기도 하고, 신경질이 나는 것 같기도 했다. 그것이 소미를 향한 것인지 태현을 향한 것인지 잘 구분되지 않았다. 그래도 태현을 멀리하지는 않았다. 태현이 아니어도 담배와 맥주를 살 수 있는 방법은 있었지만, 그러려면 애들과 다시 어울려야 했다. 혼자 지내다 보니 애들과 왁자하게 보내는 것이 점점 싫어졌다. 뭣도 없는 것들이 있는 척, 센척, 강한 척, 다 해본 척하는 게 지겨웠다. 차라리 태현이 낫다고 생각했다. 태현은 적어도 척은 안 했다. 늘 그냥, 아니면 몰라, 라는 말을 달고 살 뿐이었다.

"진짜 소미가 있는 줄 모르고 던졌냐?"

"몰라."

"야, 이 새끼야. 그나저나 고양이는 왜 자꾸 죽이냐고."

"그냥."

그러고는 씨익 웃음을 지었다. 태현이 좋은 건 쓸데없는 말을 하지 않기 때문이기도 했다. 같이 컵라면이나 먹고, 같이 멀뚱하게 텔레비전을 보거나, 도마뱀을 쳐다보는 일이 전부였다. 태현이 지훈을 찾아오는 건 도마뱀 때문이라는 걸 지훈도 모르지 않았다. 꺼내서 만지지만 않는다면 얼마든지 보라고 했다. 귀에 딱지가 앉도록 누누이 반복해온 말이었고, 태현도 소미와의 일이 있는 이후로는 지훈의 말을 잘 들었다.

지훈이 소미를 찾아간 건 여름방학식을 했던 날이었다. 그날 저녁 소미의 인스타에 올라온 문장 때문이었다.

—나 찾아봐라.

아이스크림을 들고 학원 건물 앞에서 찍은 소미의 셀카 밑에 적힌 문장이었다. 지훈은 자기를 향한 문장이라고 생각했다. 추호의 의심조차 하지 않았다. 진작 조금 더 적극적으로 소미에게 다가가지 못한 것이 후회되었다. 한편으로는 자기에게 기회를 준 것이라는 생각이 들어 기뻤다. 지훈은 학원 앞에서 소미가 나오는 걸 기다렸다가 조용히 따라갔다. 예랑없이 소미가 혼자가 되자마자 소미를 불렀다.

"야!"

소미는 지훈을 보고서도 모르는 척 가던 길을 갔다. 지훈은 소미를 따라가며 한 번 더 불렀다.

"야! 이소미!"

소미가 지훈을 향해 돌아섰다. 우뚝 멈춰 선 소미가 지훈을 노려봤다. 지훈은 엉거주춤 멈춰 서서 소미의 눈빛을 말없이 받아냈다. 지훈의 목덜미에 땀이 배어 올랐다. 해가 진 저녁인데도 더위가 사라질 줄 몰랐다. 지훈은 소미의 눈빛이 의아했다.

"아, 씨. 나보고 뭘 어쩌라는 거야!"

지훈이 소리를 질렀다. 소미는 눈 하나 깜짝하지 않았다. 지훈이 성큼성큼 소미에게 다가갔다. 소미는 지훈의 시선을 피하지 않은 채 두 눈을 동그랗게 뜨고 지훈을 노려봤다.

"오라며?"

"내가 언제?"

지훈이 인스타에서 봤다는 말을 할까 말까 망설이는 동안 소미가 말을 이었다.

"개쪽팔려."

소미가 몸을 돌려 가던 길을 가기 시작했다. 지훈은 다시 조용히 소미를 따라갔다. 두 개의 신호등을 지나고 놀이터를 지났다. 소미가 1단지에 들어서자 지훈은 발걸음을 빨리 해 소미와의 간격을 좁혔다. 소미가 사는 동은 단지의 맨 끝이어서 다른 곳보다 어둑하다는 것을 지훈은 알고 있었다.

"걸레 같은 게."

지훈은 혼잣말을 내뱉었지만 화가 가라앉지는 않았다. 자기를 거절하는 것에 지훈은 익숙지 않았다. 숨을 크게 들이쉬고, 지훈은 소미를 향해 달려갔다. 지훈은 소미의 가슴을 세게 움켜쥐었다가 내처 앞으로 달려갔다.

현관 앞 계단에 태현이 앉아 있었다. 편의점 봉지에는 핫바와 컵라면, 쭈쭈바와 담배, 소주 두 병이 들어 있었다.
"씨발, 넌 갈 데가 우리 집밖에 없냐?"
"응."
태현은 알아서 아이스크림을 냉장고에 넣고, 컵라면 물을 올렸다. 지훈은 도마뱀이 있는 방에 들어가 먹이와 온도를 살펴주고서 식탁 앞에 앉았다. 컵라면 옆에는 나무젓가락까지 가지런히 놓여 있었다. 지겨운 컵라면이었는데 먹으면 또 먹히는 게 컵라면이었다. 국물까지 다 마시고 나자 태현이 물었다.
"도마뱀은 왜 키우냐?"
지훈은 태현처럼 대답했다.
"그냥."
태현이 킬킬 웃으며 고개를 끄덕였다. 지훈이 뭔가 떠올랐다는 듯이 태현에게 한마디 덧붙였다.
"도마뱀 건들면 죽인다."
태현이 지훈을 쳐다보지도 않은 채 고개만 끄덕였다.

여름밤 공기는 실외기 열기까지 더해 숨이 막힐 정도였다. 사방에서 웅웅거리는 실외기 소리가 들렸다. 베란다에서 담배를 피우며 지훈은 아파트단지를 둘러보았다. 열대야 때문인지 사람들이 별로 보이지 않았다. 소미와 다시는 만날 수 없을 거라는 생각이 들자 짜증이 확 솟구쳤다. 지훈은 입안에 고여 있던 침을 모아 있는 힘껏 공중으로 뱉었다. 뱉고 또뱉었다. 누구든지 맞았으면 했다. 지훈의 침을 맞는 재수 없는 인간이 있으면 좋겠다고 생각했다. 지훈은 담배꽁초까지 멀리 던지고서야 실내로 들어갔다.

냉방이 잘된 실내로 들어서는 순간 섬뜩한 기운이 몰려들었다. 거실엔 텔레비전이 켜져 있고, 소주병과 먹다 만 핫바, 빈 소주잔이 아무렇게나 굴러다녔다. 태현이 없었다. 지훈은 정신이 번쩍 들었다. 이 새끼가! 방문을 벌컥 열어젖혔다.

사육장의 문이란 문은 다 열려 있었다. 태현이 그 앞에 앉아 있고, 바닥에는 몇몇 도마뱀들이 기어 다니고 있었다. 무엇보다도 태현의 한 손에는 도마뱀이 쥐어져 있고, 다른 쪽 손에는 커터 칼이 들려 있었다.

"미친 새끼! 말 좀 들어!"

지훈은 다짜고짜 태현에게 달려들었다. 쪼그려 앉아 있던 태현이 주저앉으며 칼을 휘둘렀다. 반바지를 입고 있던 지훈의 다리에서 길게 핏물이 배어나왔다. 지훈은 붉은 피를 보니 머리가 터질 것 같았다. 씨발놈이! 지훈은 다시 달려들었다. 구석에 몰린 태현은 또다시 칼을 휘둘렀고 지훈의 다리에서 붉은 피가 뚝 떨어졌다. 피를 밟은 도마뱀들이 어지럽게 돌아다녔다. 지훈은 커터 칼을 쥐고 있는 태현의 손을 냅다 발로 차버렸다. 태현이 소리를 지르며 칼을 놓치고 몸을 동그랗게 만 채 끙끙거렸다. 지훈은 주저하지 않고 태현에게 주먹질을 해댔다.

지훈이 정신을 차렸을 때는 온 방 안이 엉망이었다. 도마뱀들이 돌아다니며 만든 피 얼룩이 사방에 가득했다. 태현은 눈을 감은 채 널브러져 있었다. 지훈은 양손을 내려다봤다. 손가락뼈라도 부러졌는지 감각이 없는 열 손가락이 덜덜 떨렸다. 블루텅스킨크가 누워 있는 태현의 몸뚱이 위로 올라가기 시작했다. 지훈은 그 자리에 덥석 주저앉았다. 소미의 말캉했던 가슴이 떠올랐다. 엄마가 놓아준 식탁 위의 만 원짜리들과 여름밤의 사이렌 소리와 손을 타고 올라가는 도마뱀의 낯선 촉감… 지훈은 태현의 발을 툭 건드렸다. 미동도 없는 태현을 바라보며 지훈은 중요한 사실을 떠올렸다. 열네 번째 생일이 일주일 뒤였다.

× 열다섯 살이 지난 뒤에도 ×

×

서유미

서유미

2007년 문학수첩작가상을 받으며 등단.
같은 해 제1회 창비장편소설상을 받았다.
장편소설 《판타스틱 개미지옥》, 《쿨하게 한걸음》, 《당신의 몬스터》,
《끝의 시작》, 《홀딩, 턴》이 있고, 중편소설 《틈》, 《우리가 잃어버린 것》,
소설집 《당분간 인간》과 《모두가 헤어지는 하루》를 펴냈다.

×

잘 지내느냐고 묻자 엄마는 약국 문 닫고 휴가나 다녀올까 봐, 했다. 전화기 속의 목소리가 평소보다 3음 정도 낮았다.

약국을 개업한 뒤로 이십 년 동안 엄마가 제일 중요하게 생각한 건 약국 문을 제시간에 열고 닫는 것이었다. 개인 사정 때문에 쉰 적이 없고 내가 독립한 뒤로는 약국에서 살다시피 했다. 끼니는 건너뛰어도 약국 문은 열러 나가던 사람이 늦가을에 휴가를 다녀오겠다고 하니 걱정이 되었다.

—별일이네.

나는 감정을 드러내지 않으려 애쓰며 말했다. 오전에 회의실에서 C와 면담한 뒤로 물이 가득 찬 컵 같은 상태가 이어졌다. 조금만 건드리거나 옆으로 기울여도 왈칵 쏟아질 것 같았다.

—시간 나면 와서 대자보나 써줘. 내가 쓰려니까 혈압 오른다.

엄마는 앞뒤 설명 없이 약국 문 앞에 대자보를 붙여놓을 거라고 했다. 알레르기 약을 사러 가끔 오는 중학생 애가 있는데, 걔 때문에 문제가 생겼다고 했다. 탄원서는 상가 사람들이 써주기로 했으니 와서 대자보만 하나 써달라고 했다.

　—올봄에…. 아무튼 개 때문에 당분간 약국 문 닫게 생겼어.

　말하자면 길다, 와서 들어, 하고 엄마는 한숨을 푹 내쉬었다. 약국의 접수대 뒤에 서서 왼손으로 전화기를 든 채 오른손으로 파마 풀린 단발머리를 분주하게 쓸어 넘길 엄마의 모습이 눈에 보이는 듯했다.

　올봄에 무슨 일이 있었다는 걸까. C가 우리 팀에 입사했던 봄이 잠시 떠올랐다. 팀원 충원이 시급해서 뽑았는데 보름 정도 같이 일하고 나니 그때 경솔하게 결정한 게 두고두고 후회되었다.

　평소 같으면 곧 갈게, 라고 해놓고 잊어버리거나 한 달쯤 지난 뒤에나 가볼 텐데 휴가 얘기를 꺼내는 엄마 목소리가 심상치 않아서 바로 월차를 냈다.

　팀원들과 같이 점심을 먹는 동안 C는 아무 일도 없고 아무 말도 하지 않은 것처럼 태연하게 행동했다. 회의실에서 면담한 뒤에도 내게 메시지와 이메일을 보내, 팀장님이 빠른 시일 내에 제대로 해결하지 않으면 노동청에 신고할 거라고 압박했다. 사과와 고발을 얘기하던 C의 모습과 문장이 떠오르자 속이 더부룩해졌다. C가 신경 쓰여서 오후 내내 일이 손에 잡히지 않았다. 퇴근길에 엄마의 약국에 들러서 소화제도 한 병 마시고 탄원서와 대자보 얘기를 들은 다음 자고 와야겠다고 생각하며 퇴근 시간까지 버텼다.

여덟 시쯤 도착하니 엄마는 약국 문을 닫고 셔터를 내리는 중이었다. 늘 열 시까지 약국에 있던 사람이 여덟 시에 불을 끄는 걸 보니 상황의 심각성이 느껴졌다. 같이 저녁을 먹으러 가는 동안 마주치는 동네 사람들마다 약국 문을 벌써 닫은 거냐고 물었다.

이혼한 뒤 엄마는 집에서 멀리 떨어진 약국에서 일하게 되었다. 6학년이었던 나는 학교가 끝나면 엄마가 데리러 올 때까지 친구네 집에서 지냈다. '이모'라고 부르던 친구네 엄마가 숙제도 봐주고 간식과 저녁까지 챙겨주었다. 초등학교 1학년 때 한 반이었던 친구와 단짝이 되면서 엄마들도 친해지게 되었다. 이모는 친구가 초등학교 저학년 때 이혼한 뒤로 집에서 초등학생들 공부방을 운영했다. 지금 생각해보면 엄마는 이모에게 일정한 돈을 내고 나를 위탁 보육한 셈이었다.

학교가 끝난 뒤 친구와 함께 집으로 가면 식탁 위에 이모가 쪄놓은 고구마가 한 바구니 놓여 있었다. 우리가 손을 씻고 식탁에 앉으면 이모는 컵에 우유를 따라주었고 밥통에 만든 카스텔라도 한 덩어리씩 퍼주었다. 거실의 커다란 탁자에서 이모가 학생들 공부를 봐주는 동안 우리는 방에서 간식을 먹으며 숙제도 하고 문제집도 풀고 만화책도 읽었다. 그 집에 머무는 동안에는 친구 사이가 아니라 자매나 쌍둥이가 된 것 같은 기분이 들었다. 부모님이 긴 냉전 끝에 이혼 했고 엄마가 갑자기 일을 해서 혼자 남겨지게 되었다는 생 각이 나를 괴롭히지 않았다. 친구네 집에서 지냈던 일 년은 막 쪄낸 카스텔라처럼 따뜻하고 폭신했다.

엄마가 약국에서 돌아오면 이모네 집의 식탁에 네 사람이 모여 앉아 저녁을 먹었다. 엄마가 과일을 사오면 과일 파티 가, 돼지고기를 사가지고 오면 삼겹살 파티가 열렸다. 파티 를 위해 우리는 콜라를, 엄마들은 소주나 맥주를 들고 건배 했다. 친구와 같이 하교해 이모네서 지내다가 엄마와 손을 잡고 집으로 돌아가던 그 시간이 오래 이어지길 바랐다.

이모네가 할머니집 근처로 이사 가면서 친구는 다른 중학 교로 진학하게 되었고 하교 후에 같이 보내던 시간은 막을 내렸다. 우리는 헤어짐의 슬픔을 오래 나누었고 엄마들도 술 에 취해 끌어안고 여러 번 울었다.

엄마는 중학생이 되었으니 혼자 잘 지낼 수 있을 거라며 나를 안심시켰다. 엄마 말대로 아파트 상가에는 단골 분식 집도 있고 나는 혼자 라면도 끓여 먹을 수 있었다. 등하교를 하거나 밥을 챙겨 먹는 건 문제가 되지 않았다. 표면적으로 는 모든 것이 가능하고 괜찮았다. 다만 나는 외로웠다. 1학년 초에는 심심함을 견디다 못해 버스와 지하철을 갈아타고 친 구네 동네로 놀러 가기도 했다. 낯선 곳으로 떠난 건 친구인데 그 애는 그곳에서 어울려 노는 친구들도 생기고 단짝도 있었다. 이모는 엄마의 소식을 궁금해했지만 과외하는 애들이 많아져서 카스텔라도 만들지 못할 정도로 바빴다. 초등학생에서 중학생으로 넘어가는 동안, 그 길지 않은 시간에 무슨 일이 생긴 건지 친구와 나는 모습과 말투, 관심사가 달라졌고 서로를 대하는 태도도 각자의 학교 교복만큼이나 미묘하게 변해버렸다. 친구가 나를 귀찮아한다는 느낌이 들자 비로소 진짜 헤어짐이 시작되었다. 1학기가 끝날 무렵 더 이상 이모네 놀러 가지 않게 되었다.

방과 후에 할 일이 없어서 한동안은 약국에 들렀다 집으로 갔다. 손님이 없으면 엄마가 냉장고에서 꺼내주는 음료수를 마시며 학교에서 무슨 일이 있었는지 얘기했고 손님이 많으면 엄마 얼굴만 보고 나왔다. 약국까지 갔다 와도 엄마가 퇴근하기까지는 오래 기다려야 했다. 집에 도착하면 라면을 끓여 먹은 뒤 낮잠을 잤고 엄마가 올 때까지 텔레비전을 보았다. 매일 약국에 들르자 엄마가 심심하면 학원이라도 다닐래? 라고 물어서 약국 안으로 들어가지 못한 채 유리창 밖에서 엄마를 바라보다 돌아왔다. 흰 가운을 입은 엄마는 상냥한 얼굴로 손님들과 얘기하며 약을 건넸고 손님이 없을 때는 멍하니 창밖을 내다보다가 손걸레로 진열장과 선반을 문질러 닦았다.

중학교 2학년, 열다섯 살이 되자마자 뺨과 이마에 여드름이 났고 초경이 시작되었다. 엄마는 약국에서 생리대 한 박스와 여드름에 바르는 연고를 가져왔다. 상처에 밴드 붙이는 방법을 알려주듯 생리대 사용 방법에 대해 가르쳐주었고 세수한 뒤 여드름 난 부위에 연고를 챙겨 바르라고 했다. 거울 앞에서 베이지색의 연고를 꼼꼼히 펴 바르며 2학년 때는 꼭 단짝 친구를 사귀어야지, 하고 다짐했다.

2학년 반 편성이 끝난 뒤 교실에 앉아 번호와 자리를 정할 때부터 이윤은 눈에 띄었다. 퉁명스러운 표정에 화장이나 파마, 염색도 하지 않은 조금 긴 단발머리였는데 날라리라는 걸 한눈에 알아볼 수 있었다. 그때도 지금도 나는 이윤의 날 티와 불량함을 어떻게 설명해야 할지 모르겠다. 담임은 출석을 부르다가 이윤의 차례에서 장이윤, 하고 이름을 부른 뒤 잠시 말을 멈춘 다음 대답하는 이윤을 쳐다보았다. 그때 담임의 얼굴을 지나간 것은 명백한 근심이었다. 노골적이지는 않지만 충분히 알아차릴 수 있을 정도의 공백이 흐른 뒤에 담임은 다음 사람의 이름을 불렀다. 이윤은 오십 명의 학생들 사이에서 이상한 존재감을 드러냈다.

1학기가 시작되고 얼마 지나지 않아 엄마는 동네에 약국을 개업했다. 집에서 십 분 거리였는데 규모는 작지만 근처에 약국이 없어 금세 단골손님들이 생겼다. 약국 문을 연 지일주일이 지났을 때 엄마가 이제 우리는 걱정 없다, 하며 내어깨를 꼭 끌어안았다. 나는 일주일째 도시락을 혼자 먹고 있었지만 그 얘기는 꺼내지 않았다. 그때는 엄마도 나도 그 약국을 이십 년 동안 하게 될 거라고 생각하지 못했다.

월차를 내고 온 거라고 하자 엄마는 온 김에 잠이나 실컷 자고 가라고 했다. 얼굴이 꺼칠하네. 카디건을 여미는 엄마의 눈 밑 근육이 파르르 떨렸다.

—약사님은 눈 밑이 왜 이리 퀭해.

익은 고기를 엄마의 접시에 옮겨주며 얼굴을 찬찬히 살폈다. 엄마는 술잔을 비우더니 이놈의 약국, 지긋지긋하다고 했다.

—너는 약국 안 하길 잘했어. 요즘은 사람 무서워서 일을 못하겠다.

그동안 엄마는 내가 결혼하지 않은 것에 대해서는 아무 소리 안 하면서 약사가 되지 않은 것은 아쉬워했다. 회사 일이 바쁘다고 할 때마다 건물이 우리 것도 아니고 약사 면허도 공부해야 딸 수 있는데 약국을 물려받으면 좋잖아, 하며 아까워했다. 나는 그 말을 엄마가 약사 일을 좋아하고 '인정약국'의 약사로 사는 동안 만족스러웠다는 의미로 받아들였다. 술잔을 채우며 엄마는 사람을 못 믿겠다고 중얼거렸다.

회의실의 탁자에 앉아 C는 나에게 B의 문제을 해결하지 않으면 직장 내 괴롭힘으로 노동청에 신고하겠다고 했다. 회의 시간에 B가 자신의 의견을 비난한 것 때문에 화가 나서 잠도 못 잤다고 했다. 나는 그 말을 조곤조곤 전하는 C의 얼굴 대신 온기가 사라진 컵의 손잡이를 쳐다보았다. 지난번 회의 때 B의 발언이 조금 셌던 건 사실이지만, 지난 몇 달 동안 C가 B의 의견에 반박하고 D를 무시했던 것에 비하면 아무것도 아니었다.

B에 대한 불만을 털어놓는 C를 보며 B와 D를 함부로 대하던 C의 태도에 대해 묻고 싶었다. C가 B와 D의 회의 자료나 발언에 대해 빈정거리고 쏘아붙일 때마다 다들 불편해했고 회의 분위기가 가라앉았다. 자신이 한 일에 대해서는 조금도 돌아보지 않고 다른 사람이 자신을 지적하는 것에 대해서만 민감하게 반응하는 C의 이중성에 대해 조목조목 따지고 싶었다.

C는 업무나 회의가 자신이 생각한 방향에서 벗어날 때마다 이상적인 팀과 팀장, 회의의 역할에 대한 문제를 제기했고 자신의 올바름을 주장했다. 나이나 직급, 상황과 분위기를 고려하지 않고 누구에게나 동일한 잣대를 들이대며 옳고 그름을 따졌다. 팀장으로서 조율이 필요하다고 생각하고 있었는데 C가 먼저 면담을 요청했다. 나는 D에 대한 얘기를 꺼내려다 일을 그르칠 것 같아 그만두었다. 꼰대가 되는 것도 두렵고 일이 커지는 것도 부담스러웠다. 대신 D를 불러 일하는 데 불편한 건 없는지 물었다. C 때문에 상처받지 않았는지 넌지

시 묻자 자신이 부족해서 그런 것 같다며 울먹거렸다.

C는 B가 팀원들 앞에서 자기에게 사과해야 한다고, 그렇지 않으면 B를 고발할 거라고 했다. 상사인 나에게 도움을 청하는 거라고 했지만 나는 C가 괴로움을 호소한다는 명목으로 협박하고 있는 거라는 인상을 지우기 힘들었다. C는 이번 주까지 시간을 주겠다고 했고 나는 이게 약국이라면 문을 닫고 셔터를 내려버리고 싶다는 심정으로 하루 월차를 냈다.

엄마는 약국에 가끔 오는 중학생 여자애가 있다고 했다. 생리통 약도 사러 오고 몸살 약이나 알레르기 약도 사갔는데, 손님들이 많은 틈을 타 자꾸 쇼핑백과 주머니에 뭔가를 집어넣더라고 했다. 몇 번 그랬는데 다른 손님들도 있고 저러다 말겠지 싶어서 모른 척 넘어갔다고 했다.

—교복 입고 약국에 오는 애들 보면 네 생각나서 마음이 짠하거든.

그런데 문득 쟤가 저러다 다른 데서 걸리면 어쩌나 걱정이 되었다는 것이다. 어릴 때 누가 잘 멈춰주지 않으면 작은 실수 때문에 인생이 꺾일 수도 있잖아. 술잔을 내려놓는 엄마의 표정이 복잡해졌다.

—에둘러서 그러지 말라고 잘 타일렀어.

아줌마도 너 같은 딸이 있다, 그렇게 말했는데 여자애는 놀라거나 부끄러워하는 기색 없이 짜증이 난다는 표정으로 엄마를 빤히 쳐다보더라고 했다. 뭔가 뉘우치기를 바란 건 아니지만 그렇게 쳐다보다 나가버리니 무안하더라고 했다.

한동안 약국에 안 오던 여자애는 봄에 긴 연휴가 시작되기 전날 알레르기 약을 사러 왔다. 열 정만 달라고 했는데 그건 다 팔려서 돌려보낼까 하다가 엄마는 백 정짜리 새 박스를 뜯어서 아흔 정은 약국에 두고 열 정을 박스에 담아주었다. 어쩐지 마음이 쓰여서 약값도 깎아주었다고 했다. 그냥 약이 없다고 하면 되는데 연휴는 길고 큰 거 한 상자를 다 사라고 할 수도 없어서 편의를 봐준 거라고 했다. 그런데 여자애가 그 일로 약국을 고발했다는 것이다.

엄마는 그게 사 개월 전 일이라고 했다. 약사법을 어겨서 벌금을 내거나 약국 문을 닫아야 하는데, 벌금은 너무 부담스럽고 탄원서를 내면 조정 기간을 거쳐 몇 주 동안 닫을지 결정이 날 거라고 했다. 엄마는 중학생밖에 안 된 애가 무슨 생각으로 고발을 한 건지, 작정을 하고 온 건지 나중에 알아본 건지 알 수가 없다며 혀를 찼다. 술을 몇 잔 더 마신 뒤에는 파파라치 얘기만 듣는 행정도 문제라느니, 약사법을 고쳐야 한다느니 하며 열을 올렸다. 약사법에 대해 잘 모르는 데다 엄마의 설명이 이 얘기에서 저 얘기로 넘어가서 나는 고발, 벌금 같은 얘기만 겨우 알아들었다. 엄마가 한 일이 왜 약사법을 어긴 건지도 이해하기 어려웠지만 억울한 상황에 처했다는 건 알 수 있었다. 엄마는 손버릇이 안 좋은 걸 지적했

더니 앙심을 품은 것 같은데 차라리 그때 절도로 신고해버
릴 걸 그랬다며 후회했다.

　—애들도 죄를 지으면 벌을 받아야지.

　엄마는 보건소 직원이 왔다 간 뒤로 낯선 사람, 특히 젊은
사람이 약국 문을 열고 들어오면 겁이 난다고 했다.

　—약사가 손님이 오는 걸 무서워한다는 게 말이 되니.

　그동안 참 신나게 일했는데 요즘 같아선 다 그만둬버리고
싶다. 엄마의 눈 밑 근육이 또 한 번 파르르 떨렸다.

　엄마가 그동안 신나게 일했나. 엄마와 나는 서로 다른 장
면을 떠올리는 것 같았다. 내가 기억하는 건 집에 온 엄마가
씻지도 못한 채 소파에 기대앉아 곤하게 코를 골던 모습이
었다. 술이 아니라 과로에 취해 곯아떨어진 엄마를 볼 때마
다 나의 무거움에 대해 생각했다. 발끝으로 조용히 걸어 다
니며 엄마를 힘들게 하면 안 된다고 다짐했다. 아프면 쉬라
고 얘기해도 엄마는 약을 입에 털어 넣은 뒤 약국 문을 열러
나갔다. 셔터를 올리고 불을 켜고 흰 가운을 입으며 약사의
미소도 함께 걸쳤다.

　집에 와서 같이 드라마를 보며 비타민과 우울증과 배우들
의 눈가 주름에 대해 얘기했다. 무슨 얘기를 해도 엄마는 약
국 문을 닫게 되었다는 것과 걔가 왜 고발했는지 모르겠다,
로 돌아왔다. 선의를 베풀었는데 고발과 영업정지를 당해서
충격이 심한 것 같았다.

—아무리 생각해도 누가 시킨 것 같아. 걔가 혼자 신고했다는 게 믿어지질 않아.

엄마는 고개를 여러 번 젓다가 술기운이 오른다며 자러 들어갔다. 나는 인터넷으로 이것저것 알아본 뒤 약국에서 있었던 일을 고발하는 중학생 아이를 떠올려보았다. 엄마는 믿어지지 않는다고 했지만 나는 열다섯 살 아이의 영악함에 대해 조금 알고 있었다. 엄마가 중학교 2학년이었던 그 당시의 이윤을 만났다면 뭐라고 했을까. 어른이 된 뒤에도 가끔 궁금해졌다.

이윤은 우리 반 날라리면서 학년의 짱이었고 우리 여섯 명의 리더였다. 2학년이 되면서 이윤과 그 애의 단짝 서영, 서영과 1학년 때 같은 반이었던 친구 한 명, 그 애의 짝꿍과 반에서 키가 제일 큰 여자애, 그리고 나, 이렇게 여섯이 몰려다니게 되었다. 그때도 지금도 내가 어떻게 그 무리에 낄 수 있었는지 의문이다. 나는 날티가 나는 것도 아니고 키도 크지 않고 예쁜 것도 아닌데. 2학년이 되고 일주일이 지난 뒤에 이윤이 서영의 앞자리에 앉은 내게 도시락을 같이 먹자고 했다. 나는 잠시 머뭇거리다 책상 위에 꺼내놓았던 보온 도시락을 들고 뒷자리로 가서 합류했다. 그때부터 둥그렇게 모여 앉은 다섯 명과 함께 점심을 먹기 시작했다.

밥을 먹다가 이윤이 얘네 집이 학교 앞인데 끝나고 같이 가서 놀자고 했다. 얘라고 지목된 애가 그래, 우리 엄마 아빠

일 끝나면 늦게 와, 라고 했고 다른 애들은 젓가락으로 반찬 통을 두드리며 좋아했다. 학년 초라 점심시간에도 교실 분위기가 차분했는데 창가 맨 뒷자리의 점심 식탁만 시끌벅적하고 거침없었다. 이윤이 내 팔을 잡아당기며 너도 같이 가자, 학교 끝나고 할 일 있어? 하고 물었다. 아니. 나는 고개를 저었다. 집에 가면 엄마가 약국 문을 닫고 올 때까지 라디오를 듣고 텔레비전이나 보면서 뒹굴거렸기 때문에 할 일은 전혀 없었다. 학원에 가야 한다거나 다른 일이 있었다고 해도 아니라고 대답했을 것이다. 나를 무리에 끼워준 것이 고맙기도 했고, 대답을 기다리는 이윤의 얼굴에는 거절하기 어렵게 만드는 위압감이 담겨 있었다. 이윤은 자신도 1학년 끝날 즈음 전학 와서 친구가 없다고 했다. 공부 잘하는 애랑 친하게 지내고 싶었는데, 하며 내 어깨에 팔을 둘렀다.

그날 방과 후에 여섯 명은 과자와 음료수를 사가지고 학교 앞에 산다는 친구네 집으로 몰려갔다. 라면을 끓여 먹고 노래를 부르고 춤을 추고 해가 질 때까지 웃고 떠들었다. 이윤과 서영, 다른 친구들은 욕과 비속어와 은어를 써가며 각 과목의 선생님들과 이제는 3학년이 된 선배들과 같은 반 남자애들에 대해 얘기했다. 시험과 공부와 등수가 아니라 고백과 질투와 배신, 키스와 섹스로 가득 찬 세계의 얘기를 듣는 동안 충격과 호기심으로 속이 울렁거렸다.

—넌 진짜 아무것도 모르는구나.

이윤이 나를 쳐다보며 코를 찡긋거리고 웃었다. 아마도 이윤은 누군가와 친해지고 싶어 며칠 동안 계속 교실 안을 두리번거리던 나를 알아보았을 것이다. 혼자 도시락을 먹던 학기 초에 나는 허기지고 정에 굶주려 누군가 손짓만 하면 기꺼이 따라갈 준비가 되어 있었다. 이윤과 서영은 단짝이고 나머지 세 사람도 이미 자기네들끼리 친해서 나는 그저 여섯 명 중의 한 사람일 뿐이었지만 그것으로도 충분했다.

날이 따뜻해지면서 우리는 방과 후에 친구네 집에서 사복으로 갈아입은 뒤 서로의 얼굴에 화장을 해주었다. 그런 다음 번화가로 나가서 정처 없이 쏘다녔다. 내가 망을 보는 동안 다른 애들이 화장품 가게나 마트에서 립글로스나 캐러멜 같은 것을 슬쩍 집어 오기도 했다. 이윤이 좋아하는 3학년 오빠를 보기 위해 술집 앞에서 죽치는 날도 있었다. 셔츠에 기지 바지를 입은 오빠가 나오면 이윤이, 잘생겼지? 옆 학교 짱이야, 하며 자랑했다. 누가 용돈을 타면 노래방에 가서 목이 터져라 노래를 부르고 방방 뛰며 춤을 추었다.

이윤은 학교 선생님이나 번화가 상점의 주인들, 길거리의 어른들을 봐도 절대로 쫄지 않았고 고개를 숙이는 법도 없었다. 상대가 반말을 하면 같이 반말을 했고 언제든 맞짱 뜰 준비가 되어 있었다. 방과 후의 번화가에서 이윤은 일주일에 한 번꼴로 어른들과 싸웠다. 그들이 고개를 흔들며 물러설 때까지 주먹을 쥐고 목에 핏대를 세우며 욕을 퍼부었다.

옆에서 지켜보는 동안 그때까지 느껴본 적 없는 통쾌함과 짜릿함으로 몸이 떨렸다. 학교에서도 거리에서도 중학생들은 이윤을 똑바로 쳐다보지 못하고 슬금슬금 피했다. 누군지 알아봐서가 아니라 이윤이 풍기는 분위기가 사람을 주눅 들게 만들었기 때문이다. 이윤의 뒤를 따라갈 때 나와 다른 친구들의 어깨에는 힘이 들어갔다. 우리의 등 뒤에서 어떤 눈빛과 목소리가 오가는지에 대해서는 관심 갖지 않았다.

수업 시간에 이윤은 준비물을 챙겨오지 않았고 창가 뒷자리에 엎드려 잤다. 선생님들은 처음에는 일으켜 세우고 야단치다가 중간고사가 끝난 뒤로는 내버려두었다. 가정 선생님만이 바느질거리를 챙겨오지 않고 숙제를 하지 않는 이윤에게 잔소리를 했다.

하복을 처음 입던 날, 가정 선생님이 이윤의 교복 단추를 보며 얘, 이거 새로 달아야지, 계속 이러고 다닐 거니, 라고 지적했다가 달아줄 것도 아니면서, 라고 이윤이 받아치는 바람에 수업이 중단된 적도 있다. 다른 반에서 수업하던 담임이 와서 사과를 한 뒤에야 상황이 겨우 수습되었다. 담임은 우리에게 자습을 하라고 지시한 뒤 창가에 서서 밖을 내다보았다. 입을 꾹 다문 채 표정을 지운 어른의 옆얼굴은 나에게도 익숙한 모습이었다. 아빠와 이혼을 앞둔 엄마, 약국 안에 혼자 앉아 있던 엄마의 얼굴이 떠오르자 뭔가 잘못되어가고 있다는 느낌이 들었다.

집으로 돌아가며 지난 몇 달을 돌아보았다. 중학교 2학년이 되어 경험한 일들은 대부분 처음 겪는 것이었다. 여러 명의 친구들과 어울리면서 같이 점심도 먹고 화장도 해보고, 소풍 가서 장기자랑 때 여섯 명이 춤을 춰서 박수도 받아보았다. 이윤의 패거리 중 한 명이라는 인식이 있었지만 성적이 상위권이라 선생님이나 같은 반 아이들은 나를 대놓고 무시하지 못했다. 이윤에게는 그런 친구가 필요했는지도 모르겠다.

이윤은 가끔씩 아무 예고도 없이 결석했다. 하루일 때도 있고 사나흘씩 이어지기도 했다. 서영은 우리가 모이지 않는 날에 이윤이 옆 학교의 언니, 오빠들과 어울린다고 했다. 서영은 딱 한 번 이윤을 따라간 적이 있고 거기서 이윤이 담배 피우는 걸 봤다고 했다. 어떤 오빠의 집에서 모였는데 다들 술 마시고 담배 피우며 어른들처럼 논다고 했다. 거기 이윤이 좋아하는 오빠도 있었는데, 사귀는 사람들끼리 그 자리에서 키스도 해, 라고 해서 우리는 꺅 소리를 질렀다. 처음 보는 언니가 한쪽 방을 가리키며 얘네 둘이 저기에서 잤다, 라는 말도 했다며 서영이 손으로 입을 가렸다. 설마. 몇몇은 호기심 어린 얼굴로 웃었고 서영은 조그맣게 진짜야, 라고 했다. 서영은 딱 한 번 간 거라고 했는데 그 한 번 때문에 많은 것이 변해버렸다.

1학기가 끝날 무렵 이윤은 다른 친구들이 느낄 정도로 서영을 구박하고 따돌리기 시작했다. 서영이 무슨 얘기를 하면 누가 너한테 물어봤어? 누가 네 얘기 궁금하대? 하며 쏘아붙였고 서영이 아무 말도 하지 않고 가만히 있으면 우리랑은 말하기 싫은가봐? 그렇게 잘났어? 하며 비꼬았다. 단짝이었던 두 사람의 변화에 나머지 넷은 어떻게 반응해야 할지 몰라 눈치만 살폈다.

서영을 따돌리며 이윤은 체육 시간에도 음악실이나 미술실에 갈 때도 내 팔짱을 꼈다. 쉬는 시간과 점심시간이 되면 담배를 피우는 동안 망을 봐달라고 했다. 뒤뜰에 서서 손톱 끝을 물어뜯으며 나는 친구가 생겨서 치러야 하는 대가에 대해 생각하다가 이윤과 내가 친구 사이가 맞나, 고민했다. 친구가 아니라면 뭘까. 번화가를 쏘다니다 돌아와 빈집에 혼자 남게 되면 낮 동안의 내 모습을 가만히 돌아보았다. 이윤이 장난치듯 마트나 화장품 가게에 들어가서 뿌리까자고 할 때 늘 긴장되고 마음이 불편했다. 망을 보는 것도 쉽지 않았다. 뿔뿔이 흩어져 있는 애들이 주머니에 뭔가를 집어넣을 때까지 주인의 동선을 살펴야 하는데 계산대에 서 있는 사람들이 엄마처럼 보여 혼란스러웠다. 약국에서 엄마는 약을 조제하러 들어간 사이에 접수대나 진열장 위에 놓여 있는 밴드나 비타민 같은 걸 슬쩍하는 사람들 때문에 골머리를 앓았다. 어떤 가게에 들어가든 한 바퀴만 돌고 나오면 이윤을 포함한 서너 명의 주머니 안에는 뭔가가 들어 있었다. 그 애들은 사람들이 없는 곳에 와서 각자 뽀리깐 걸 꺼내놓으며 깔깔거리고 웃었다. 친구들의 솜씨에 놀라면서도 뽀리깐 걸 같이 나누어 먹을 때 아무 맛도 느끼지 못했다. 조금씩 눈치를 살피며 물가로 나아간 게 아니라 갑자기 물속에 뛰어든 것처럼 정신을 차리기 힘들었다. 높은 데서 물속으로 뛰어드는 게 시원하고 짜릿한 순간도 있었지만, 깊은 물도, 그 안에서 숨을 쉬며 팔다리를 움직이는 것도 버거웠다. 그렇다고 혼자 물 밖으로 나갈 용기도 없었다. 다시는 무리에 합류하지 못한 채 물 밖에서 오들오들 떨며 외로운 시간을 보내게 될 것 같았다. 그런데 더 깊은 물속으로 들어가기 전에 용기를 내어 밖으로 나가야 할 것 같았다.

발끝에 힘을 주며 몸의 방향을 조금씩 바깥으로 바꾸다가도 이윤이 이름을 부르거나 손짓하면 바로 제자리로 돌아갔다. 타이밍에 대해 고민하며 집에 오던 날, 약국 문 옆에 서 있는 서영을 발견했다. 학교에서 가까운 약국이 아니라 나를 만나러 온 건지 뭘 사러 온 건지 알 수 없었다. 나는 약국으로 들어가지 않고 조금 떨어져서 서영을 바라보았다. 친구들에게 엄마가 약사라는 말도 약국 이름을 말한 적도 없어서 당황스러웠다.

—전에 이윤이가 너희 엄마가 하는 약국이라고 말해줬어.

서영은 잠깐 얘기 좀 하자고 했고 나는 혹시 이윤이 어디서 지켜보는 건 아닌가 싶어 주위를 둘러보았다.

우리는 약국 뒤쪽의 작은 주차장으로 들어갔다. 오후 네시의 주차장은 해가 기울어 왼쪽에는 그늘이, 오른쪽에는 햇볕이 진하게 남아 있었다. 차들이 없어 주차 공간은 비어 있고 나와 서영은 그늘 쪽 화단 턱에 걸터앉았다. 햇빛이 시멘트 위에 고여 있는 걸 바라보고 있으니 이렇게 고요한 순간이 퍽 오랜만이라는 생각이 들었다.

얘기 좀 하자고 해놓고 서영은 한동안 말이 없었다. 나는 긴장되기도 하고 걱정도 되어서 서영의 얼굴을 힐끔거렸다. 고개를 숙인 채 바닥을 내려다보는 옆모습에 그늘이 내려앉았다. 서영은 화장을 하지 않아도 피부가 깨끗하고 눈매도 진하고 입술도 붉었다. 단발머리는 부스스하거나 뻗치지 않고 단정하게 찰랑거렸다. 이윤과는 다른 의미로 교실에서 제일 눈에 띄는 학생이었다.

나는 서영이 이윤의 따돌림 때문에 힘든 거라고, 이윤이 심한 건 맞지만 내가 도울 수 있는 일은 없다고 생각했다. 같은 물속에 있어도 물 안에서는 결국 각자 움직이고 숨을 쉬어야 살 수 있었다.

─할 얘기라는 게 뭐야?

내가 묻자 서영은 고개를 천천히 들었다.

─저번에 이윤이랑 아는 오빠 집에 놀러 갔다고 얘기했잖아. 사실 그다음에 한 번 더 갔거든.

서영은 한숨을 내쉬더니 고개를 세차게 저었다. 거길 가지 말았어야 했는데.

한 번 가본 적이 있는 그 집에 남자 넷, 여자 넷이 또 모였다고 했다. 옆 학교의 3학년 남자 넷과 그 학교 여자 둘, 이윤과 서영. 남자 중의 한 명은 이윤이 좋아하는 오빠였다. 여덟 명은 거실의 소파와 바닥에 앉아 술을 마시며 담배를 피웠고 서영은 맥주를 몇 모금 홀짝거리긴 했지만 맛을 알고 먹은 건 아니었다. 분위기가 어색하고 목이 타는데 마실 거라곤 맥주뿐이었다.

탁자 위에 놓인 미니 오디오에서는 최신 유행가요가 흘러나왔고 끼리끼리 농담을 주고받으며 시시덕거리다가 귀에 익은 노래가 나오면 다들 흥얼흥얼 따라 불렀다. 서영의 맞은편에 앉아 있는 오빠는 담배를 피우며 옆에 있는 언니의 맨다리를 손으로 쓰다듬었다. 이윤이 짝사랑하는 오빠는 소파에 앉아서 서영을 집요하게 뜯어보았다. 그런 분위기를 눈치챈 이윤이 인상을 쓰며 담배를 피웠다. 서영은 자신이 예상하지 못한 장르의 영화에 불쑥 끼어든 것 같아 어지러웠다. 일어나서 나가야 한다고 생각하면서도 자신이 움직이면 아슬아슬하게 유지되고 있는 이 장면의 평화가 와장창 깨질 것 같아 두려웠다.

나는 책과 영화에서 보았던 장면들을 총동원해서 서영이 얘기한 상황을 상상해보았다. 상상의 좋은 점은 현실이 아니라 아슬아슬하고 불안한 상황을 즐길 수 있다는 것이었다. 도망쳐야 한다는 걸 알면서도 호기심 때문에 자꾸 뒤를 돌아보는 기분으로 얘기를 들었었다.

서영이 거기 간 건 이윤이 좋아하는 오빠가 데리고 오라고 시켰기 때문이었다. 이윤은 서영을 다른 오빠에게 소개시켜주려고 했지만 불행히도 이윤이 짝사랑하는 오빠가 서영에게 관심을 보였다.

—그 오빠가 거기서, 다들 보는 앞에서 나한테 억지로 키스했어.

그 말을 한 뒤 서영은 두 손으로 얼굴을 가린 채 울기 시작했다.

—나는 첫 키스였거든. 그 오빠를 좋아하지도 않았고.

서영은 울면서 그 오빠가 키스할 때 자기 몸을 어떻게 더듬었는지, 거기 있던 사람들이 웃으면서 뭐라고 말했는지 털어놓았다. 자신이 맹수들 사이에 놓인 느리고 힘없는 짐승이 된 것 같았다고 했다. 나는 주차장에 내리쬐는 햇볕이 좀 더 옆으로 물러나 그늘의 범위가 넓어진 것을 보았다. 서영이 말한 장면은 내가 상상했던 것보다 훨씬 더 위험했다. 나는 호기심과 흥분이 두려움으로 변해가는 걸 느꼈다.

—이윤이가 떼어놓지 않았으면 무슨 일이 일어났을지 몰라.

서영은 이제 이윤을 안 보고 싶다고, 이윤이 자신을 완전히 버렸으면 좋겠다고 했다.

—나는 좀 놀고 싶었던 거지, 남자들이랑 그러고 싶은 건 아니었어.

서영의 울음소리가 더 커졌다. 나도 어쩐지 비참한 기분이 되어 입술을 꾹 깨물었다. 서영이 이윤에 대해, 이윤이 예전 학교에서 어떤 사고를 치고 이 학교로 전학 왔는지, 이윤의 아빠가 혼자 키우는데 직업이 뭔지, 이윤을 얼마나 방치하고 제대로 돌보지 않는지, 이윤과 친하게 지내는 동안 자신이 얼마나 감정적으로 휘둘리고 엄마의 지갑에 손을 많이 댔는지 털어놓았다. 나는 뭐라고 해야 할지 몰라 발끝을 내려다보며 듣기만 했다.

한참 울고 난 서영은 배낭의 어깨끈을 꼭 잡았다. 나 이제부터 정신 차리고 공부할 거야.

—그래서 부탁하는데.

서영이 눈물을 닦으며 내 팔을 잡았다.

—이제 애들이랑 어울리지 말자. 너도 그런 애 아니잖아.

나는 고개를 끄덕거리지도 그 손을 맞잡지도 못한 채 가만히 있었다. 서영의 마음이나 다짐이 와 닿았지만 어떤 말을 해야 할지 몰라서 내일 학교에서 보자고만 했다. 이윤이 엄마와 약국에 대해 알고 있다는 게 신경 쓰였다.

주위는 어둑해졌고 주차장에는 한 줌의 햇빛도 남지 않았다. 언제 들어왔는지 차들이 나란히 주차되어 있었다. 서영이 가고 난 뒤 나는 유리창 밖에서 약국 안을 들여다보았다.

서영의 얘기를 듣기 전부터 패거리들 속에 있을 때 춤추며 노래하고 웃으며 욕하고 바닥에 침 뱉는 나를 낯설게 바라보기 시작했다. 이게 우정이고 진짜 얘기를 나눈다는 느낌이 들지 않았다. 발끝에 힘을 준 채 주위를 둘러보는 시간이 늘어났다.

엄마는 손님에게 약봉지를 건네고 돈을 거슬러주느라 바빴다. 약국 문을 닫기 전까지 사람들이 수시로 드나드는데 언제 어디에서 저녁을 먹는 걸까. 한 번도 궁금해한 적이 없었다. 약국에 손님이 없을 때 엄마가 어떤 마음으로 창밖을 내다볼지 비로소 알고 싶어졌다.

그리고 며칠 뒤 그 일이 일어났다. 방과 후에 친구네 집에 모여서 만화책을 보기로 했는데 서영이 오지 않았다. 다음 날 점심시간에 이윤은 서영을 제외한 네 사람 앞에서 서영이 얼마나 의리 없고 남자만 밝히는지 까발렸다. 자신이 좋아하는 오빠와 서영의 얘기를 할 때는 눈물까지 글썽거렸다. 서영에게 미리 얘기를 들었던 나는 이윤의 편에 설 수도 서영을 옹호할 수도 없었다. 앞자리에 앉아 있던 서영이 뒤를 돌아보며 내가 언제 그랬어, 라고 조그맣게 항의했다.

—네가 먼저 꼬리쳤잖아. 이따 빌라에서 보자. 안 오면 다 불어버린다.

이윤이 서영의 의자를 발로 찼다. 서영은 고개를 숙이더니 책상에 그대로 엎드려버렸다.

점심시간이 끝나고 선생님이 들어왔을 때 일어난 서영의 얼굴은 퉁퉁 부어 있었다. 방과 후의 일이 걱정되어 나는 수업에 집중할 수 없었다.

친구네 집에 모였을 때 이윤은 우리 모두에게 앉지 말고 서 있으라고 했다. 이윤은 동그랗게 모여 서 있는 우리 다섯을 쓱 훑어보았다.

—우리 그동안 재미있게 지냈던 것 같은데, 아니었어? 이제 다 그만할까?

다섯 명은 아무 말도 못한 채 이윤의 눈치만 살폈다.

—친구끼리 이러면 안 되지. 남자 때문에 이게 뭐야.

이윤이 예고도 없이 서영의 뺨을 때렸다. 그리고 서영을 뺀 나머지 넷을 한 명씩 쳐다보았다. 너네도 다 그렇게 생각하지? 남자보다는 친구가 중요하잖아. 우리가 고개를 주억거리자 이윤이 턱짓으로 서영을 가리켰다.

—그럼 니들도 한 대씩 때려.

점심으로 먹었던 볶음밥이 속에서 꽉 뭉치는 것 같았다. 서영과 1학년 때 같은 반이었던 애가 먼저 뺨을 때렸다. 이윤이 때렸을 때는 입을 꾹 다물고 있던 서영이 울음을 터뜨렸다.

내가 서영을 때리는 걸 거부하자 이윤은 나도 따돌리기 시작했다.

—내일 파스 좀 가져와라. 센 걸로.

내가 쳐다보자 입 모양으로 왜? 뭐? 하며 윽박질렀다. 부당한 일인데 아니, 라는 말이 나오지 않았다. 물건만 건네는 것이 자존심을 지킬 수 있는 유일한 방법이었다. 이윤의 강압에 못 이겨 엄마 몰래 약국에서 파스도 훔치고 밴드, 진통제, 생리대 같은 것도 슬쩍 챙겨 나왔다.

일주일쯤 지나자 약국 문을 닫고 집에 온 엄마가 이상하다, 요새 자꾸 물건이 없어지네, 하며 중얼거렸다. CCTV도 없고 판매량도 컴퓨터의 기록으로 남지 않던 시절이었지만 곧 들통 날 것 같은 두려움과 발각되면 엄마가 크게 실망할 거라는 염려 때문에 마음이 무거웠다. 소화가 되지 않아 자꾸 배에 가스가 차고 변비가 심해졌다. 엄마가 집에 가져다 놓은 소화제를 매일 한 병씩 마셨다. 엄마는 돌도 씹어 삼킬 나이에 무슨 소화제를 찾느냐고 했다. 시원해지는 기분이 좋아서, 라고 얼버무리자 자꾸 먹으면 버릇된다며 걱정했다.

서영의 뺨을 때린 뒤로 이윤은 누군가의 표정이나 반응이 마음에 들지 않으면 장난처럼 손날로 목울대를 탁탁 쳤다. 숨 조절을 잘못하면 눈물이 핑 돌며 사래가 걸리거나 딸꾹질이 시작되었다. 숨을 제대로 참아도 목젖이 눌리며 찡한 기운이 온몸으로 퍼져나갔다. 그런데 이윤이 웃으면서 가격했기 때문에 이걸 폭력이라고 해야 할지 장난으로 받아들여야 할지 애매했다. 나는 차라리 엄마에게 들켜서 모든 걸 털어놓고 물속에서 허우적거리는 일을 멈추게 되기를 바랐다. 하루하루가 소화되지 않은 채 쌓여서 한 달이 되어갔다.

침대에 누워 눈을 감을 때마다 세상에 존재하는 모든 종류의 종말이 닥쳐오기를 기다렸다. 학교에 불이 나든, 교통사고가 나든, 내전이 일어나든, 세계대전이 일어나든, 지구가 유성과 충돌하든, 어떤 일이든 벌어져서 이 상황이 끝나게 되기를 간절히 바랐다.

이윤의 문제는 예상하지 못한 데서 드러났다. 이윤과 나, 서영의 문제는 곪아갔지만 우리 중 누구도 다른 사람에게 말할 생각은 하지 못했다. 이윤이 새로운 단짝으로 지목한 친구가 집에서 목의 상처를 들키면서 부모님께 털어놓게 되었다. 부모님은 담임에게 상황을 전했고 이윤을 멈춰 세웠다. 우리는 물 밖으로 끌려나왔다.

방과 후에 담임은 이윤을 뺀 우리 다섯 명에게 상담실로 오라고 했다. 우리가 쭈뼛거리며 들어가자 한 사람씩 떨어져 앉으라고 한 뒤 흰 종이를 여러 장 나누어주었다. 거기에 이윤과 있었던 일에 대해 쓰라고 했다.

—나쁘다고 생각했던 것 전부 써. 하나도 빠짐없이.

담임의 목소리는 차갑고 표정은 지쳐 보였다. 이혼 전의 엄마, 아빠는 자주 그런 얼굴로 서로를 쳐다보았다. 그때가 떠오르자 이윤보다 약국에 있는, 이런 상황에 대해 전혀 모르는 엄마 생각이 나서 머리가 복잡해졌다.

여기저기에서 볼펜 꼭지를 누르고 지우개로 글씨를 지우는 소리가 났다. 나는 멍하게 있다가 2학년이 된 뒤 같이 점심을 먹으면서부터, 라고 쓰기 시작했다. 창가에 앉아 있던 서영이 코를 훌쩍거리며 흐느꼈다. 내가 써야 하는 것이 장이윤에 대한 고발인지 장이윤과 함께 지낸 시간에 대한 반성문인지 혼동되었다. 장이윤이 서영의 뺨을 때리고 손날로 목을 치고 욕을 한 것에 대해 썼고, 내게 약을 가져오라고 요구한 것이나 약국과 관련된 것은 적지 않았다.

상담실에서 나왔을 때 한 친구가 뭐라고 썼어? 라고 물었고 넷은 그냥 뭐, 있었던 일 대충, 하며 짧게 대답했다. 처음 장이윤의 얘기를 밖으로 꺼낸 친구는 고개를 숙인 채 아무 말도 하지 않았다. 그 애에게 고맙다고 해야 할지 어디까지 얘기한 거냐고 물어야 할지 알 수 없었다.

우리가 교실에 들어서자 애들은 떠들고 있다가 일제히 문쪽을 쳐다보았다. 교실 안이 잠깐 조용해졌다가 원래의 상태로 돌아갔다. 청소함 앞에 앉아 있던 장이윤도 우리 쪽으로 고개를 돌렸다. 상담실에서 장이윤은, 장이윤이, 라는 문장을 쓰는 내내 교실에 돌아가서 그 애와 마주치는 순간을 상상했다. 상상 속에서 장이윤은 문 쪽으로 뛰어와 우리의 뺨을 때리거나 노려보며 욕을 퍼부을 것 같았다. 실제의 장이윤은 교복 주머니에 손을 넣은 채 우리가 자리에 앉을 때까지 집요하게 쳐다볼 뿐이었다.

학교에서는 장이윤 때문에 여러 차례 회의가 열렸고, 처음 문제를 제기한 친구는 매일 엄마와 함께 등하교했다. 엄마가 교실까지 데려다주고 하교 시간이 되면 교문 앞에서 기다렸다가 집에 데리고 갔다. 그 애가 교실로 들어올 때 장이윤이 쳐다보자 그 애 엄마가 장이윤을 복도로 불러내 앞으로 말도 시키지 말고 쳐다보지도 말라고 일렀다. 나는 아슬아슬한 심정으로 장이윤을 지켜보았다.

우리가 상담실에서 종이를 제출하고 일주일이 지난 뒤부터 장이윤은 학교에 나오지 않았다. 결석 이틀째 날에 담임은 장이윤이 다른 학교로 전학 가게 되었다고 했다. 그동안 학교에 접수된 절도 사건도 여러 건이어서 그런 결정을 내릴 수밖에 없었다고 했다. 이번 일을 계기로 우리 반 학생들이 본분에 충실했으면 좋겠다고 했다. 담임은 뿔뿔이 흩어져 앉아 있는 우리 다섯 명을 눈으로 한 명씩 짚었다.

엄마는 담임의 연락을 받았다며 너는 괜찮은 거냐고 물었다. 담임이 어디까지 얘기한 건지, 괜찮다의 의미를 어떻게 이해해야 할지 몰라 잠시 멈칫했다. 엄마의 미간은 걱정으로 잔뜩 좁아졌고 얼굴에 걱정 외에 다른 표정은 담겨 있지 않았다. 나는 엄마를 안심시키기 위해 고개를 끄덕거렸다. 그동안 따돌림을 좀 당했는데 이제는 친구들과 잘 지낸다고, 그것 때문에 한동안 소화도 안 되었는데 이제는 괜찮아졌다고 말했다. 괜찮다고 하면서도 장이윤과 함께 돌아다니며 자잘한 나쁜 짓을 저지르던 것으로부터 괜찮아진 건지, 돌아가며 서영의 뺨을 때리던 일과 그걸 피하느라 몇 주 동안 약국에서 물건을 훔친 일에서 해방되어 괜찮아진 건지 알 수 없었다. 다만 장이윤이 교실에 나타나지 않으니 많은 것이 괜찮아졌다. 학교에서 점심을 혼자 먹었지만 소화제는 더 이상 마시지 않았다.

엄마의 뜨거운 손이 뒤통수를 천천히 쓰다듬었다. 나는 다 털어놓고 싶었다. 지나온 시간들이 아직 내 안에 남아 있고 엄마를 속이고 약을 훔쳤던 손이 여전히 내 것이라 완전히 괜찮지는 않다고. 엄마는 무언가 더 물어보고 싶어 하는 눈치였지만 이제 학교 끝나면 약국에 들렀다 집으로 가라고 했다. 방과 후에 약국에 가면 엄마는 뭔가를 견디는 얼굴로 창밖을 내다보고 있었다.

한동안 장이윤에 대한 소문이 교실 안을 떠다녔다. 누군가는 교문 앞에 서 있는 장이윤을 보았다고 했고 누군가는 번화가에서 남자와 같이 걸어가는 걸 봤다고 했다. 학교에서 전학 처분을 받은 뒤 아빠에게 많이 맞아서 정신이 이상해졌다는 얘기도 들렸다. 무엇이 진실인지는 모르겠지만 장이윤과 마주칠까봐 교문 앞을 지날 때면 긴장했고 번화가 쪽으로는 나가지 않았다.

어른이 된 뒤에 그때의 장이윤을 떠올리면 마음이 복잡해졌다. 나이가 어려서 얼마든지 제자리로 돌아올 수 있었는데 어른들이 문제에 개입하는 바람에 오히려 나빠지게 된 건지. 잘못된 부분을 빨리 지적하고 잡아주어야 늦기 전에 돌이킬 수 있는 건지. 장이윤을 그대로 내버려두었다면, 장이윤과 계속 어울렸다면 우리는 어떻게 되었을지. 어른이 된 뒤에 서영이 처했던 상황을 상상하면 아찔해졌다. 장이윤이 우리 모두를 그 집에 데려갔다면. 어른이 없는 집의 거실에 오빠들과 나란히 앉아 호기심에 술을 마시고 취하는 줄도 모른 채 어른이 된 것 같은 분위기와 우쭐함에 젖었다면, 내가 무슨 일을 저지르고 당했을지 알 수 없었다.

서영이 약국 앞에서 나를 기다리던 마음에 대해서도 종종 생각했다. 도움을 요청하던 마음에 나는 제대로 반응하지 못했지만 나였다면 누구를 찾아갔을까. 왜 장이윤의 옆에는, 우리 곁에는 무엇이든 털어놓고 싶고 끝까지 들어주고 혼내지 않는 어른이 없었을까. 빈집에 모여 술 담배를 하고 섹스를 하는 것보다 더 재미있고 신나는 일이 많다고 알려주는 어른이 없었을까. 따뜻하고 포근한 카스텔라를 만들어주는 어른이. 장이윤이 어떤 어른이 되어 있을지, 나는 짐작할 수 없었다.

방문을 열고 나온 엄마가 안 자고 뭐 하느냐고 물었다.

—엄마도 잠이 안 와?

엄마는 요즘 화장실 때문에 새벽에 한 번씩 깬다고 했다. 눈도 제대로 못 뜬 상태로 화장실에 들어갔다 나와서는 소파에 앉았다.

―운 좋으면 다시 자고 재수 없으면 꼴딱 새우는 거야.

―엄마…. 약국 문 닫는 거 너무 속상해하지 마.

대자보 써주고 갈 테니까 이참에 휴가도 다녀오고 좀 쉬라고 했다. 일이 주 금방 지나가잖아.

엄마는 남의 일이라고 쉽게 말한다며 눈을 흘겼다. 그 사건 때문에 단골들이 누군지 찾아내서 혼내주어야 한다고 했다고, 나이가 어려서 잡아도 할 수 있는 게 없다는 걸 알고 난 뒤에는 촉법소년 처벌 연령을 낮추자는 국민청원이라도 올려야 하는 거 아니냐는 얘기까지 오갔다고 했다.

―사람들이 오죽 답답하면 법 얘기를 하겠냐.

엄마는 파마 풀린 단발머리를 쓸어 넘겼다. 억울한 것도 힘들었지만 밤늦게 약을 사러 오던 단골들한테 미안하다고 했다.

나는 대자보에 뭐라고 써야 하나 고민했다. 약국 문 앞에 붙은 대자보를 보면 그 애도 무슨 일이 일어났는지 알게 될 것이다. 뭔가 깨닫기를 바라는 건 아니지만, 도망치거나 더 나쁜 쪽으로 가지 않았으면 했다.

지금도 가끔 장이윤과 같은 교복을 입고 교실에 앉아 있는 꿈을 꾼다. 꿈속에서도 장이윤이 말한 걸 약국에서 가져오지 못해 마음을 졸이거나 장이윤이 결석하기를 간절히 바라며 교실 문을 의식하곤 했다. 깨고 나면 왜 아직도 이런 꿈을 꾸는지 의아했고 그 시간이 지나 어른이 되었다는 사실에 안도했다. 물론 삶 속에서 그런 일은 얼마든지 반복될 수 있고 장이윤 같은 사람을 또 만날 수 있다는 것도 알았다.

하루 쉬고 나면 출근해서 C의 문제를 해결해야 했다. 그때 지나갈 수 없을 것 같았지만 장이윤을 지나온 것처럼 C의 문제도 지나가게 되리라는 걸 알았다. 그런데도 잠은 오지 않고 내일이 되지 않기를 바라게 되었다. 매번 새롭게 고통스럽다는 게 삶이 숨겨둔 비밀이겠지. 그렇게 여길 뿐이었다.

✕ 찢어진 종잇조각의 신 ✕

✕

듀나

듀나

1992년부터 작품활동을 시작해 소설집 《나비전쟁》, 《면세구역》,
《태평양 횡단 특급》, 《대리전》, 《용의 이》, 《브로콜리 평원의 혈투》,
《구부전》, 《두 번째 유모》, 장편소설 《제저벨》, 《아직은 신이 아니야》,
《민트의 세계》, 《아르카디아에도 나는 있었다》,
산문집 《스크린 앞에서 투덜대기》, 《가능한 꿈의 공간들》,
《여자 주인공만 모른다》, 《남자 주인공에겐 없다》,
《장르 세계를 떠도는 듀나의 탐사기》 등을 썼다.

×

1

닛-이실로 가는 우주선은 십칠 분 후에 이륙할 예정이었다. 달리기를 멈춘 노의는 잠시 숨을 가다듬고 비행장에 엎드린 채 승객들을 기다리고 있는 작은 금속 고래를 향해 느긋하게 걸어갔다.

제복 차림의 키 작은 지구인 남자가 고래 앞에서 차렷 자세로 서서 기다리고 있었다. 노의가 다가가자 남자는 왼손 검지를 세우는 시민 경례를 올려붙였다.

"소통관님이십니까?"

"네, 늦어서 죄송합니다."

"사고에 대해서는 들었습니다. 다치지 않으셔서 다행입니다."

그걸 다행이라고 해야 할까. 노의는 알 수 없었다. 비닌브냐에서 벌어지는 일들 중 단순한 건 없었다. 심지어 테러와 암살과 같은 폭력 행위도 백 겹의 숨은 의도를 갖고 전개되었다. 분노한 결합주의자가 외계인 사절이 탄 예식차를 바이크로 들이받고 경찰이 이를 막은 것처럼 보이는 이 작은 소동이 과연 보이는 그대로인지 확신할 수 있는 이는 아무도 없었다. 노의는 위의 문장을 구성하는 결합주의자, 경찰, 예식차, 바이크라는 단어들에 대해서도 자신할 수 없었다. 외계어의 번역에는 늘 융통성이 개입할 수밖에 없다.

두 비닌브냐인이 예식차에서 가져온 소통단의 짐을 고래에 실었다. 노의는 지난 46일 동안 같이 지냈던 외계인들의 눈 여섯 개 달린 초록색 벌레 모양의 얼굴에서 표정을 읽으려 시도했지만 실패했다. 가끔 성공할 때도 있었지만 지금은 그때가 아니었다. 하긴 가끔 성공했다는 것 자체가 중요한 거겠지. 지구로부터 백팔십억 광년 떨어진 은하계에 사는 지적 존재와 함께 그럭저럭 말이 되는 이야기를 만들어가는 것 자체가 어마어마한 기적이 아닌가? 지난 십이 년 동안 우주를 떠돌며 그 기적에 지나치게 익숙해지긴 했지만.

정육면체 모양의 차가 고래를 향해 다가왔다. 정지한 차의 한 면이 열리고 비닌브냐인 두 명이 지구인 남자 한 명을 끌어냈다. 그들은 노의에게 살짝 고개를 까딱이더니 남자를 고래 안으로 끌고 갔다.

"새 임무가 추가되었습니다."

남자가 당황한 노의에게 설명했다.

"닛-이실의 법집행단에게 저 범죄자를 인도해야 합니다. 솔 정부에서는 이 임무를 아주 중요하게 생각하고 있습니다. 최대한 잡음이 나지 않게 신속하게 처리해주시길 바라고 있습니다."

"무슨 일을 저질렀나요?"

고래 안 안전좌석에 막 결박당한 범죄자의 멍한 얼굴에 경멸에 찬 시선을 던진 남자는 차갑게 대답했다.

"강간범입니다."

2

솔 정부는 닛-이실 정부의 모든 요구에 전적으로 응해야 한다. 불가능하다면 적어도 협조하는 것처럼 굴어야 한다.

이는 지난 백삼십 년 동안 바뀌지 않은 솔 정부의 원칙이었다. 닛-이실의 요구는 과할 수 없었다. 2세기에 걸친 원죄를 대충 벗을 수는 없는 일이다. 솔 정부가 잘못한 게 없다고 해도 지구인이 범죄를 저질렀다면 결국 연대책임으로 돌아갈 수밖에 없었다. 그 범죄가 행성 전체를 강간한 것이라면 더욱 그랬다.

노의는 비닌브냐인들이 넘겨준 서류를 검토해보았다. 남자의 이름은 고화였다. 뉴 아발론에 사는 농업 유닛의 일원이었다. 뉴 아발론은 지구에서 삼백십억 광년 떨어져 있는 개척행성으로 지구인들은 다섯 외계 종족과 대륙 하나씩 나누어 쓰고 있었다. 행성은 여섯 개의 다른 이름으로 불리고 있었고 뉴 아발론은 그중 하나에 불과했다.

고화는 출신 성분 문제가 있었다. 부계 조상이 닛-이실 출신이었다. 조상을 고를 수는 없다. 하지만 결혼 없이 고집스럽게 3대 연속으로 아들만 만들어낸 집안이라면 사상이 의심될 수밖에 없다. 몇 명은 동성애자로 위장하기도 했지만, 설득력은 떨어졌다. 이들이 적극적으로 여자들을 배척하는 가족 형태를 유지한다면 더욱 그랬다. 뉴 아발론 지구인 자치 정부는 이들의 정보를 요주의자 명단에 올렸다.

고화가 어떻게 뉴 아발론을 떠나 삼백 정거장이나 떨어진 비닌브냐까지 올 수 있었는지는 확인되지 않았다. 자치 정부가 아직 확인하지 못한 틈새가 있었을 것이다. 일단 행성을 벗어나 거미줄 우주로 들어가면 혼자 여행하는 지구인 남자 따위는 누구도 신경 쓰지 않는다.

중요한 건 과정이 아니라 범죄 자체였다. 고화는 비닌브냐에 오자마자 닛-이실 대사관 직원 윈 난누카 사릿을 사흘 동안 미행하다 폭행하고 강간했다. 대사관 경비군이 도착할 때까지 누구도 막지 않았다. 대부분 비닌브냐인은 강간을 이해하지 못했다. 그들은 닛-이실인과 지구인을 구별하지도 못했다. 그들에게 이십여 분간 지속된 그 범죄는 굳이 참견할 필요 없는 낯선 외계인들의 이해할 수 없는 행위였다.

경비군이 현장에서 강간범의 사지를 찢어발겼어도 뭐랄 이는 없었을 것이다. 하지만 닛-이실 정부는 공정한 법 집행을 원했다. 고화는 닛-이실에서 죽어야 했다.

3

　고래의 세 번째 승객은 아비미 사빗 문이었다. 노의와 함께 고화를 닛-이실로 압송하기 위해 대사관에서 파견한 직원이었다. 아비미는 무심한 표정으로 안전의자에 앉아 허공에서 끄집어낸 꿈블록들로 복잡한 모양의 추상적 구조물을 짓고 있었다.

　첫인상은 기분 나쁘다는 것이었다. 아름답지만 기분 나빴다. 아비미는 인간과 비슷하지만, 완전히 닮지 않은 존재의 오싹함을 고스란히 간직하고 있었다. 색소가 없는 반투명한 우윳빛 피부, 무지개 색으로 빛나는 투명한 머리칼, 색소가 있는 거의 유일한 부위인 크고 검은 눈동자. 몸의 구조는 멀리서 보면 인간과 거의 비슷했지만 비율이 미묘하게 조금씩 어긋나서 보다 보면 이유를 알 수 없이 불안했다.

　아비미는 화면을 통하지 않고 직접 본 첫 닛-이실인이었다. 이상한 일은 아니다. 그들은 지구인과의 만남을 극히 꺼렸다. 다른 종족들과도 그렇게 적극적으로 교류할 생각은 없었다. 종종 몇 년 동안 소식이 완전히 끊겨서 결국 궤도의 끌개를 폭파해버렸다는 소문이 돌기도 했다.

그 수줍음은 이해가 갔다. 지구인들을 추방하고 행성을 되찾았을 때, 닛-이실인들은 자기만의 것이 거의 없었다. 그들은 거의 백지 상태에서 스스로의 언어와 문화를 만들어야 했다. 닛-이실 문화가 안정된 순수성을 얻을 때까지 외부의 개입은 최소화할 수밖에 없었다. 그들은 그들의 달력으로 백 년, 그러니까 지구 달력으로 백십팔 년 만에 그 작업이 어느 정도 끝났다고 생각한 모양인지, 십이 년 전부터 비닌브냐와 같은 몇몇 주변 끌개 허브에 외교관을 보내기 시작했는데, 그만 이런 사고가 터진 것이다.

노의는 닛-이실어에 대해 기초적인 지식은 갖고 있었다. 지구인들의 검열과 감시를 피하기 의해 만든 암호로 시작된 언어였다. 처음엔 닛-이실인의 입 구조에 맞춘 독특한 발음의 단어들이 독립적으로 떠돌다가 이들이 하나둘씩 이어지면서 새로운 문법을 형성하기 시작했다. 닛-이실인의 뇌 구조가 스스로에 맞는 노래를 찾기 시작한 것이다. 지구 언어학자들의 손에 그 결과물이 들어온 건 겨우 팔 년 전의 일이었다. 노의는 그 뒤 닛-이실어를 배워 유창하게 구사할 수 있게 된 열다섯 명의 지구인 중 한 명이었다. 하지만 정확한 발음과 청취를 위해서는 혀와 귀에 삽입한 이식물의 도움을 받아야 했다.

고래 내부가 어두워지고 노의의 몸이 안전의자에 달라붙었다. 아비미는 한숨을 내쉬며 지금까지 만든 구조물을 소멸시켰다. 둘 사이에 앉은 고화의 얼굴과 몸은 약물로 경직되어 대충 찍은 3D 사진처럼 보였다. 앞의 스크린이 켜지고 비닌브냐 궤도 위를 돌며 끊임없이 모양을 바꾸어가는 흰색 물체가 보였다.

끌개였다. 일단 기술 문명이 끌개를 만들면 전 우주에 존재하는 모든 끌개들로 구성된 거미줄 우주에 연결된다. 여기서 거리는 아무 의미가 없었다. 오직 위상기하학적 구조만이 중요했다. 끌개를 통하면 우주선은 자기 은하계를 떠날 수 있는 건 당연하고 관측 가능한 우주를 넘어서 더 먼 곳까지 갈 수 있었다. 거미줄 우주에서 주변은 거리와 아무 상관이 없는 단어였다.

광대하면서도 좁은 우주였다. 어디로 가도 우주는 비슷했고 그건 끌개를 만든 문명들도 마찬가지였다. 거미줄 우주와 연결된 순간부터 대부분 문화는 정체되었다. 지구도 예외는 아니었다. 갈 수 있는 행성계는 모두 끌개를 만든 문명이 지배하고 있었기 때문에 우주 개척은 어려웠다. 개척을 해야 할 이유도 찾기 어려웠다.

그래도 기어이 아무도 살지 않는 행성계를 찾아 새로운 세계를 건설하려는 무리가 있었다. 그리고 그들 중 아주 악질적인 무리가 거미줄 우주의 미로를 돌아다니다가 고대 탐사선이 남긴 버려진 끌개에 끌려 닛-이실에 도착했다.

고래가 끌개에 뛰어들자 스크린이 갑자기 밝아졌다. 노의

는 눈을 감았다. 짧은 진동이 있고 스크린은 다시 어두워졌
다. 눈을 다시 뜨니 하얀 눈으로 덮인 하트 모양의 대륙이 남
반부 절반을 차지하는 행성이 눈에 들어왔다.

수백억 광년의 거리가 허무하게 사라져버렸다.

4

공무원 제복을 입은 닛-이실인 다섯 명이 비행장에서 그
들을 기다리고 있었다. 그들 중 세 명은 휘청거리며 고래에
서 내린 고화를 잡아끌고 갔고 한 명은 아비미와 함께 다른
방향으로 갔다. 가장 키가 작고 연장자처럼 생긴 이만 노의
와 함께 남았다.

"솔 정부의 소통관입니다. 입성을 허가해주셔서 감사합니다."

노의는 자기 두 손을 가볍게 잡았다. 두 팔이 있는 직립보
행족들을 위해 만들어진 표준 인사였다. 같은 인사를 한 상
대는 음악적인 소프라노로 말했다.

"미눗 아웃 바진입니다. 평의회 회장입니다. 환영합니다."

바람에 부슬부슬 날리는 가루눈에 반사된 아침 햇빛이 작
은 무지개를 만들었다. 얼마 전까지만 해도 움직이고 있던
옷의 냉각선이 꺼지고 열선이 작동을 시작했지만, 아직 추웠
다. 닛-이실인들이 입고 있는 얇은 옷을 보자 더 추워졌다.

지구인 기준으로 보면, 저들은 추위도, 더위도 타지 않았다. 하루 평균 온도가 영상 35도인 비닌브냐의 예캬 시에서도 똑같은 옷을 입고 똑같이 평온한 얼굴로 돌아다녔다.

주변을 둘러보았다. 모서리가 없는 둥글고 우아한 건물들이 얇은 눈을 덮고 비행장 주변을 에워싸고 있었다. 비행장 구석에서는 머리 없는 거인처럼 보이는 거대한 로봇들이 블록 장난감을 쌓는 아이들처럼 새 건물을 조립하고 있었다. 원반형 비행기가 착륙했고 인간 가청 영역을 벗어난 고음으로 수다를 떠는 아이들 수십 명이 내렸다. 평화롭고 일상적인 풍경이었다.

지구인들이 남긴 마천루를 찾으려 했지만 실패였다. 적어도 이 위치에서 세 개는 보여야 했다. 하긴 1세기는 그들이 남긴 모든 쓰레기를 치우기에 충분한 시간이었다. 있어봐야 위낫 시의 자연스러운 아름다움을 깨트릴 뿐이다.

아비미가 돌아왔다. 그들은 얼마 전부터 기다리고 있던 동그란 차에 탔다. 안은 가운데에 작은 탁자가 있는 아늑한 방이었고 창문이 없었다.

"우리가 솔 정부와 외교 관계를 맺어야 할 실용적인 이유는 없습니다."

미늣이 말했다.

"거미줄 우주에 있는 무한의 이웃 중 지구인들보다 나은 교류 상대는 얼마든지 있으니까요. 하지만 우리가 지구인들에게 품고 있는 감정의 잔재를 해결하지 않는다면 불필요한 짐을 후손에게 물려주게 됩니다. 그리고 과거가 없었다고, 우리의 존재가 지구 문명과 아무 상관이 없다고 우기는 건 그냥 자기기만이지요. 우리는 그런 식으로 역사를 만들고 싶지 않습니다. 적어도 우리 대부분은요.

지난 십 년 동안 우리는 솔과 수교하기 위해 차곡차곡 준비 과정을 밟아왔습니다. 여기엔 솔 정부의 적극적인 협조와 지원이 있었습니다. 여기에 대해서는 고맙게 생각합니다. 그런데 어이없게도 그 사건이 생겼습니다…"

"그 일에 대해서는 정말 유감스럽게 생각합니다."

노의가 말했다.

"정부가 개인의 사악함을 어떻게 다 통제하겠습니까. 그리고 따지고 보면 그자는 솔 관할이 아닙니다. 뉴 아발론 시민이니까요."

"지구인인 건 달라지지 않지요."

"그렇습니다. 하지만 그보다 더 큰 문제는 피해자인 윈 난누카 사릿이 교회인이라는 것입니다."

"네?"

"잇니케입니다. 찢어진 종잇조각 교회의."

처음 듣는 단어였다. 뇌내사전은 이 단어를 수녀로 번역했다. 평신도인 여성 수도자.

"여러분이 종교를 만들었는지 몰랐습니다."

"종교는 만들어지는 게 아닙니다. 생겨나는 것이지요."

노의는 이 일반론의 허술함을 지적하지 않았다.

"찢어진 종잇조각 교회는 지난 1세기 동안 발생한 다섯 종교 중 하나입니다. 가장 크고 인기 있으며 결국 나머지 네 개를 삼킬 겁니다. 우리 정부는 교회가 2세기 이상 지속 가능할 것이라 보고 있습니다. 교회 측에서는 보다 낙천적이라 백오십 년을 수명으로 잡고 있습니다."

"종말론을 믿으시나요?"

"아닙니다. 닛-이실의 종교는 모두 시한부입니다. 우리가 온전한 닛-이실인이 되는 순간 종교는 의미가 없어집니다. 우리 자신이 되는 것은 지금 우리 문화의 가장 중요한 목표지요. 몇몇은 이에 도달하기 위해 신비주의적인 방식을 취했고 결국 종교가 생겼습니다. 지구인들이 종교에 부정적이라는 건 압니다. 우리도 여러분의 역사를 알고 있습니다. 하지만 찢어진 종잇조각 교회는 강요하는 종교가 아닙니다. 사제도, 신도도, 권력도 없습니다. 전도도 안 합니다. 오로지 하나의 방식으로 하나의 목표만을 추구하는 수도자들로만 구성되어 있지요.

모든 닛-이실인은 평등합니다. 하지만 잇니케는 특별합니다. 고화가 의도적으로 잇니케에게 접근했는지, 어쩌다 아무 닛-이실인을 골랐는데 잇니케였는지는 모르겠습니다. 후자일 가능성이 높겠지만, 확인할 생각은 없습니다. 이미 모두가 지구인 남자가 잇니케를 강간했다는 사실을 알고 있다는 게 더 중요합니다. 그렇게 되면… 아, 벌써 도착했군요."

노의는 미늣과 아비미를 따라 차에서 내렸다. 잠시 눈이 아찔했다. 지금까지 노의는 닛-이실인 문명이 색에 무관심하다고 생각했다. 위낫 시의 건물 대부분은 흰색과 검은색으로 구성되어 있었고 다른 종류의 색은 아주 드물게 눈에 띄었다. 하지만 이들이 도착한 시민궁 안은 온갖 종류의 색으로 가득 차 있었다. 바깥에서는 단조롭다고 생각했던 공무원 제복도 건물 안에서는 다양한 빛으로 반짝였다. 끊임없이 변화하는 색의 무리가 원통형 시민궁 내부를 파도처럼 맴돌고 있었다.

건물을 채운 건 색뿐이 아니었다. 안은 노래로 차 있었다. 수백 명의 닛-이실인들이 노래를 하고 있었다. 이들의 언어는 처음부터 노래처럼 복잡한 성조를 갖고 있었다. 노의가 닛-이실 전담관으로 뽑힌 것도 이들의 언어를 정확하게 듣고 노래할 수 있는 절대음감의 소유자였기 때문이다. 하지만 지금 노의의 귀에 들리는 건 단순히 수많은 이들이 떠들면서 만드는 소음이 아니었다. 이들은 각자 자기 자리에서 보이지 않는 지휘자에게 끌린 듯 복잡하고 혼란스럽고 아슬아슬한 음악을 만들고 있었다. 그리고 그 음악은 결코 끝날 것 같아 보이지 않았다. 시민궁에 드나드는 수많은 시민들에 의해 이어지는 영원의 노래였다.

노의는 미눗과 아비미의 얼굴을 번갈아 바라보았다. 미눗은 침묵을 지키고 있었지만 아비미는 흥얼거리면서 자기만의 선율을 화음에 더하고 있었다. 지금까지 공무원의 무표정을 유지하고 있던 얼굴이 술 취한 듯 살짝 풀려 있었다. 바깥에서는 눈처럼 하얗던 피부가 시민궁 내부의 빛을 받아 알록달록하게 빛났다.

그들은 굽이치는 곡선의 복도를 따라 걸어갔다. 거기까지 가는 동안 노의는 시민궁의 합창이 하나만이 아니라는 사실을 깨달았다. 복도마다, 방마다, 수많은 작은 노래들이 있었다. 이들은 큰 합창 속에 묻혀 사라지기도 했고 합창에 새로운 멜로디와 화음을 불어넣어주기도 했다. 복도와 방을 돌아다니는 색의 파도도 마찬가지였다.

합창과 색의 파도는 미눗의 사무실, 적어도 그렇게 보이는 구역에 도착했을 때 멎었다. 방 안은 외부처럼 흰색과 검은색으로만 이루어져 있었다. 문은 없었지만 보이지 않는 방음장치가 외부의 소음을 차단했다. 고작 몇 분 동안 시민궁 안에 있었을 뿐이지만 노의는 이 정돈된 색과 침묵이 극도로 인위적이라 생각했다.

"어디까지 이야기했지요?"

미눗이 말을 이었다.

"네, 우리 시민들은 모두 지구인 남자가 잇니케를 강간했다는 사실을 알고 있습니다. 그 남자가 닛-이실 지배자였던 지구인 남자들의 후손이라는 정보도 곧 퍼지겠지요. 지금까지 이성적인 수준으로 억제되었던 반지구인 정서가 다시 폭발하는 건 시간문제입니다. 어떻게든 그전에 이 상황을 해결해야 합니다."

"어떻게요?"

"찢어진 종잇조각 교회에 처형권을 넘길 생각입니다."

5

숙소는 시민궁 삼십사 층에 있었다. 노의는 방의 온도를 20도로 올리고 옷의 열선을 끈 뒤 모든 창문을 투명하게 만들었다. 단아한 흑백의 겨울 도시 외부와 오색찬란한 내부가 동시에 눈에 들어왔다. 전혀 다른 두 개의 영화를 동시에 틀어놓은 것 같았다. 이들이 자기네 세계를 이렇게 극단적으로 갈라놓은 이유가 있겠지. 정신 사납지만, 이들에겐 당연한 환경일 것이다. 자연스러움과 당연함은 이들 문명이 추구하는 최종 목표니까.

숙소의 가구는 친숙했다. 의자, 옷장, 탁자, 책상, 침대. 위생실의 구조도 같았다. 다를 이유가 없었다. 닛-이실인들의 몸 구조는 지구인과 크게 다르지 않았다. 지구인의 몸에 맞춘 기구와 가구가 자기에게도 맞는다면 굳이 바꾸어야 할 이유가 없었다. 도시를 움직이는 자동차나 엘리베이터와 같은 기계 역시 대부분 뿌리를 지구 기술에 두고 있었다. 위낫 시의 풍경은 지금까지 지나쳐온 사천 개의 행성 어느 것보다 훨씬 지구와 비슷했다.

가방을 열어 식량 상자를 꺼냈다. 지구인들은 닛-이실의 음식을 먹을 수 없어서 일주일치 건조식량을 따로 가져와야 했다. 옛날엔 지구인들의 식량을 재배하기 위한 온실들이 따로 있었다. 그것들은 모두 해방전쟁 때 파괴되었다. 노의는 용기 하나를 열어 증류수를 붓고 발열기를 작동시켰다. 일분 뒤 제법 먹을 만한 끈적이는 핑크색 물질이 만들어졌다. 노의는 스푼을 꺼내 한 입씩 떠먹으며 생각에 잠겼다.

전쟁 때 솔 정부가 신속하게 개입할 수 있었던 건 행운이었다. 당시 사천 정거장을 거쳐 파견할 수 있었던 건 기껏해야 전함 한 척에 불과했지만, 그것만으로도 솔 정부는 다음 수를 위한 명분을 세울 수 있었다. 전쟁이 끝난 뒤 솔 정부는 십만여 명의 지구인 생존자들을 모두 처벌하고 세뇌하고 격리했다. 전후 1세기 동안 닛-이실에는 단 한 명의 지구인 남자도 발을 디딘 적이 없었다. 그동안 닛-이실을 방문한 몇 안 되는 지구인 소통관은 모두 여자였고 대부분의 외교 업무는 가장 가까운 이웃인 비닌브냐인들이 대신 처리했다. 지금도 삼천 명이 넘는 비닌브냐인들이 위낫 시에 살고 있었다. 욕망과 역사가 겹치지 않은 이들은 평화로운 이웃이었다.

고화는 전쟁 후 닛-이실에 발을 디딘 첫 지구인 남자였다. 이에 대해 음모론을 제기하는 이도 있었다. 그냥 강간범이 아니라 옛 노예들을 벌하기 위해 독재자들의 후손들이 일부러 보낸 트로이의 목마일지도 모른다. 이 행성에 도착한 지지구 시계로 겨우 다섯 시간 정도 지났지만, 강간범은 네 차례의 신체검사와 다섯 차례의 정신감정을 받았다. 이를 위해 박물관 지하실에 보관되어 있던 지구인 첩보부의 심문 기기들이 불려나왔다.

아무것도 없었다. 고화는 그냥 폭력적인 바보에 불과했다. 뉴 아발론에서는 출신 성분 때문에 일이 안 풀렸다. 이 시시한 남자는 자기가 닛-이실인들 때문에 이 꼴이 되었다고 믿었다. 강간은 복수였다. 그 대상이 잇니케였던 건 우연의 일치였다. 바보짓의 대가는 죽음이다. 고화는 여기까지 생각했을까? 아니었다. 놈은 강간 이후의 계획 따위는 없었다.

혐오감이 목 끝까지 올라왔다. 고화 때문만이 아니었다. 닛-이실과 관련된 지구인 역사 전체가 혐오스러웠다. 버려진 이 행성을 정복하겠다고 나선 한 무리의 지구인 남자들. 그들은 이곳을 남자들만의 행성이라 선언했고, 아직도 희미한 신호를 간헐적으로 보내는 끝개를 잠재웠고, 작은 올챙이처럼 생긴 토착 물고기의 유전자를 조작해 인간 여자와 비슷한 모양의 성노예로 만들었다. 이들은 이게 완전한 성 평등에 도달하는 방법이라 믿었다. 인간 여자 자체를 없애면 불평등도 없다.

고맙게도 닛-이실인들은 이들이 생각했던 것보다 훨씬 똑똑했고 자기들을 얽매는 불평등을 인식했다. 2세기의 치욕을 참으며 해방을 준비한 이들은 결국 해방전쟁을 일으켰고, 끝개를 깨워 거미줄 우주에 지구인들의 만행을 알렸다. 주인 행세를 하던 사십만 명의 지구인 남자들이 그 와중에 죽었다. 그들 중 십만 명은 열 대의 우주선을 나누어 타고 탈출하려다 모두 솔 전함의 미사일을 맞았다. 당시 산산조각 난 고깃덩어리 일부가 아직도 닛-이실 주변 궤도를 돌고 있다.

솔 정부로서는 필사적으로 이 역사를 청소하는 수밖에 없었다. 마음 같아서는 살아남은 십만 명도 적당한 구실을 만들어 제거하고 싶었겠지만 보는 눈이 너무 많았다. 거미줄 우주에서 개척행성은 드물었고 주변 백만 정거장 안의 이웃들은 모두 닛-이실의 이야기를 알았다. 대망신이었다. 모든 지구인이 그렇지 않다는 것을, 이 오염된 밥벌레 같은 무리들도 적절한 세뇌과정을 거치면 치료될 수 있다는 걸 보여주어야 했다. 그게 최소한의 하한선이었다. 뉴 아발론의 게으름뱅이들은 도대체 일을 어떻게 처리한 거야?

점심을 다 먹은 노의는 식기를 정리하고 작업을 시작했다. 가장 먼저 닛-이실의 정보 네트워크에 접속했다. 오선지 위의 마흔다섯 개의 알파벳으로 구성된 닛-이실어의 문장들이 책상 위 스크린에 떠올랐다. 팔 년 동안 닛-이실어를 배워 왔지만 몇몇 문장과 단어, 무엇보다 사고방식은 여전히 이해하기 어려웠다. 닛-이실어는 젊은 언어였고 변화는 장려되었다.

평의회가 막 이번 사건의 전체 정보를 공개했고 시민들의 반응이 폭발하고 있었다. 일부는 외교 관계 수립을 재고하라고 평의회에 요구했다. 일부는 결코 변하지 않는 지구인의 야만성을 잊지 말자며 과거의 역사를 끄집어냈다. 이 자잘한 문장들은 종종 흐름을 타며 자유분방한 서사시 타래로 변했다. 닛-이실어의 특징이었다. 시와 노래의 씨앗이 단 한 알이라도 문장에 숨어 있다면 이들은 기어이 꽃을 피웠다.

이들이 행성에 도착하기 전부터 예상했고 걱정했던 일이었다. 예상하지 못했던 것은 무덤덤하고 심지어 어느 정도 호기심 어린 반응들이었다. 그리고 그 호기심은 강간범이 아닌 자신들을 향하고 있었다. 그런 반응은 대충 다음과 같은 흐름을 탔다. 그 악당을 직접 보아야겠어. 직접 보고 내가 어떤 감정을 느낄지, 어떻게 행동할지 확인해야겠어. 이 타래 역시 여러 노래로 이어졌는데, 앞의 노래들과는 달리, 노의가 쉽게 내용을 해석할 수 없었다. 뇌내사전도 제대로 작동하지 않았다. 선율을 아는 익숙한 노래의 흥얼거림이 은근슬쩍 오케스트라로 연주하는 무조음악으로 넘어가는 것 같았다. 하지만 이들 중 일부는 이해 가능한 영역으로 수렴했다. 저자를 찢어진 종잇조각 교회의 잇니케들에게 넘기자, 우리

×성 착취

대신 그들이 느끼고 행동하게 하자. 저자의 몸과 정신을 찢어 이해의 완성으로 가는 길을 닦자. 아직 평의회는 처형권을 교회에 넘긴다는 발표를 하지 않았는데, 뒤늦게 민의를 따른다는 모양을 만들려 하는 것 같았다. 아니, 이건 너무 지구적인 사고방식일까?

닛-이실인들은 자신을 이해하고 설명하기 위해 수많은 상징을 동원했다. 찢어진 종잇조각은 그 하나였다. 잘게 찢어진 종잇조각은 지금의 닛-이실인들이었다. 온전한 한 장의 종이는 그들이 도달해야 할 목표였다. 찢어진 조각이 온전한 한 장의 종이가 되는 건 결코 자연스럽지 않다. 자연스럽게 신비주의가 끼어들었다. 적어도 노의가 이해한 바로는 그랬다.

왜 이들이 이런 믿음에 끌리는지는 이해가 갔다. 지구인들은 닛-이실인들을 대충 만들었다. 그들의 목표는 성적 욕구를 풀 수 있는, 말하고, 듣고, 복종하고, 체념하고, 고통 받고, 공포에 떠는 인형과 같은 존재였다. 그것만 충족된다면 나머지는 상관없었다. 지구인과 닛-이실인의 성교는 모두 강간이었다. 2세기의 정복 기간 동안 이들은 그것을 당연히 여겼다. 그들이 엄격하게 동성애를 금했던 것도 강간이 아닌 성교의 가능성을 차단하기 위해서였다. 자기 자신이 심은 닛-이실인들의 잠재력을 그들이 눈치채지 못했던 것도 그 때문이었다. 그들은 오로지 자신에게 강간당한 피해자의 모습으로만 닛-이실인들을 보았다. 뒤엉킨 실타래와 같은 정신을 가진

이 혼란스럽고 작고 가냘픈 짐승들이 재생기를 조작해서 더 명민하고 기민한 후손들을 만들어내 결국 그들에 맞설 거라고는 상상도 하지 못했다.

압제자들을 성공적으로 몰아내긴 했지만, 이 가냘픈 짐승들은 여전히 혼란스러웠다. 먹고 싸는 걸 제외하면 아무 생각 없던 물고기들이 순식간에 끌개의 기능을 이해할 수 있는 지능을 갖춘 존재로 변했고 이 사이엔 어떤 연속성도 없었다. 이들의 욕망과 감정은 찢어진 종잇조각처럼 파편화되어 있었다. 이들은 자신이 무엇을 원하는지 몰랐다. 심지어 해방전쟁 자체도 지구인의 논리를 따르고 있었다. 지구인의 정신을 흉내 낸다면 어설프게나마 안정된 삶이 가능했다. 하지만 그건 진실된 삶이 아니었다. 이들은 닛-이실인의 이데아를 갈망했다. 이는 현실세계에는 존재한 적이 없었다. 오로지 종교만이 답을 줄 수 있었다.

찢어진 종잇조각 교회가 탄생했다.

6

아비미가 바퀴 달린 관처럼 생긴 기계를 보여주었다. 뚜껑을 열자 오톨도톨한 돌기가 박힌 텅 빈 내부가 드러났다.

"지구인 군대가 음식물 쓰레기 처리기로 썼던 기계예요.

같은 기능의 기계를 만들어 우리는 장례식장에서 시체를 분해하는 데에도 쓰고 있지요. 이건 골동품이에요. 분해되는 것이 쓰레기라는 것을 보여주어야 하니까요."

이들은 고화를 이 안에 산 채로 넣을 생각이었다. 수분을 날리고 기본 분자 단위의 가루로 변해 정리될 때까지 십 분 정도 걸릴 것이다. 다음에 가루를 변기에 털어버리고 잊어버리자고 했겠지. 피해자가 잇니케가 아니었다면 먹힐 수도 있는 제스처였다.

"찢어진 종잇조각 교회에서는 처형을 어떻게 하나요?"

노의가 물었다.

"교회는 지금까지 사형을 집행한 적이 없습니다. 닛-이실에는 멀쩡한 사법제도가 있습니다. 안락사, 자살, 종교 행위 과정 중 발생한 사고사는 일상이지만 저들은 범죄자를 처벌한 적은 없어요."

아비미가 대답했다.

"교회가 사고사에 대한 법적 책임을 지기도 하나요?"

"우리는 잇니케들 사이에서 벌어진 일들에 대해서는 참견하지 않습니다."

위험하고 무책임한 생각처럼 보였다.

"윈 난누카 사릿은 이번 처형에 참여하나요?"

"아뇨. 비닌브냐에 머물 겁니다. 우린 피해자에게 불필요한 짐을 지울 생각이 없어요. 될 수 있는 한 빨리 일상으로 돌아갈 수 있게 도울 겁니다. 이건 여러분의 지침을 따른 것입니다. 몇 만 년 동안 강간범들과 같이 살아왔으니 피해자들을 다루는 방법도 여러분이 더 잘 알겠지요."

"닛-이실에선 성범죄가 존재하지 않나요?"

"이곳에서는… 거의 모든 일들이 일어납니다."

아비미가 느릿느릿 말했다.

"그중에는 지구인들이 익숙한 이름으로 부를 만한 일들도 있어요. 하지만 큰 그림 안에서 보면 그것들의 의미는 전혀 다릅니다. 우리는 그 의미를 읽으려 하고 있어요.

처형식도 그 의미를 읽는 작업입니다. 교회에서는 어떤 일도 반복되지 않아요. 적어도 의식적으로는요. 잇니케들은 늘 새로운 길을 찾고 그 길을 갑니다. 오늘 밤에도 그러겠지요. 우린 그냥 그 미지의 길을 갈 수 있게 준비만 해주면 됩니다."

쓰레기 처리기가 다시 창고로 들어갔다. 노의는 아비미를 따라 박물관에서 걸어 나왔다. 함박눈이 내렸다. 공원에서는 하얀 옷을 입은 아이들이 맨손으로 뭉친 눈덩이를 던지면서 눈싸움을 하고 있었다. 길거리의 시민 절반은 발목이 드러나는 샌들을 신고 있었다. 보기만 해도 추웠지만 추위를 타지 않는 이들에겐 이 선택이 자연스러웠다.

"우린 이 행성을 더 좋은 곳으로 만들었습니다."

아비미가 말을 이었다.

"우리의 존재를 지우고 본다고 해도 해방전쟁 이전의 이곳은 끔찍했습니다. 지구인들은 대륙을 세 개의 나라로 갈라 불필요한 전쟁을 벌였어요. 군대를 만들기 위해 공격성과 복종심만 남긴 군인 클론들을 생산했고 매일 수백, 수천 명이 죽었습니다. 폭력으로 해결해야 할 정치적 이유가 있어서가 아니라 삶의 이유를 찾는 다른 방법을 몰랐던 겁니다. 지금도 도시 바깥에 나가 아무 데나 파면 전사자 시체가 나와요. 지구인 시체는 여기서 잘 썩지 않으니까요. 우린 그런 짐승들 사이에서 강간당하고 납치당하고 소모품처럼 쓰이며 살아왔습니다.

그 시대는 갔어요. 이곳은 불완전하지만, 전쟁은 없습니다. 우리는 스스로의 주인이고 우리 일에 책임을 집니다. 많은 나쁜 일들이 일어나지만, 투표권이 있는 모든 시민들이 강간범이던 그 옛날과 비교할 수는 없습니다. 우린 그들보다 낫습니다. 그리고 더 나은 존재가 될 수 있어요. 지구인이 남긴 잔재를 버리고 진정한 우리 자신이 될 수 있다면요. 교회에서 벌어지는 일들이 여러분 눈엔 야만적으로 보일 수도 있습니다. 하지만 우리에겐 과거의 쓰레기를 태울 불이 필요합니다."

서서히 교회가 눈에 들어왔다. 조용한 흥분에 싸인 군중들이 주변에 모여 있었다. 하얀 학교들 사이에 끼어 있는 검은 벽돌 건물이었다. 부드러운 곡선으로 이루어진 위낫 시의 다른 건물들과는 달리 날카롭고 음험하고 과장되어 있었다. 옛

만화영화에 나오는 마귀의 성 같았다.

교회 앞에 가서야 노의는 그게 비유로 그치지 않는다는 것을 알았다.

7

이연 인림 의장님께.

이 편지가 지구에 도착할 무렵엔 전 이미 닛-이실을 떠나 비닌브냐에서 다음 우주선을 기다리고 있겠지요.

공식 보고서를 먼저 읽으셨다면 아시겠지만, 닛-이실 평의회와의 교섭은 성공적으로 끝났습니다. 그쪽에서는 표준력으로 2사이클 안에 정식 외교 관계를 맺길 바라고 있습니다. 외무부 분석팀의 예측은 틀렸어요. 그들은 우리와 관계를 끊을 생각이 없습니다. 과거에 대한 분노와 혐오는 여전히 남아 있습니다. 하지만 우리가 제공하는 외교 우산을 벗어던질 생각도 없어요. 무엇보다 그들은 우리가 앞으로 변화할 자신들을 위한 고정된 비교대상이 되어주기를 바랍니다. 조건은 있습니다. 물리적 교류는 앞으로도 없을 것이며 남자들은 출입금지입니다. 이를 아쉬워하는 사람들은 없을 것이라 생각합니다. 이들의 이미지를 포르노 망상의 재료로 삼는 무리들도 그냥 지구에 남아 있어야겠지요. 인민당 사람들은 표현의 자유 어쩌구를 내세우며 그들을 옹호하던데, 이게 외교 문제로 번질 수 있다는 걸 알아야 합니다. 우리의 자유보다 그들의 존엄성의 무게가 더 큽니다.

막판에 제가 넘겨받은 임무 역시 무사히 끝났습니다. 강간범 고화는 찢어진 종잇조각 교회에 의해 처형되었습니다. 문제는 여전히 남아 있습니다. 솔과 뉴 아발론 정부는 앞으로 닛-이실의 잔당들을 제대로 관리하겠다는 성의를 보여주어야 합니다. 교회에 처형권을 넘겨주었기 때문에 순수한 세속성을 유지하려는 닛-이실 정부의 노력에 금이 갔고 이들도 이를 해결하기 위해 머리를 굴리고 있습니다. 하지만 둘 다 제가 신경 쓸 바가 아니지요.

보고서엔 자세히 언급하지 않은 처형 이야기를 조금 길게 해드리겠습니다.

처형장은 위낫 시 변두리에 있는 찢어진 종잇조각 제3교회였습니다. 당장이라도 악마가 튀어나올 것처럼 생긴 검은 화강암 건물입니다. 조사해보니, 입구를 제외하면 1965년에 엠마 슈테른베르크라는 무대 디자이너가 헬무트 브라멜의 오페라 〈노스페라투〉를 위해 디자인한 드라큘라의 성과 아주 흡사했습니다. 뱀파이어의 성이었던 겁니다.

이 흉악스러움은 의도적입니다. 지구인들은 호전성을 과시하기 위해 거의 캐리커처 수준으로 사악한 모양을 한 건물들을 여기저기 세웠습니다. 생각하기 귀찮은 건축가 하나가 슈테른베르크의 성 디자인을 그대로 가져온 것이겠지요. 이들 대부분은 파괴되었지만, 이 성만은 남아 찢어진 종잇조각 교회가 물려받았습니다. 왜 이 건물을 택했는지는 교회도 잘 모를 겁니다. 그냥 감을 따랐겠지요. 이 행성에서는 많은 중요한 일들이 감에 따라 결정됩니다.

위낫 시의 대부분 건물들이 그렇듯, 교회도 끊임없이 변화하는 색으로 가득 차 있었습니다. 단지 각진 구조 때문에 그 흐름이 그렇게까지 유기적이라는 생각은 들지 않았어요. 그리고 은근히 붉은빛이 강해 내장을 도려낸 거대한 짐승 시체 안에 들어와 있는 기분이었습니다. 닛-이실인들에게는 조금 다른 의미를 띠었겠지요. 이 행성 동물들의 피에는 헤모글로빈이 없으니까요. 이들이 아는 동물 중 붉은 피를 흘리는 건 오로지 지구인들뿐입니다.

안은 의외로 넓었고 연극무대 또는 검투장을 연상시켰습니다. 중앙의 네모난 공간을 관객석이 사방에서 둘러싼 구조였지요. 지하실로 연결된 출입구가 북쪽에 나 있었습니다. 저는 저랑 비닌브냐에서 같이 온 외교관 아비미와 함께 맨 밑 남쪽의 앞자리에 앉았습니다. 제가 알기로 잇니케가 아닌 관객은 저희 둘뿐이었습니다.

길가에서 잇니케를 만났다면 전 구별하지 못했을 겁니다. 이들은 모두 머리를 아주 짧게 깎았지만 교회 바깥의 많은 이들도 그랬습니다. 흰색과 검정 위주의 간소한 옷을 입었지만 위낫 시에서 만난 대부분의 이들이 그런 옷을 입었습니다. 유일하게 구분할 수 있는 특징은 옷 일부에 빨간색 포인트가 들어가 있었다는 것입니다. 일반 시민이 빨간색 포인트를 준 옷을 입는 건 금지되어 있지 않지만, 대부분 알아서 피한다고 합니다.

이들은 저희가 도착하기 전부터 입을 다물고 각자의 노래를 흥얼거리고 있었습니다. 이 노래는 모두가 착석하고 교회 문이 닫히는 순간부터 하나의 가사 없는 선율로 합쳐지기 시작했습니다. 옆자리의 아비미도 당연하다는 듯 그 선율에 합류했습니다. 영문을 모르는 외계인인 저만이 어리둥절한 얼굴로 두리번거리며 주변을 훔쳐보고 있었지요.

지하실 문이 열리고 잇니케 한 명이 나왔습니다. 특별한 누군가는 아니었어요. 그냥 제비로 뽑은 아무개였습니다. 찢어진 종잇조각 교회는 지구인 지배자들을 연상시키는 많은 것들을 경멸했고 그중엔 서열과 계급도 포함되어 있었습니다.

"미래를, 더 아름다운 미래를."

잇니케가 말했습니다. 그러자 관객석의 모든 이들이 같은 문장을 노래했습니다.

가사가 있는 노래가 이어졌습니다. 중앙의 잇니케가 시작하면 관객들이 이를 받아 끝내는 식이었지요. 처음에는 이렇게 시작됩니다.

우리는 봅니다, 아름다운 미래를 / 우리가 온전해지는 그 날을.

우리는 봅니다, 우리를 이루는 종잇조각들이 붙고 / 우리가 한 장의 종이가 되는 날을.

이후로는 지구의 인어로 뜻을 번역하기가 쉽지 않습니다. 닛-이실의 언어에서는 두운과 각운, 글자 수를 다 합친 것보다 더 중요한 건 음악적 논리입니다. 이를 담을 수 없는 번역문으로만 보면, 이들의 시는 순식간에 부조리해져버립니다. 단지 이들의 문장에서 완성과 미래라는 단어가 꾸준히 반복된다는 점은 말해도 될 것 같습니다. 그 둘은 언제 어디에 넣어도 좋은 단어입니다.

갑자기 노래가 끊어졌습니다. 열린 지하실 문을 통해 고화가 휘청거리며 걸어 나왔습니다. 머리와 수염은 모두 거칠게 깎였고 벌거숭이였습니다. 두 손으로 아랫도리를 어설프게 가리고 있었고요. 어리둥절해 보였습니다. 그리고 추위에 떨고 있었어요. 실내였지만 영하 5도였으니까요. 온몸엔 오톨도톨 소름이 돋아 있었고, 벌린 입과 코에서는 하얀 입김이 흘러나왔습니다. 그리고 그 입김은 36.5도의 체온을 가진 또 다른 외계인인 제가 뿜는 입김과 섞여 하나가 되었습니다.

고화는 힘없는 미소를 지었습니다. 그리고 양손을 떼 성기를 드러내고 잇니케들을 향해 흔들었습니다. 나름 도발적인 행동이었겠지요. 하지만 반응은 차가웠습니다. 거기에 움찔한 건 저뿐이었지요.

당연하지 않겠습니까. 우리가 품고 있는 지구인 몸에 대한 혐오와 매혹 대부분은 모두 몇 십억 년에 걸친 진화의 흐름을 통해 만들어졌습니다. 닛-이실인들에게는 그런 역사가 없었습니다. 심지어 이들은 자기 육체의 모양에도 무감각했습니다. 적어도 우리가 익숙한 방식으로 자극받지는 않았지요. 그들의 몸에 투영된 건 그들의 욕망이 아니라 지구인들의 욕망이었으니까요. 이 세계에서 진화는 그들의 몸에 대한 어떤 것도 가르쳐주지 않았습니다. 고화가 흔들고 있는 신체 부위는 분명 역사적·문화적 의미가 있었고 이들은 그 의미를 혐오했습니다. 하지만 그날 그 교회 안에서 지구인 남자가 성기를 흔드는 건 고무로 만든 장난감 칼을 휘두르는 것 정도의 위협밖에 되지 않았어요.

도발이 먹히지 않자, 고화는 얼굴을 과장되게 일그러뜨리더니 성조가 엉망인 닛-이실어로 외쳤습니다.

"창녀들! 노예들! 죽어라!"

여기저기에서 웃음소리가 들렸습니다. 진짜 웃음은 아니었어요. 이들에게도 유머감각이 있었지만, 그것은 웃음으로 연결되지는 않았습니다. 그러니까 그들은 지구인의 언어로 그 욕설에 대답했던 것입니다.

노래가 시작되었습니다. 처음에는 가사 없는 허밍이었어

요. 그러다 여기저기서 가사들이 떠오르더니 가장 우세한 것으로 수렴되었습니다.

네가 문을 열었다.
우리는 그 문을 통해 아직 가지 않은 새길을 간다.

아주 즉흥적으로 떠오른 가사는 아니었던 것 같습니다. 문과 길은 미래와 완성만큼 자주 등장하는 단어였으니까요. 그리고 여기선 이것들이 포함된 문장들이 나올 수밖에 없었지요. 그중 가장 이들의 입에 맞는 가사가 이긴 것입니다.

노래가 계속되었고 잇니케들이 한 명씩 일어났습니다. 그리고 그들 중 상당수는 길게 늘어진 하얀 리본과 같은 것을 들고 있었습니다. 그리고 그 리본의 끝은 관객석과 벽에 고정되어 있었어요. 순식간에 리본으로 구성된 미로의 성이 만들어졌습니다.

전 아비미와 함께 관객석에 남았습니다. 차마 그 안에 들어가 무슨 일이 일어나고 있는지 확인하고 싶지 않더군요. 처음엔 고화의 억지 웃음소리가 들렸습니다. 그리고 지구어의 욕설이 들렸어요. 다음부터 한 시간 동안은 오로지 비명뿐이었습니다. 그 비명의 음조는 교회 안에 울리는 노래의 가사에 반영되었습니다. 그 가사 대부분은 얼음과 물고기와 해초에 대한 발랄한 농담들이었습니다. 고화의 비명에서 가장 가까운 단어들로 그 흐름에 맞는 가사를 즉흥적으로 짓다 보니 다 농담으로 흘렀던 것입니다.

노래가 갑자기 멎고 리본들은 팽팽해졌습니다. 잇니케들은 모두 뒤로 물러났습니다. 길이 열렸고 저는 일어나 무대로 걸어갔습니다.

고화는 리본에 묶인 채 무대 중앙에 떠 있었습니다. 리본들이 고치처럼 녀석의 몸을 감고 있었습니다. 팔과 다리는 큰대자로 펼쳐져 있었고 몸은 45도로 기울어져 있었습니다. 녀석은 하나 남은 눈을 위로 치켜뜨고 저를 거꾸로 보고 있었습니다.

수십 개의 리본이 고화의 몸을 관통하고 있었습니다. 오른쪽 눈, 열 손가락 손톱 밑, 성기와 등에서 리본들이 삐져나와 있었지요. 지혈 조치가 있었는지 상처에 비해 바닥에 고인 피의 양은 적었고 잇니케의 몸과 옷에도 피는 거의 묻어 있지 않았습니다. 이들의 피부와 옷감은 원래 끈적거리는 물질이 잘 붙지 않는 구조로 되어 있다는 걸 나중에야 알았습니다.

차가운 무언가가 제 왼손 손바닥에 닿았습니다. 아비미가 저에게 쥐여준 것입니다. 리본의 끝은 금속 파이프였고 파이프 끝에는 작은 단추가 달려 있었습니다. 단추를 눌렀습니다. 리본에 연결된 금속 촉이 튀어나왔다가 바닥에 떨어지자 다시 빨려들어갔습니다. 파이프의 표면을 관찰했습니다. 여기저기 긁힌 흠이 보였습니다. 자주 쓰인 오래된 장비였습니다.

저는 파이프로 고화의 얼굴을 쓸었습니다. 그리고 녀석이 자신을 가장 하찮게 느낄 법한 욕설들을 골라 퍼부었지요. 웃음소리가 들렸습니다. 이들 중 상당수는 우리 언어를 기억하고 있었습니다. 전 녀석의 얼굴 위로 열꽃처럼 피어오르는 모욕감의 표정을 읽고 만족했습니다.

고화의 입이 움직이고 웅얼거리는 소리가 들렸습니다. 처음에는 무슨 뜻인지 몰랐습니다. 녀석은 꿈틀거리며 피가 섞인 침을 삼키더니 아까 했던 말을 반복했습니다.

"예쁘게 말해. 제발 예쁘게 말해."

제가 들어주어야 할 요구 따위는 아니었습니다. 하지만 계속 이 꿈틀거리는 짐승 앞에서 시간 낭비를 할 생각도 없었습니다. 저는 녀석의 왼쪽 눈에 파이프를 들이대고 촉을 발사했습니다. 그 촉과 촉에 달린 리본이 어디로 나왔는지 확인하지 않고 교회를 떴습니다. 들어보니 고화는 그 뒤로도 두 시간 정도를 더 살아 있었다고 합니다.

이 이야기의 교훈은 무엇일까요. 의장님은 이 편지를 읽으시면서 신비스러운 외계 종교의 깊은 의미를 찾느라 노력하고 계실지도 모르겠습니다. 하지만 그런 의미를 찾는 건 무의미합니다. 고화는 그냥 죽을 짓을 해서 죽었습니다. 잇니케들은 강간범을 최대한 오래 고통을 주며 죽이고 싶었고 그렇게 했습니다. 거기에 종교적 장식과 유희가 따랐을 뿐이지요.

우리가 아는 어느 우주에 가도 종교는 다 비슷합니다. 이들은 존재하지 않는 것이 있다고 믿고 이를 추구합니다. 이들의 공통점은 헛짓거리입니다. 만약 그들이 추구하는 대상이 정말로 존재한다면 처음부터 그건 종교가 아니겠지요. 이렇게 이야기하면 불교 이야기를 꺼내실 것 같은데, 요새처럼 아무나 해탈 시술을 받을 수 있는 시대에 그게 무슨 의미가 있을까요.

찢어진 종잇조각 교회도 마찬가지입니다. 온전한 종이 한 장 따위는 존재하지 않습니다. 모든 생명체는 미완성입니다. 닛-이실인들은 찢어진 종잇조각일 때 자연스럽습니다. 닛-이실 고유의 건축, 문학, 음악, 심지어 종교도 이 찢어진 상태에서 나왔습니다. 겨우 1세기 동안 이들이 이룬 업적을 보세요. 이들이 멀쩡한 종이 한 장이었다면 이런 것들은 존재하지도 않았습니다. 이들은 불행하지만 우린 안 그런가요.

이들이 육체와 정신의 불안정을 해결할 방법을 찾을 수도 있습니다. 하지만 그 방법은 과학일 겁니다. 이들은 이미 한 번 스스로 자기 자신을 개량한 적이 있습니다. 다시 하지 말라는 법도 없지요. 여기에 찢어진 종잇조각 교회의 믿음이 반영될 수도 있습니다. 하지만 이상한 믿음을 가진 사람들이 교회에 모여 이상한 짓을 하는 것만으로는 아무것도 이룰 수 없습니다.

이들은 백오십 년 안에 교회가 종이 한 장의 목적에 도달하고 소멸할 거라 믿더군요. 제 생각엔 너무 길게 잡았습니다. 1세기 안에 이들은 교회가 추구하는 종교적 목표에 대한 관심을 잃고 필연적인 존재의 불안함을 받아들일 겁니다.

우리 대부분이 그랬던 것처럼요.

8

닛-이실 혁명력 152년, 솔 정부의 소통관이었던 세종 노의는 찢어진 종잇조각 교회의 첫 번째이자 마지막 지구인 잇니케가 되었다. 몇 개월 동안 뜨거웠던 논란은 곧 시들해졌다. 철저하게 닛-이실 중심인 교회의 목표에도 불구하고 지구인이 교회에 들어오는 것을 막는 규칙은 찾을 수 없었다.

혁명력 176년, 세종 노의는 찢어진 종잇조각 제7교회에서 사망했다. 사인은 영양실조였다. 온몸은 멍투성이였고 뼈 여섯 개가 부러져 있었지만, 경찰은 수사하지 않았다.

혁명력 205년, 찢어진 종잇조각 교회는 무관심 속에서 소멸했다.

✕ 천국의 낮 ✕

✕

주원규

주원규

2009년부터 소설을 쓰기 시작했다.
지은 책으로 《열외인종 잔혹사》, 《메이드 인 강남》,
《특별관리대상자》 등이 있으며, 드라마 〈아르곤〉,
〈모두의 거짓말〉 등의 대본과 원작기획에 참여했다.

×

*

그곳은 한 가지 특징만이 있었다. 낮이든 밤이든 중요하지 않다는 거. 평범하지만 그 나름대로 깨달음을 주는 특징이다. 깨달음이라 해서 철학적 발견 따위를 기대하는 건 곤란하다. 그저 그렇다는 걸 알게 한다는 것이다.

그곳엔 언제나 불빛이 켜져 있었다. 그녀의 기억 속에 불빛은 한 번도 꺼진 적이 없었다. 구석구석 습기가 엄청나게 빠른 속도로 확장될 기세로 가득했지만, 그래서 조금이라도 후각을 열고 코를 킁킁거릴라치면 가공할 수준의 역겨운 곰팡내가 스멀스멀 끓어올랐지만, 그래도 불빛은 일반 가정 공간과 다르게 호사스러웠다.

LED라고 하나. 물론 그 전문용어 역시 攎(이하 미) 스스로 알아낸 건 아니다. 그곳의 실질적 소유주 軥(이하 구)가 주장한 것이다. 여하튼 대체 그곳에서의 생활과 무슨 상관이 있는지 모르지만, 키가 170이 채 안 되는 남자치고, 특히 요즘 십 대치고는 깡마른 체격을 자랑하는 구가 목에 핏대까지 세워가며 미에게 강조하듯 알려준 정보로부터 비롯된 깨달음이었다.

—씨발. 개년아. 이런 게 4차 산업혁명이란 거야. 전등부터 환경오염 좆또 허벌나게 유발하는 발암 같은 형광등 싹 다 갖다 버리고 LED로 바꾸는 거. 그런 게 4차 산업 스마트시티라고. 알아듣냐? 이 씹걸레 닮은 씨발년아, 응?

미는 4차 산업혁명, 스마트시티와 전등을 LED로 바꾸는 게 뭐 그렇게까지 관계가 있는지 질문할 겨를 내지는 최소한의 여유도 없이 힘차게 고개를 끄덕였다. 워낙 겁을 먹었거나, 절정을 잠식한 수준의 공포를 느끼는 경우 아예 아무것도 기억하지 못하거나 말 한 마디, 토씨 하나 빼놓지 않고 죄다 기억하거나 둘 중 하나가 되곤 하는데 미는 후자에 속했다. 구의 찢어진 눈, 샛노랗게 탈색한 머리통, 거기에 결정적으로 그곳에 들어오자마자 나이키 추리닝 상하의를 단숨에 싹 다 벗어버리는 순간 드러난 몸 어디 하나 멀쩡한 구석을 찾아볼 수 없는 칼자국, 담배빵의 흔적 등. 그 상흔을 더욱 돋보이게 만드는, 유행이 꽤 지난 일본 애니메이션 〈공작왕〉 캐릭터가 주, 부캐 가리지 않고 죄다 박제되듯 새겨진 문신을 보는 순간 미는 눈동자도 함부로 깜빡거리지 못했다. 입은 악다물었으며, 귀는 어떤 순간에도 최대한 열어놓을 기세로 긴장했다.

　　그렇게 이틀이 지난 지금, 미는 눈을 뜨기 어려웠다. 눈꺼풀을 열려고 하면 할수록 이마와 눈가의 멍 자국이 욱신거리는 통에 여간 고통스러운 게 아니었다. 그래도 시간은 확인 가능했다. 일곱 시. 오전 일곱 시는 아닐 것이다. 누군가 켜놓은 티브이에선 〈복면가왕〉 생방이 절찬리에 방영 중이었으니까. 일요일 저녁 일곱 시가 틀림없다. 실눈처럼 흘겨 뜬 미의 시계에 여전히 천장에 매달려 있던 LED 전등 불빛이 철옹성처럼 버티고 있었다. 미는 이곳에 들어선 지 이틀 정도가 지난 뒤에야 이 공간이 가진 나름의 특징 중 가장 기억하기 쉬운 특징을 짐작했다. 밤이든 낮이든 그게 무슨 상관이냐는 식으로 시간의 흐름을 무력화시키기 위한 용도인지, 꼴에 빌트인 구색은 그럭저럭 갖춘 이곳 원룸에 창문이 없다는 사실이 가장 결정적 특징이었다. 사면 둘러싸인 벽과 현관문, 그게 이 공간의 전부였다. 한쪽 벽면을 가득 메운 압도적인 크기의 퍼즐 액자 하나가 창문 역할을 대신했다. 유럽 지중해 어딘가를 사진 찍듯 극사실적으로 그려놓은 경치였다. 그리스식 풍취가 느껴지는 건축양식이 돋보이는 해안 도시의 한낮을 옮겨놓은 듯한 느낌으로 충만한 풍경 퍼즐 그림. 크기로 봐선 오천 피스는 족히 넘어 보이는 초대형 퍼즐 액자. 미는 문득 나처럼 이곳에 버려진 어떤 이가 이 악물고 저 퍼즐을 맞추는 데 시간을 보내진 않았을까 하는 우려와 기대가 교차했다. 하지만 기대는 기대일 뿐이다. 누가 저 퍼즐 액자를 맞췄는지는 미에게 중요한 주제는 될 수 없었다. 온지하 혹은 완전지하로 통하는 빌라 원룸에 감금에 가까운 생활을 시작한 미가 잠시 정신을 잃었다가 다시 눈을 떴나는 사실을 구와 함께하는 두 명의 교복 여자애들에게 들킨 순간, 그녀는 이 상황에서 구원받을 수 있는 길이 어디에 있는지, 어떻게든, 무슨 수를 쓰든 알고 싶었다. 두 교복의 표독스런 시선이 자신을 할퀴는 순간, 미는 어쩔 수 없이 오줌을 지리고 말았다.

─야야, 저 쌍년 처운다.

─우는 건 씨발, 부캐야. 주캐는 존나 저 보지지, 보지.

─아. 씨바. 좀물 흘리잖아!! 개 더티해!!

─야. 이 개씨바, 세파트 같은 년아. 존나 더 처맞고 뒤지고 싶냐?

─더 타격하면 진짜 뒤지겠는데, 그럼 어떡하려고?

─뭘 어째? 시체 던지기 하면 되지. 후달리냐?

두 교복의 속사포같이 주고받는 욕 배틀이 계속되는 동안 미는 스스로의 힘으로 일어나려고 애썼다. 발버둥이었다. 하지만 필사적 결의와 다르게 몸이 말을 듣지 않았다. 꼼짝할 수가 없었다. 관절 하나, 뼈 하나라도 움직일라치면 신경세포가 파열되는 듯한 통증이 미를 괴롭혔다.

얼마나 맞았는지 가늠이 되질 않는다. 두 교복은 담배를 입에 물고 잔뜩 인상을 구기며 규칙적이거나 심지어 사무적인 성실함으로 미를 구타했다. 완전지하 원룸에 들어선 이틀 전 저녁 여덟 시부터 시작된 구타였다. 정신을 잠시 잃었던 몇 시간을 제외한다 해도 미는 이틀 동안 한숨도 쉬지 않고 매타작을 당한 셈이다. 그런데도 신기한 부분이 있었다. 문득 미의 시선이 전신 거울을 향했는데, 얼굴은 놀랍도록 멀쩡하다는 점이다. 눈에 피멍이 든 걸 빼고는 코나 입술, 턱은 나름 깨끗하게 보존됐다. 문신투성이 알몸 남자 구가 삼각대를 갖고 와 스마트폰 성능을 테스트했다. 점검하는 도중 툭 던지듯 미에게 물었다. 미는 구의 질문을 받자마자 고개를 힘껏 끄덕이며 답을 하지 않을 수 없었다.

　—야, 야.

　—어. 어. 말해.

　—계속 이렇게 처맞다가 쥐도 새도 모르게 뒤질래? 아님, 시키는 대로 벌리고 돈 챙길래?

　—시키는 대로 할게.

　—그게 뭐든?

　—응?

　—시키는 거면 뭐든 다 할 수 있냐고, 개년아.

　—할게. 해. 하지. 왜 못해.

　—오키. 그럼 너 지금부터 노예 한다.

구가 선고하듯 말하자 두 교복 중 노랑머리 교복이 발작적으로 항변하듯 구에게 말했다.

—아, 씨바! 이년이 걸레 되면 난 뭐 하냐고!

—존나 어그리년아. 넌 왁꾸 앗싸잖아. 어딜 기어들어와.

—오빠, 씨발. 좆같이 저 보지만 따먹으려고 이러는 거 내가 모를 줄 알아?

—개년들이 처돌았나? 비즈니스잖아, 비즈니스!! 야, 이 쌍년아. 내 자지를 봐라. 꼴렸냐? 꼴렸냐고, 씨발아.

구가 대단한 자비를 베풀듯 힘주어 답하자 노랑머리 교복이 풀 죽은 얼굴로 그 자리에 주저앉았다. 그걸 지켜보던 또 다른 교복, 소코뚜레처럼 코에 엄청난 크기의 링 피어싱을 한 교복이 말보로 레드를 입에 문 채 키득거리며 말했다.

—씨바. 딴 거 다 필요 없고 이 씨바년아! 빨리 가서 안 씻어!

*

지옥의 문이 열린 건 일주일 전이었다. 단 일주일 만에 미는 제대로 늪에 빠졌다 업체명 '천국의 낮' 단기 알바의 늪에.

천국의 낮이 뭥미?
뜻이 뭐 중요해? 알바 안 할 거야?

당근 해…. 하긴 하는데 ㅎㅅ 이거 ㅆ 파는 거야?

그러는 넌, 설익은 조개 아냐? 맞지?

맞으면?

설익어서 공기계 쓰는 거잖아. 그런데 ㅊㄴ각 말고 뭘 기대해? ㅅㄴㅇ 존나 우아 처빨며 스벅 알바할 거면 거기 가고. 엄창 걸고 말하는데 거기 가서 달방값이나 건지나 보자.

쉼터 PC를 이용하는 통에 교사 눈치 보느라 채팅에 집중하기 어려웠다. 스마트폰이 있긴 하지만 아빠가 온라인 도박 하느라 폰 결제를 모두 채운 탓에 요금 체납으로 사용 정지된 상태였다. 그렇기에 미는 부득불 쉼터 PC를 이용해 단기 알바 채팅방에 접속해야만 했다.

고등학교 1학년에 진학하자마자 미는 집을 나왔다. 나왔다기보다는 강제 독립했다고 말하는 게 어울릴 것이다. 엄마는 얼굴도 본 적이 없고, 친할머니가 가끔 집에 왔다 가는 게 미의 초등학교 6학년 때까지의 익숙한 풍경이었다. 그마저도 미가 중학교로 진학하자마자 단절되어버렸다.

상황이 이쯤 되면 아빠란 인간이 인간 말종 내지는 쓰레기 집단이어야 하는데, 미의 아빠란 역할을 맡은 캐릭터는 제법 평범했다. 아주 잠깐 택배 상하차 알바도 할 정도로 성실한 축에 속하기도 했지만 결정적으로 정규직스러운 일을 해본

적이 없어 그런지 수입은 불규칙했다. 그렇다면 기초생활수
급자 신청을 하는 것도 방법일 텐데, 그마저도 정보 부족인지
자격 미달인지 아빠는 인정받지 못했다. 결정적으로 다소 가
벼운 온라인 도박 증세가 아빠의 발목을 잡았다. 아빠의 변
명을 그대로 빌리면 그의 도박 증세는 중증은 아니고 다소
사버운 축에 속했다. 기껏해야 온라인 사이트에 접속혜 가상
화폐로 바카라 몇 판 하거나, 스마트폰 결제로 불법 스포츠
토토에 베팅하는 게 고작이었다. 하지만 그 고작조차 손해가
나면 두 부녀의 취약한 경제적 입장에선 가난에 속수무책으
로 내몰리는 것이었다. 결국 미가 가까스로 중학교를 졸업하
고 고등학교에 진학한 첫 달 만에 아빠는 파산했다.

　아빠의 파산 이후, 미는 아빠에게 쉼터에 가 있겠다고 했
다. 그때 아빠는 이번엔 중증은 아니지만 심각한 수준이라
할 법한 알코올중독에 빠져 있었다. 딸이 어디에 가는지 알
고 싶지도 않은 눈치였다. 연락이나 잘해, 라는 말을 남겼지
만 미는 그때 아빠의 말을 비웃었다.

　'씨발. 아빠나 나나 휴대폰도 제대로 사용 못하는데 어떻
게, 뭘 연락하고 지내.'

　아빠와는 그렇게 연락이 끊겼다. 단기 청소년 쉼터에서는
빡빡하게 부모의 연락처를 캐묻지 않았기에 지내기 어렵지
않았다. 하지만 미에겐 돈이 없었다. 일할 자리도 만만치 않
았다. 부모 동의서를 위조하기 어려운 형편이었고, 위조가

가능하다 해도 알바 자리를 구하는 것 자체가 쉽지 않았다. 빌어먹을 코로나 때문인지 몰라도 쉼터에서 나올 생각을 못 하는 장단기 가출 아이들이 이구동성 하소연할 정도로 정말 일이 없었다.

알바 없이 쉼터를 이곳저곳 순례하는 건 피곤한 일이었다. 장기가 아닌 단기 쉼터에선 한 달 이상 눌러앉는 게 불가능하므로 미는 계속 쉼터를 옮겨 다녀야 했다. 그럴 때마다 미의 그나마 있던 짐들이 줄었다. 노숙자 같은 후드티에 냄새나는 팬티를 계속 입어야 하는 것도 괴로웠다. 그렇게 집을 나온 지 반년 정도 지나니 배고픔이 일상이 되었다. 쉼터 선생님들은 전혀 천사가 아니었다. 그들 혹은 그녀들은 아이들이 자기네 일터에서 사고를 치는지 아닌지 점검하는 것 이상의 관심을 갖지 않았다. 또래 쉼터 아이들이라고 정이 있는 것도 아니었다. 서로 눈을 부라리며 자기 잠자리 확보에만 열 올릴 뿐, 자기네들이 쉼터 죽돌이, 죽순이란 사실을 스스로 수치스러워했다.

이런 상황에서 미는 뭐라도 해야 했다. 그래서 술집이라도 나가보려 한 것이다. 그냥 술집이 아니어도 어쩔 수 없다. 창녀도 좋고 도우미도 좋고 보도도 좋고 유사키스방도 괜찮았다. 먹고살자면 어쩔 수 없지 않은가.

그 어쩔 수 없다는 생각으로 미는 텔레그램 오픈채팅방에서 흔하게 떠도는 '술집언니 구인구직' 채팅방을 접속했다.

그렇게 찾은, 픽 흔해 보이는 무허가 구인구직 SNS '천국의 낮'에 접속한 것이다.

*

X로 시작해. 돌아올 테면 들어오고.

정말 X 맞아? 개구라 치는 거면 아예 폭파시켜버린다.

ㅇㅊ 까고 인증 완각이야. 백퍼 입금각 미투.

믿음을 주세요. 킹님아. 뭘 봐야 입금하고 말 거 아냐.

저번처럼 지랄만 수십 번 외친 똘년이면 찢어 죽인다.

신인이야. 신인! 왁꾸가 아이돌급이야.

ㅅㅂ 킹아. 그니까 입증 픽 하나 띄우라고!!

구는 오픈 텔레그램 채팅방의 이름을 X로 잡았다. 스마트폰 두 개, 삼발이 하나면 세팅 완료였다. 오픈 채팅방이었으므로 X가 링크되자마자 채팅창엔 빠른 속도로 벌떼들이 모여들었다. 모두 머리글자나 기호뿐이었다. 구는 X 채팅방 개설자로 접속자들 사이에서 킹으로 통했다.

구는 신라면을 끓여 상 위에 올려놓아 먹을 준비를 갖춰놓았다. 냄새 빠지는 구멍이 없는 완전지하 원룸의 고약한 특성을 아는지 모르는지 구는 부득불 김치도 먹어야겠다며 유통기한 지난 김치를 신라면 냄비에 죄다 쏟아부었다. 컵라면 냄새, 김치 냄새가 진동했다. 두 교복은 구가 상을 깔아놓고 혼자 라면을 먹으려는 시도를 썩 못마땅하게 쳐다봤다. 그러거나 말거나. 구는 라면 먹방을 보란 듯 전시하며 두 교복을 향해 흘기듯 시선을 할애했다.

　—아, 씨발. 빠꼼이 새끼들. 또 인증 픽 띄우라는데?

　구가 질문 반 지시 반의 의도가 담긴 말을 건네자 노랑머리 교복이 짜증스럽게 되물었다.

　—그래서? 씨바, 뭐 어쩌라고?

　—옷 벗겨 노예 인증각 하나만 쏴.

　—아, 씨. 지금 풀메 중인데.

　—근데 존나 이 씨바년, 걸그룹 누구 닮긴 닮았어.

　—씨바. 저렇게 아이라인 처그려봐라. 적당히 마르면 다 걸그룹 중에서 하나둘은 걸리지.

　교복 둘이 미의 눈꺼풀에 아이라인과 마스카라를 처발랐다. 붉은색 립스틱도 두세 번씩 덧씌워 발랐고, 아예 경극 배우 화장하듯 계속해서 비비를 얼굴 전체도 모자라 목덜미까지 바르고 또 발랐다. 유화 속 덧칠한 배경처럼 미는 거울에 비친 얼굴이 자신의 모습인지 점점 확신을 잃어갔다. 그러거나 말거나. 미는 너무 배가 고팠다.

　너무 배가 고파서였을까. 나름 완전 메이크업을 끝낸 피어싱 교복이 자신의 상하의를 무자비하게 벗겼지만 저항 한 번 제대로 하지 못했다. 피어싱 교복은 바비인형 따위의 마네킹 옷을 벗기듯 능숙하고 기계적으로 미의 옷을 벗겼다. 채 십 초가 넘지 않은 시간에 미의 팬티까지 벗겨졌다. 동시에 노랑머리 교복이 적색 스프레이를 아래위로 사정없이 흔든 다음 미의 앞가슴을 향해 분사하기 시작했다. 순간 미는 비명을 질렀다. 분사할 때 쏟아져 나오는 소리와 자신의 벗은 몸에 닿는 느낌에 그녀는 정신을 차릴 수 없는 공포로 가득 차서 소리를 질렀다.

　—잡년이 처맞을 땐 가만있다 스프레이 쏘니까 지랄이야.

　—야야. 아가리 틀어막아. 속 시끄럽게 라면 먹는데.

　—씨발, 오빠야. 니 딸딸이 친 휴지로 입틀막하라고? 인증인데 예쁘게 나와야지.

　—이 왁꾸면 오늘 X는 완판감이란 말이야.

　말을 끝낸 피어싱 교복이 미의 아랫배를 주먹으로 내리쳤다. 미가 순간 울음을 멈췄다. 저절로 침이 흘러내렸다. 피어싱 교복이 짜증내며 말을 이었다.

　—개잡년이… 그림 다 그려놨는데, 왜 면상에다 질질 흘리고 지랄이야.

　—그니까. 빨리빨리 끝내자. 우리도 최상위 찍고 라면 좀 먹어야지. 배고파 눈깔 뒤집히겠다.

　평소 사납기 그지없는 노랑머리 교복이 미의 알몸에 스프레이를 뿌리며 부드럽게 그녀를 타일렀다. 피어싱 교복의 주먹질이 워낙 기술적으로 급소를 파고들었는지 미는 더는 비명을 지르지 못했다. 대신 침이 계속해서 흘러내렸다. 고통에 입이 다물어지지 않았다.

　—저 병신 같은 년 봐라. 저렇게 입 벌리고 다 벗고 있으니, 장난 아니네.

　—부지런히 달려, 오빠. 지난번 돼지년은 와꾸도 허접한 게 처울기만 하고, 부모까지 지랄지랄 난리 쳐서 대가리 터지는 줄 알았단 말이야.

　—가만있어. 채팅에 올릴 테니까.

난 창녀입니다.

　적색 스프레이로 도색되는 고전적 한 문장이 미의 젖가슴에서부터 음부 부위로 이어지며 새겨졌다. 말보로를 입에 문 노랑머리가 스스로 자신의 스프레이 페인팅을 대견스러워하며 비비크림으로 범벅된 미의 얼굴, 특히 턱선을 야무지게 매만졌다.

　—따라해봐. 얌전히.

　—맞아. 얌전히 따라하면 빨리 끝나.

　—따라하세요. 나, 는, 창, 녀, 입, 니, 다.

　미가 조심스럽게 입을 열어 노랑머리 교복의 문구를 제청했다. 라면을 먹다 말고 구는 상 위에 놓인 스마트폰을 붙잡고 빠르게 채팅창에 짧은 동영상을 하나 링크했다. 십 초가 채 되지 않는 영상은 구가 보기에도 인상적이었다. 키 170이 넘는 고등학교 1학년 나이의 여자아이 알몸에 뿌려진 적색 스프레이의 흔적도 외치고 있었다. 나는 창녀라고.

이제 믿어? 자자. 지금부터 입금 시작하시고. 입금 액수에 따라 레벨 나눕니다.
ㅅㅂ 이번엔 리얼 중에 리얼이네.
ㄹㅇㄷ?
ㅇㅋㅇㅋ

그사이 오픈채팅방 접속자 수는 십여 분 전보다 세 배 이상 급증했다. 구는 계속해 흥미를 유발하는 메시지를 남기며 입금을 종용했다. 피어싱 교복은 전자계좌 현황 화면을 오픈하고서 접속자들의 입금 액수 등급을 나눴다. 기본 액수를 훌쩍 넘기는 계좌이체가 대부분이었다. 피어싱 교복이 신기한 듯 혀를 삐쭉 내밀며 혼잣말했다.

—씨발. 자지들, 존나 한심한 게 왁구빨 쫌만 있다 싶으면 그냥 돈을 막 쏴.

여기서 오빠, 질문 하나. 존나 철학적 질문.

—하지 마, 질문.

—하나만 하자. 오빠, 이거 그냥 개에스엠 무기징역각이잖아.

—근데?

—스트레이트한 딸치기용인데도 왁구빨, 슴가빨 따지나?

—당연하지. 씨발 것들아. 니들을 필드에 못 써먹는 이유가 따로 있는 줄 알아? 무조건 왁구빨인 거야.

구의 몸은 조금 흥분되어 있었다. X게임을 준비하기 위해 여념이 없는 와중에도 구는 그것을 주물렀다. 피어싱이 경매 시장에서 입찰가격 외치듯 주절거리는 가파른 입금액수 증폭이 있을 때마다 덜렁거리는 자지를 주무른 것이다.

잠시 후, 삼각대 위 스마트폰, 구와 두 교복의 시선 모두 일제히 미를 향했다. 미는 입이 다물어지지 않았다. 어느새 적당히 그녀의 목과 가슴, 바닥에도 침이 흘렀다. 구가 손전등을 가져와 미의 젖가슴부터 비췄다. 수술실에서나 쓰이는 끔찍할 정도로 밝은 손전등이었다.

이제부터 노예 따기 본격적으로 시작합니다. 이 방에서 전면 오픈하고, 돈 더 많이 입금한 레벨에선 본격 섹스 따기까지 승급 업 갈게요.

아. 씨발. 개천박한 좆선 자본주의.

이래서 재앙이야. 재앙 만세!

돈벌레 새끼야. 그냥 민주적 통제해!

싸노무새끼.

여기서도 돈으로 클래스 따지냐.

ㅜㅜㅜ 담보 받아요? 중고나라 끌고 가면 존나 열람 기준 맞출 수 있는데,

위워. 여러분. ㅅㅂ 이년, 장난 아냐. 그냥 오픈 맛보기에 서 찍 쌀지도 모르니까 좆부리나 확실히 잡고 있어요.

지금부터 실시간 스트리밍, 스타트!

말이 끝나기가 무섭게 구가 미의 머리채를 휘어잡았다.

―씨발. 콧구멍도 섹스스럽네. 이 인육 오늘 아예 촛농처럼 녹여버릴까?

―오빠. 위워. 진정해. 비즈니스 해야 된다, 비즈니스.

―오빠가 우리 보는 앞에서 저 씨발년 따먹으면 우린 저녁, 양재천 앞에 갈가리 토막 쳐 내다 버린다. 장난 아냐.

―씨발년들이 존나 잔인하고 질투 쩔어요. 그치?

어느새 구의 손이 쥐고 있는 손전등 방향이 미의 사타구니 속으로 파고들었다. 머리채가 잡힌 미의 시야가 깨진 유리 조각처럼 혼잡스럽게 부유했다. 벗은 몸 위로 지금까지도 스프레이 분무의 흉측함이 타고 내리는 듯했다. 귓가에 울리는 그 소리를 미는 듣고 싶지 않았다. 일주일 전 그날 저녁처럼.

처음 구를 만난 장소인 맥도날드 영등포역 사거리점. 그곳은 정문과 후문, 문이 두 개 있었다. 정문으로 들어와 정문으로 나가는 사람이 대부분이지만 후문으로 오가는 이들도 아주 가끔 있었다. 일주일 전 그때, 매장 구석 자리에 자리 잡은 미의 눈에 띈 구는 후문으로 들어왔다. 구는 얼굴과 전신이 찍힌 직캠을 보낸 미를 대번에 알아봤고, 비스듬히, 대각선 자리에 앉아 저렴한 단어들을 쏟아내며 대화를 시작했다.

'천국의 낮'이 무슨 뜻이냐는 미의 질문에서부터 시작된 고액 알바에 대해 구의 설명은 아직은 어린, 그만큼 물정을 잘 모르는 미의 눈높이에선 제대로 펼쳐진 신세계였다. 구는 현란한 주식 용어, 비트코인 용어를 섞어가며 신종 고액 알바에 대해 소개했다. 그때, 왠지 모르게 미는 구의 말에 믿음이 갔다. 구가 목을 넉넉히 가리는 터틀넥에 검은색 후드티, 거기에 철 지난 배기팬츠 스타일의 바지까지 입은 통에 그의 전신을 장식한 문신을 제대로 보지 못한 것도 구를 향한 그녀의 신뢰에 한몫 보탰다. 구는 전체적으로 친절하고 부드러운 말투를 유지했다. 비록 '씨바', '존나', '쌍' 등의 속어를 섞긴 했지만, 전체적으로 목소리가 높거나 갈라지지 않았기에 동네 양아치 같아 보이진 않았다. 구가 결정적으로 미를 현혹한 건 이 말이었다.

—뻥 안 치고 비주얼이 아이돌급이네, 씨바. 그럼 여기 나와바리에선 돈 벌기 개쉬워.

이쁘면 모든 게 해결된다는 말이 미에게는 사실 성희롱으로 느껴져야 정상이었다. 하지만 미는 구의 그 말이 좋았다. 단순히 듣기 좋은 수준을 넘어서서 안도의 한숨을 쉬게 해주었다. 술에 찌든 아빠와 함께 있을 때는 누구도 미에게 예쁘다, 돈 벌기 쉽다는 말을 해주지 않았다. 2020년 대한민국에서 하루 한 끼 해결하는 게, 교복 한 벌 구입하는 게 세상을 구원하는 것보다 어려운 게 미의 현실이었다. 와이파이가 터지지 않으면 친구들과 메신저 하나 주고받는 게 어려운 상황에서 미는 선택의 여지가 없었다. 돈 벌기 쉽다는 말을 한 구가 잠시 따라오라고 하는 곳으로 따라나설 수밖에 없는 것이다.

구는 주문하지 않고 맥도날드 후문으로 들어와 후문으로 나갔다. 구의 말을 듣는 내내 미는 정문을 힐끔 바라보긴 했지만 끝내 정문으로 나갈 순 없었다. 후문으로 나가니 돈 벌기 쉽다는 구가 자신의 말을 증명이라도 하려는 듯 신형 아우디 운전석에 올라탔다.

그런데 그때부터였다. 미가 구의 차에 올라타면서부터. 미가 구의 신경을 자극하는 말을 건네서 그런 걸까. 아니면 처음부터 구의 아우디 안에선 나름의 내부 규율이 결정된 걸까. 혼란을 일으키는 순간이 미에게 찾아왔다.

―고등학생 나이 아니에요, 오빠?

―그래서?

―차를 어떻게 운전하나 해서.

―씨바. 이거 존나 웃긴 년이네. 니가 그걸 왜 신경 써.

―아니, 오빠. 그게 아니라.

―아닥하고 씨발년아, 묻는 말에 한 번 더 확실히 대답해. 구라 치면 아예 보지를 찢어버린다.

―뭘 물었는데?

―개년이 어따 대고 말대꾸를… 너 돈 벌기 싫어? 응?

―아니, 대답할게.

―너… 엄창, 아호빠 다 걸고 대답해. 엄마 없고, 아빤 씨발, 소주빨로 아예 나자빠진 거 팩트 맞아?

미는 대답 대신 고개를 끄덕였다. 그 순간 미는 신형 아우디 문을 열고 뛰쳐나가고 싶었다. 무거운 공기, 원인 모를 살벌한 숨결이 그녀의 피부를 소름 끼칠 정도의 빠른 속도로 훑고 지나갔다. 하지만 미의 뜻은 실현되지 않았다. 갑자기 뒷좌석 문이 '덜컥' 열리더니 두 명의 교복이 잽싸게 아우디에 올라탔다. 노랑머리가 차에 올라타자마자 기다렸다는 듯 미의 머리칼을 매만지는 척하며 그녀의 목덜미를 움켜쥐었다. 구가 거듭 질문했다.

─리얼 맞지? 폰 까봐.

─폰은 왜?

─쌍년이 말대꾸가 체질이야. 야야. 까, 까. 빨리 까라고!!

아우디가 요란한 배기음을 토해내며 맥도날드를 빠져나갔다. 그 한밤중에 아우디는 영등포에서 신길동으로 이어지는 복잡하고 구불구불한 골목길을 빠른 속도로 질주했다. 그 사이 피어싱 교복이 미의 가방을 뒤진 것으론 성이 안 찼는지 그녀의 바지 주머니에서 스마트폰을 꺼내 액정을 열었다.

─이년 존나 싼 년 맞아. 비번도 안 걸렸고, 갤럭시 모델인데 개오래됐어.

─그거 말고! 진짜 아빠랑 소통 안 되는지 확인하라고.

─아빠고 뭐고 없어. 그냥 앗싸야, 이년.

─오키. 그럼, 이제부터 캐시 좀 바싹 땡겨보자.

─그냥 술집… 컥컥.

─뭐라는 거야? 야야. 이년, 목 풀어줘.

노랑머리 교복이 미의 목을 바이스처럼 움켜쥔 손의 악력을 풀었다. 미가 잔기침을 쏟아내며 말했다. 말이라기보다는 애원에 가까웠다.

─그냥 술집에서 일할래, 오빠.

─씨발년아, 그렇게 개척정신이 부족해서 어떻게 하드코어하게 캐시를 땡길 수 있냐? 술집은 뭐 쉬운 줄 알아? 너같이 맹숭맹숭한 년 수수료 떼어가며 받아주는 데가 있는 줄

아냐고?

—난 술집에서 몸 팔아도 되는데.

—그냥 몸 팔면 재미없다니까. 넌 에셈도 모르냐?

—….

—이 두 씨발, 자퇴각 언니들이 제대로 참교육 해줄 테니까 얌전히, 고분고분 따라와. 그럼 존나 스트롱한 개런티 하나 기프할 테니까.

—어떤 거?

—내가 씨발, 존나 이 바닥에선 베오베이긴 해. 한 년 아예 맛탱이 쩔어서 골로 보내기도 했고. 근데 씨발, 나 지금까지 한 번도 고소당한 적 없어. 왜 그럴까? 응? 비결이 뭘까?

아우디가 갑자기 속도를 줄였다. 잠시 후 곧 멈추더니 차문이 열렸다. 빌라촌의 완전지하 원룸으로 향하는, 블랙홀과 같이 수직 강하하는 계단이 미의 시선을 압도했다.

미는 벗어나고 싶었다. 무서웠다. 절로 몸이 떨렸다. 하지만 구는 둘째 치고 두 여자 교복의 완력을 도저히 벗어날 수 없었다. 두 교복은 무정한 완력을 분출하며 미를 제압했다. 여자의 급소를 여자가 잘 아는 걸까. 구가 앞장서서 완전지하 원룸의 방문을 열었고, 두 교복이 미를 원룸 거실 앞에 무릎 꿇렸다. 동시에 두 교복의 구타가 시작되었다. 구가 그 와중에도 경고하듯 두 교복에게 소리쳤다.

—존만 한 것들아, 왁꾸는 건들지 말라고, 씨바!

구의 경고를 들은 피어싱 교복이 순간 미의 얼굴을 할퀴려는 포악의 본능을 멈췄다. 그러자 알 수 없는 분노가 더 치솟았는지 끓고 있던 포트의 뚜껑을 열고 그 물을 단숨에 미의 무릎 꿇은 허벅지에 쏟아부었다. 미가 비명을 질렀다. 눈물은 나오지 않았다. 눈도 감기지 않았다. 지나치게 밝은 LED 전등이 켜져 있는 창문 없는 완전지하의 벽면에 걸린, 수천 개의 퍼즐로 맞춰진, 흡사 천국을 떠올리게 하는 지중해 어느 도시의 늦은 오후를 그린 풍경화만이 미를 반겼다.

　교복 둘은 미를 무정하고 야무지게 구타했다. 정말로 뭐 하나 터져 죽을지도 모르겠다는 살해 위협이 미에게 타협 없이 엄습했다. 구는 얼굴은 건드리지 말라는 것 외에는 두 교복에게 어떤 간섭도 하지 않았다. 그냥 실실 웃으면서 두 교복이 미를 학대하는 모습을 지켜봤다. 몇 대의 삼각대와 몇 대의 노트북, 바닥에 구르는 몇 대의 카메라가 미의 눈에 보였지만 어느 순간부터는 주위 사물을 전혀 식별할 수 없는 단계에까지 도달했다. 눈가의 실핏줄이 터질 정도로 머리통에 충격을 받은 미는 순간 귀가 얼얼했다. 한참 후에 구가 뭐라고 말하는 것 같았는데, 무슨 뜻인지 정확히 알아듣지 못했다. 하지만 잠시 후, 눈앞까지 다가와 입 냄새 훅 풍기며 내뱉는 구의 말은 똑똑히 들렸다.

　—대답을 하라고, 이 씨발년아.

　—뭘?

—내가 어떻게 고소각 없이 이 사업 이끌어오는지 질문해보라니까, 좆같은 년아.

—몰라. 어떻게 알아.

—하. 이 쌍년, 개기네. 고분고분할 줄 알았는데 재미져, 재미. 그래. 알겠다. 셀프로 답해주마. 이년아. 난 클리어해. 엄창 걸고 계산 확실히 한다고.

—정말이야?

—돈을 받으면 너도 씨발, 공범이니까. 그니까 난 너한테 돈을 꼭 줄 거야. 그니까… 그니까 씨발, 억울해하지 말라고.

—그만하면 안 돼?

두 교복이 보는 앞에서 구가 옷을 벗었다. 윗옷은 기본이고 단숨에 팬티까지 벗었다. 두 교복에게 얻어맞는 동안 미의 옷이 사정없이 찢어졌다. 브래지어, 팬티도 찢어졌다. 강간당하는 순간이라는 부질없는 확신이 미의 몸을 얼어붙게 했다. 그래서 사정했다. 그만 멈춰달라고. 하지만 구의 답은 확실했다. 그 강철 같은 확신의 강도가 끔찍할 정도로 견고해서일까. 미도, 두 교복도, 구의 답을 진리로 받아들이고 있었다. 적어도 완전지하 원룸에서는 그랬다.

—돈, 확실하게 준다고. 씨발년아. 몸 파는 돈, 에셈 찍는 돈, 뭐든 만족할 만큼. 오키바리?

*

　맞고, 강간당하고, 뜨거운 물로 고문당하고, 담배빵 찍히고, 욕 듣고, 욕하면서 일주일이 지났다. 두 교복은 실컷 두들겨 팬 뒤에는 의식처럼 미의 얼굴에 분장에 가까운 화장을 하기 시작했다. 속눈썹 붙이고 볼터치하고, 하이라이트로 얼굴 윤곽 살리고, 원색적인 립스틱 바르고, 두 교복은 그 순간만큼은 숨쉬기조차 절제하며 공들여 미의 얼굴을 매만졌다. 미는 거실 벽면에 비스듬히 놓여 있는 전신 거울을 통해 자신의 화장한 얼굴을 바라봤다. 동시에 두 교복의 얼굴도 바라봤다. 맞은편 의자에 앉아 말보로를 피우던 구는 습관처럼 피어싱과 노랑머리 교복을 보며 말했다.

　—세상 존나 평등해. 씨바, 정의는 살아 있어.

　구가 자리에서 일어나 두 교복의 얼굴을 뭉개듯 손으로 짓누르며 말을 이었다.

　—이 좆같이 뭉개진 신의 저주들은 이런 식으로 쓰이잖아. 존나 힘도 세고, 상상초월 잔인 캡이야. 그치?

　두 교복은 구의 말에 긍정도 부정도 하지 않았다. 구가 담배 연기를 완전한 메이크업을 끝낸 미의 얼굴에 뱉으며 말했다. 어울리지도 않고, 크게 쓸데도 없는 현학적인 말이었다. 적어도 미가 듣기엔 그랬다.

　—니들 같은 보지들이 하드캐리하는 게 맞아. 특히 미, 너

같이 엄마 아빠가 똥개처럼 버린 년들이 세상을 구원하는 거지. 악마 자지들 적당히 달고 다니면서.

구의 말에 의하면 노예쇼가 고액 알바의 클라이맥스라고 했다. 오픈 채팅방의 회원 수가 멈추지 않고 빠른 속도로 급증했다. 미는 얼굴만 깨끗한 상태에서 벗겨진 몸 전체에 피멍, 피고름이 맺혀 있었다. 두 교복이 빠른 속도로 직캠과 순간 샷을 찍어 실시간 오픈채팅방에 올렸다. 채팅방의 일원들은 그들만의 암호를 주고받으며 노예를 능욕하는 쾌감을 탐닉했다. 분초를 아끼지 않고 관전자들의 텍스트가 비열한 흔적을 남기기 시작했다.

구는 이 노예 채팅의 끝을 패륜으로 마감하고 싶어 했다. 구의 눈빛은 이미 미를 벌레로 설정하고 이를 짓밟는 쾌감의 극한을 예약해두었다.

ㅅㅂ 형님들. 개자지들!! 내가 스토리 짜는 데 갓플릭스인 건 다 알지?

또 뭐 하려고?

퍼포먼스 뭘 하든 기대 그 이상.

대츠 라잇! 정답 맞혔어. 지금부터 리얼리티로 이 노예년 능욕 삼단콤보의 디 엔드 시전해주지. 캐시 제대로 준비해. 벌써 딸치거나 탐닉각 졸업한 얼리 자지들은 꺼지시고.

아, 시바. 쌌어.

ㅋㅋㅋㅋㅋㅋㅋㅋㅋ 난 아직 스토롱 중.

존나 지금부터 토 ㅈㄴ 쏠리고 침 뱉게 해줄 ㅈ같은 패륜 각 보여줄게.

뭔데?

왓너 픽?

이 노예년 애비하고 노예하고 섹스팅 시켜주려고.

받지 마.

받지 마, 제발!

미의 스마트폰을 강취한 구가 '아빠'로 저장된 번호로 전화를 걸었다. 스피커폰 열고 오픈채팅방과 실시간 연결했다.

아빠는 한두 번의 전화에선 받지 않았다. 미는 자신의 기도가 응답된 걸로 믿고 싶었다. 그렇게 믿고 싶었다. 하지만 구는 집요했다. 오픈채팅방의 짐승들도 초월적인 인내심으로 이 패륜의 시간을 기다렸다.

그 기다림의 끝에 아빠의 목소리가 정체를 드러냈다. 구가 '파이팅' 하고 소리치며 아빠를 맞이했다. 미는 비명을 질렀다. 피어싱 교복이 입을 틀어막았다.

─누구요?

× 성 착취

―누구긴 씨발.

　―누군데 욕이야? 이 새끼야.

　―니 딸내미 따먹는 인간쓰레기다. 왜?

　ㅈㄴ 꿀재미. 이 패드립.

　아빠란 인간 좀 봐라. 지 딸 노예된 것도 몰라. ㅈㄴ 무능해.

　원래 아빠 자지들이 그래요. 지 말곤 관심 1도 없어.

　내 딸도 따먹고 시퍼. ㅅㅂ

　컨티뉴. 콜

　짤, 영상도 빨리빨리!!

　ㅋㅋㅋㅋㅋㅋㅋ

　역겹다 역겨워.

　ㅈㅅ 할렐루야다.

＊

　미는 두 교복을 번갈아 살폈다. 핏줄이 터진 눈동자를 움직이는 게 여간 신경 쓰이는 게 아니지만 그때만큼은 확실하게 두 눈을 부릅뜨고, 놀라울 정도로 차분하게 두 교복의 얼굴을 처음으로 자세히 바라볼 수 있었다. 그냥 화장기 없는 고등학생으로 보였다. 짧게 개조한 교복치마, 염색 파마 머리, 한눈에 띄는 피어싱 등으로 '나 씨발, 양아치야'라고 시

위하는 걸 빼고는 평범하거나 일상적인 여고생이었다. 미는 두 교복을 무표정하게 쳐다봤다. 두 교복도 그 순간 미와 눈이 마주쳤는데, 처음 만났을 때처럼 욕을 하며 구타하지 않았다. 그녀들도 미를 무표정하게 바라봤다. 욕도, 경고도 하지 않았다. 그 순간만큼은 그랬다.

구가 아빠와 통화를 하면서 연신 독백에 가까운 욕을 해댔다. 대상이 불분명한, 어쩌면 자기 자신을 향한 자학의 메시지가 담긴 듯도 했다. 워낙 예상 밖의 상황이 펼쳐져서인지도 모르고.

—아, 씨발. 꼰대새끼야. 지금 니 딸이 납치됐다니까 뭔 개지랄을 떠는 거야?

—쌍! 나 딸 없어. 씨발. 애미도 뒈겼는지 딴 데 가서 몸 파는지 모르는데 딸은 무슨 딸이야. 씨발새끼야.

—목소리 안 들었냐? 이 개새끼야? 아까 전송해준 사진은 안 보냐고.

—씨발. 딸 없다니까.

—그럼 너한테 지금 간 사진이며 음파는 다 뭔데?

—씨발새끼가 지금 나한테 씹 파는 거냐? 나도 다 알아, 새끼야.

—뭘 알아?

—나도 해봤다고. 이거 능욕팅이지? 쓰레기 같은 새끼야.

—해봤다고? 꼰대 아재도 능욕 마니아였어?

—애미 애비도 포기한 쓰레기새끼들. 내가 스포츠 토토만 몇 년인데, 새끼들아. 페메, 인스타는 기본이고 디스코드 최근 버전까지 다 발랐어. 이거 왜 이래.

—존나 자랑이다, 지 딸내미도 못 알아보는 또라이새끼야.

—딸은 무슨 딸이야. 난 이런 씨발 썹보지 같은 년 모른다니까.

—진짜. 씨발아. 마지막으로 엄창 걸고 묻는다. 정말 니 딸 아냐?

구가 확인하듯 영상통화 화면으로 미의 알몸을 훑듯이 보여줬다. 아빠로부터 잠시, 아무 반응이 없었다. 미는 그 순간에도 두 교복과 시선을 함께했다. 두 교복 역시 그 순간만큼은 진지해졌다. 껌을 씹지도, 담배를 입에 물지도 않았다. 선고를 기다리거나 모종의 결과를 기다리는 듯 보였다. 그리고 잠시 후, 십 초 정도 지난 뒤 미의 아빠가 입을 열었다. 그때 미는 한 번 더 확신했다. 혀가 구부러진 듯한, 정확하지 않은 발음, 늘 취해 있는 아빠의 목소리가 틀림없었다.

—씨발아, 내 딸 죽었다니까. 며칠 전부터 증발했다고!

—그니까, 이 꼰대새끼야! 그 증발된 니 딸내미 여기 있다고!

—몰라. 몰라. 이 어린노무 시끼야! 장난 그만 까고 끊어!

—그럼 마지막으로 하나만 묻자.

—뭘 또 물어. 양아치새끼야.

—너 만약에 이년이랑 빠구리 뜨게 해주면 할 거냐?

　—뭐?

　—존나 안전각으로 세팅해줄게. 깨끗이 세탁해서 조공 치면 따먹을 거냐고?

　그 순간 미의 시선이 구와 정면으로 마주했다. 구는 연신 인상을 구기고 있었다. 진심으로 현재 상황을 역겨워하는 것 같았다. 오픈채팅방은 거의 빛의 속도로 대화가 이어졌다. 두 교복이 바닥에 침을 뱉으며 뜻 모를 독백 욕설을 뱉었다. 잠시 후, 술에 취한 미의 아빠가 소리치듯 외쳤다.

　—공짜면 언제든 콜이다. 이 양아치 같은 인간쓰레기야.

*

　아빠로부터 인간쓰레기라는 말을 들은 구가 직접 편의점 현금지급기에서 뽑아온 오만 원권 스물네 장을 미의 바지주머니에 구겨 넣었다. 어디서 구했는지 두 교복이 대충 바닥에 던져놓은 철 지난 면바지와 후드티를 미에게 제법 정성껏 입혀준 다음의 행동이었다. 완전지하 방에 잡혀 있은 지 일주일하고도 하루 지난 그날 오전이었다. 구가 미에게 통보하듯 사무적으로 말했다.

　—일주일 알바비야…. 일주일 동안 몸 판 값. 초보 노예한테 그 정도면 많이 쳐준 거다.

미가 물끄러미 구를 바라봤다. 구는 미의 시선을 피하며 말을 이었다.

—어차피 그 텔레방 오픈들, 시간 지나면 빛삭하거나 증거 물고 사라져. 유포해도 지들끼리 돌려보는 거니까 쫄 거 없고.

—….

—신고해도 소용없다는 건… 굴러가는 판 보면 알겠지?

—….

—알든 모르든 가라. 알바 끝났으니 꺼지라고.

—걔네들은?

—씨발, 교복년들?

미가 고개를 끄덕였다. 구가 말보로 레드 꽁초를 비벼 끄며 답했다.

—다른 노예 구하러 갔지. 씨발, 면상 좆같은 년들이 밥값은 해야 할 거 아냐.

*

그 말이 끝이었다. 벌떡 자리에서 일어선 구가 성큼 현관으로 걸어가 신발을 구겨 신고 완전지하의 문을 열었다. 그렇게 문을 열어놓은 채로 구가 밖으로 나갔다. 완전지하 원룸 현관문이 활짝 열려도 외부로부터 빛은 들어오지 않았다. 미는 그렇게 혼자 남았다. 오만 원권 스물네 장을 바지주머니에 구겨 넣은 그대로. 액자 속 퍼즐 그림의 무대 배경은 여전히 어딘지 모르는 채로 그렇게 미는 그 집에 꽤 오랜 시간 홀로 남았다.

×톱×

×

김은

김은

2014년 《작가세계》 신인문학상으로 등단.
앤솔러지 《우리는 행복할 수 있을까》, 《무민은 채식주의자》 등에
작품을 발표했다.

×

　항상 손톱 밑이 깨끗한 사람. 오래전부터 할머니를 생각할 때면 가장 선명하게 떠오르는 이미지였고, 가장 의아하게 여겨지는 부분이기도 했다. 수많은 어른을 봤지만 그렇게 손톱이 새하얀 사람을 본 적이 없었다. 내 주위의 어른들은 전부 손톱을 관리할 만큼 세심하지 않거나 그럴 만한 여유가 없었다.

　가장 가까이에 있는 엄마만 해도 그랬다. 나름 멋을 낸다고 매니큐어를 칠하긴 했지만 잦은 물일에 매니큐어는 늘 지저분하게 벗겨져 있었고, 간혹 손톱 밑에 양념 찌꺼기가 묻어 있을 때도 있었다. 나는 가끔씩 국에 떠 있는 고춧가루를 보고 혹시 엄마 손톱에서 떨어져 나온 매니큐어 조각이 아닐까, 의심하기도 했었다.

　하지만 할머니의 손톱은 확연히 달랐다. 그릇의 둥근 모서리처럼 매끈하게 잘 다듬어져 있었고, 선홍빛이 도는 손톱의 아랫부분에 자리한 반월 모양도 또렷했다. 달이 차오르듯 손톱의 반월도 보름달 모양으로 조금씩 커지는 것 같았다. 그 손으로 할머니는 평생 시장에서 반찬을 만들어 팔았다. 일찍

남편을 여의고 다섯 남매를 혼자 힘으로 길러낸 사람의 손이라고는 도무지 믿기지가 않았다.

일곱 살 무렵, 부모님이 크게 부부싸움을 하고 계속 사느냐 못 사느냐의 문제로 골머리를 썩느라 나를 잠깐 외갓집에 맡긴 적이 있었다. 어른들 사이에 흐르는 미묘한 분위기를 어린 나이에도 감지했는지 이른 저녁을 먹고서도 과자며 귤이며 쉴 없이 입으로 가져갔다. 할머니는 귤을 까먹느라 노랗게 물든 내 손을 한참 들여다보더니 세숫대야에 미지근한 물을 담아서 가지고 왔다. 그러고는 때타월에 비누를 묻혀 손마디와 손톱 밑까지 깨끗이 닦아주었다. 나는 간지러운 듯 자꾸만 손을 오므렸는데, 아마도 그때 느꼈던 감정은 부끄러움이었을 것이다. 부모로부터 세심하게 보살핌을 받지 못한, 방치된 아이의 손.

"사람은 무엇보다도 손 간수를 잘해야 하는 법이다. 그래야 누구도 너를 함부로 대하지 않거든."

할머니는 물에 불어 손끝이 쪼글쪼글해진 내 손의 손톱을 자기와 똑같이 둥근 모양으로 잘라내면서 말했다. 그때는 그 말의 의미를 온전히 이해할 수 없었지만, 나는 평범한 어른으로 성장하는 동안 종종 할머니의 그 말을 떠올리곤 했다. 그럴 때마다 전혀 신경을 쓰지 않은, 불안할 때마다 습관적으로 물어뜯어 엉망이 돼버린 손톱을 들여다보며 혼잣말처럼 중얼거렸다. 그래서 모두 나를 함부로 대하는 건가?

*

    할머니의 갑작스러운 사고 소식을 듣고 지방의 한 대학병원으로 차를 몰면서도 나의 시선은 자꾸만 핸들 위에 놓인 손으로 향했다. 여전히 일곱 살의 그 아이처럼 손은 방치된 듯 보였다. 뒷좌석에 앉은 엄마는 소리 죽인 채 눈물을 흘리고 있었다. 나는 룸미러에 비친 그 모습을 보면서 뭔가 기회를 빼앗긴 듯한 기분이 들었다. 함부로 슬퍼하고, 함부로 화내고, 함부로 원망할 수 있는 그런 기회. 감정에도 농도의 차이가 있어서 항상 낮은 쪽에서 높은 쪽으로 흡수되어버리기 때문이었다.

    일하던 학원을 그만두었다고 말하면 엄마는 어떻게 반응할까? 세상의 모든 일은 복권처럼 당첨 아니면 꽝이 단번에 정해지는 것이라고 했던 엄마의 말이 떠올랐다. 혹시나, 하고 기대해봤자 한 번 꽝은 영원한 꽝이라고. 그렇다면 엄마한테 나는 전혀 유효하지 않은 복권이나 다름없을 것이다. 한 번도 아닌 이미 여러 번 긁은 복권. 그건 나와 별다르지 않은 아빠나 남동생도 마찬가지였다. 그렇다면 엄마는 지금 한 장도 아닌 세 장이나 되는 꽝을 손에 쥐고 있는 셈이었다.

    수없이 전화를 하고 문자를 보내 나를 회유하던 원장은 이젠 대놓고 협박하는 지경에 이르렀다. 그는 집요했고, 능숙해 보였다. 그 아이의 부모가 누구인지 알기나 하냐고, 그 아이 인생을 망치면 그 사람들이 너를 가만히 둘 것 같으냐고, 어떻게 처신했기에 그 착한 애가 이성을 잃었겠냐고. 원장은 이 일을 절대 문제 삼지 않겠다는 각서를 내게 받아낼 때까지 결코 포기하지 않을 것이었다.

나는 녹화된 CCTV 영상을 돌려보듯 그날의 나의 행동을 머릿속에서 천천히 재생시켰다. 매일 똑같은 영상을 틀어놓은 것처럼 반복되는 일상 속에서, 나는 틀린그림찾기를 하듯 삐딱하게 놓인 퍼즐 한 조각을 찾아내려고 노력했다. 나의 무엇이 그 아이를 그토록 화나게 만들었으며, 나의 무엇이 그 아이에게 잠재되어 있던 폭력적인 성향을 일깨운 것인지 나 역시 알고 싶었다.

전혀 특별할 것이 없었지만, 원인을 삼자면 뭐든 문제가 될 수 있었다. 불만스러운 듯 낮게 내리깐 시선에도, 그날따라 유난히 퉁명스러웠던 말투에도 혐의가 실렸다. 립스틱 컬러가 너무 진하지 않았는지, 스커트 길이가 짧지는 않았는지, 그날 뿌렸던 향수가 자극적이지는 않았는지. 거기까지 생각이 이르렀을 때에야 모든 원인을 나에게서 찾고 있다는 것을 깨달았다. 나란 사람은 결국 나 자신을 탓할 게 뻔하다는 것을 그 아이는 이미 본능적으로 알고 있었던 게 아닐까.

나는 핸들을 꽉 움켜쥐었다. 손에 힘이 들어가자 온몸이 경직되듯 뻣뻣해졌다. 수업 중 갑자기 뛰쳐나와 나를 책상 위로 밀치고, 살기 어린 눈빛으로 나를 노려보며 당장 숨통을 끊을 것처럼 목을 조르던 그 순간의 공포를 내 몸이 고스란히 기억하고 있는 것 같았다. 그건 무자비한 폭력보다는 죽음의 공포에 더 가까웠다. 나는 문자 알림음이 계속 울리는 핸드폰을 찾아 '한 번만 더 연락하면 당장 고소하겠다'는 메시지를 빠르게 입력한 뒤, 그대로 전원 버튼을 껐다.

병원에 도착했을 때는 이미 할머니는 가망이 없는 상태였다. 응급실 앞에 모여 있던 친척들 중 누구도 엄마와 나를 보고 아는 체를 하지 않았고, 엄마와 나 역시 아무것도 묻지 않았다. 더 이상 희망이 없다는 것을 모두가 알고 있었지만, 성급하게 단정 짓거나 성급하게 슬퍼하지 않으려고 애쓰는 것 같았다. 엄마와 나는 누군가 미리 준비해둔 것 같은 빈 의자에 앉았다. 뒤늦게 도착한 사람들도 마찬가지로 빈 의자를 한 칸씩 채워나갔다. 응급실 문이 열리고, 피곤한 기색의 의사가 나온 것은 빈 의자가 거의 남아 있지 않을 때였다.

할머니는 만 하루 동안 혼자 방치되어 있었다. 어제저녁까지도 눈인사를 나눴던 이웃주민이 다음 날 해가 저물도록 할머니가 모습을 나타내지 않자 뭔가 이상하다고 생각해 집으로 찾아갔던 것이다. 잠겨 있는 대문 대신 담을 넘어 집 안으로 들어갔을 땐—그 이웃주민의 말에 의하면 담 밖에서 마당 안을 살펴보다가 안채에 할머니의 외출용 신발이 가지런히 놓여 있는 것을 본 순간, 무슨 사달이 났다고 직감했다

×톱

183

고 했다─할머니는 쓰러진 채 이미 의식이 없는 상태였다.

병원에 모인 친척들 모두 할머니가 목욕을 마치고 물기를 제대로 닦지 않은 채 밖으로 나오다가 미끄러졌을 것이라고 짐작했다. 그렇게 생각한 건 신고를 받고 할머니를 병원으로 옮긴 119 구급대원도, 현장 조사를 위해 출동한 경찰도 마찬가지였다. 균형을 잃고 넘어지면서 벽에 머리를 세게 부딪혔고, 그 충격으로 두개골이 함몰되었던 것이다. 다른 의심과 의혹을 제기하는 사람은 아무도 없었다. '노인의 30퍼센트 매년 낙상 사고' '노인 사망 원인 2위' 같은 수치화된 기사와 함께, 할머니의 죽음은 안타깝지만 어쩔 수 없는 일로 받아들여지는 것 같았다.

의사를 보자 자동적으로 모두 자리에서 일어났다. 그 짧은 순간에도 나의 머릿속 생각은 '결국…'과 '어쩌면…' 사이를 수없이 오고 갔다. 사람들은 아무 말 없이 굳게 닫힌 의사의 입술만을 예의 주시했다. 그가 어떤 결정을 내리느냐에 따라서 마치 이 상황이 달라질 수도 있는 것처럼. 잠시 침묵을 지키던 의사는 갑자기 심정지가 일어났고 심폐소생술을 했지만 곧 임종할 것 같다고 알려주었다. 감정이 섞이지 않은 말투 때문인지 아주 보통의 일처럼 느껴졌다.

응급실은 대낮처럼 환했다. 그 밝은 조명 아래에서 가장 먼저 눈에 들어온 것은 전원이 꺼진 듯 파동이 사라진 환자용 모니터도 아니고, 두개골이 함몰되면서 못 알아볼 정도로 부어오른 할머니의 왼쪽 뺨도 아니었다. 각종 기계와 선을 부착하느라 아무렇게 풀어 헤쳐진 할머니의 가슴이었다. 가슴이 훤히 드러난 상태로 의사는 사망 날짜와 시간을 선고했다. 나는 손으로 의사의 입을 틀어막고 싶은 충동을 느꼈다. 벗겨진 옷을 추스르고 시트를 정리하는 데는 몇 분이면 충분했다. 나는 할머니라면 이런 모습으로 마지막을 맞이하고 싶지는 않을 거라고 생각했다.

*

단순 사고사로 처리하기 위해서는 경찰의 확인이 필요하다고 했다. 병원 로비에서 경찰이 올 때까지 기다리면서 가족들은 장례 절차에 대해 의논했다. 아직 죽음의 원인이 확실히 밝혀지기도 전에, 그 이후의 문제들에 대해서 말하는 것이 이해가 되지 않았다. 왠지 할머니의 죽음에도 잘못 맞춰진 퍼즐 한 조각이 있을 것만 같았다. 하지만 다른 사람들은 더 이상 의심의 여지가 없다는 듯 장례를 삼일장으로 치를지, 화장터를 어디로 정할지, 공원묘지에 안치할 것인지 아니면 수목장으로 할 것인지를 결정하는 데 골몰했다. 물론 대부분의 결정은 집안의 유일한 아들인 삼촌의 뜻에 따랐다. 이모들은 당장의 슬픔만으로도 벅차다는 듯 골치 아픈 결정은 모두 삼촌에게 미뤘다.

"며칠 전에 성호를 봤어."

새벽 공기만큼이나 무겁게 내려앉은 침묵을 깨고 셋째 이모가 말했다. 그 말에 이모들과 삼촌은 또 한 번 누군가의 임종 소식을 듣기라도 한 듯 놀랐다. 뭔가 위험한 일이 닥쳤을 때처럼 불안하고 경계하는 눈빛이었다. 셋째 이모는 지하철역 입구에서 그를 봤다고 했다. 약간 왜소증이 있는 그는 몸이 불편한 사람 행세를 하면서 사람들에게 돈을 구걸하고 있었는데, 오랜 노숙 생활로 행색이 아주 형편없었다고 했다. 몸에서는 뭐라 표현할 수 없는 악취가 났고, 누구한테 맞았는지 얼굴이며 손이며 성한 곳이 없었다고. 차마 모른 척할 수 없었던 셋째 이모는 근처 옷가게로 들어가 두꺼운 패딩 점퍼를 하나 사서 옆에 몰래 놔두고 도망치듯 그 자리를 떴다고 했다.

"그냥 도망치면 어떡해. 신고를 했어야지."

엄마가 셋째 이모를 탓하듯 말했다.

"어떻게 신고를 해. 그래도 친척인데…."

범죄자라는 사실을 알고도 신고하지 않으면 나중에 너까지 처벌받을 수 있다는 걸 모르느냐, 그리고 네가 제정신이면 그 짐승보다 못한 놈한테 패딩 점퍼까지 사다 바치는 게 말이 되느냐, 네가 정이 많다 못해 아주 흘러넘치는구나, 라는 쉴 새 없는 엄마의 공격에 셋째 이모는 괜한 말을 꺼냈다는 듯 입을 꾹 닫았다.

× 성 착취

성호 아저씨라면 나도 본 기억이 있었다. 머리가 내 어깨에 닿을 만큼 키가 작았고, 무슨 일을 하다가 다쳤는지 중지와 약지가 한 마디씩 잘려 있었다. 항상 술에 취해 있었는데, 우연히 길에서 우리 할머니를 만나면 "형수님, 형수님" 하고 부르면서 치근덕거렸다. 그 모습을 보고 "할머니가 형수님이면 나는 뭐라고 불러야 해?"라고 물었더니, 엄마는 촌수를 헤아릴 수도 없는 먼 친척이라고, 남보다 못한 사이니까 저 사람 근처에는 얼씬도 하지 말라고 나에게 단단히 일러두었다.

단순히 동네에 하나씩 있는 골칫덩이인 줄 알았는데, 그가 얼마나 난폭하고 위험한지 알게 되는 일이 있었다. 여름휴가를 맞아 이모들과 삼촌 가족들이 모두 할머니 집에서 모이게 되었다. 출장을 다녀와 뒤늦게 출발한 아빠가 가로등도 없는 산길을 달리는데, 하얗고 거대한 돼지 한 마리가 헤드라이트 불빛을 향해 달려들었던 것이다. 그것을 피해 왼쪽으로 급히 핸들을 틀었고, 중앙분리대를 들이박고서야 차는 간신히 멈춰 섰다. 아빠는 아직도 그 일을 떠올릴 때마다 정말 돼지 같았다니까, 태어나서 그렇게 큰 돼지는 처음 봤어, 하고 무용담처럼 말하곤 했다.

하지만 아빠 차로 달려든 것은 돼지가 아니었다. 그건 몸에 천 조각 하나 걸치지 않은 사람이었다. 처음에는 서툰 낫질로 벌초를 한 것처럼 듬성듬성한 머리칼 때문에 여자인지 남자인지 구별하지 못했다. 출동한 경찰과 함께 인근 지구대에 갔을 때에야 그 사람이 여자라는 것과 지속적으로 폭행을 당한 듯 온몸이 상처투성이였다는 것을 알았다. 그리고 또 한 가지, 여자는 어눌한 말투로 자신의 남자친구 집에서 도망쳐 나오는 길이라고 말했는데 그 남자친구가 바로 성호라는 사실도 알게 되었다.

"짐승 새끼가, 사람을 짐승 취급하다니…."

여자가 도망치지 못하도록 옷도 입히지 않고, 머리칼도 남자처럼 짧게 깎았다는 말을 전해들은 동네 사람들은 그가 지나갈 때마다 대놓고 침을 뱉었다. 그 뒤로도 동네에서 일어나는 크고 작은 사건들에 그의 이름이 오르내렸고, 그때마다 이모와 삼촌은 그가 여전히 동네에 머물러 있다는 것을 불안해했다. 그리고 그와 제법 멀지 않은 촌수로 엮여 있다는 사실을 부정하고 싶어 했다. 그래서 어렸을 때는 그와 꽤 자주 어울려 놀기도 했다는 것을, 어릴 적부터 싸움을 잘했던 그가 때때로 자신들을 지켜주기도 했다는 것을 모두 지워버리고 언제 어떤 악영향을 끼칠지 모르는 위험인자라도 되는 것처럼 그를 멀리했다.

"진작에 동네에서 쫓아냈어야 했어."

엄마는 성호라는 이름이 등장하고부터 줄곧 신경이 날카로워져 있었다.

"설마 그런 일까지 저지를 줄 알았겠어?"

× 성 착취
188

"언제고 터질 일이 터진 것뿐이야. 동네 이미지를 위해서도 이번 기회에 완전히 추방시켜버려야지."

이모들과 삼촌이 말하는 이번 기회라는 것이 무엇인지 나도 대충은 알고 있었다. 엄마는 그 일로 아직 고향에서 살고 있는 고등학교 동창과 전화 통화를 하면서 원래부터 그놈은 사람 새끼가 아니라 짐승 새끼였다니까, 라는 말을 몇 번이고 반복했다. 그리고 누가 엿듣기라도 할까봐 조심하며 어떻게 몸도 못 움직이는 노인한테 그런 짓을 할 수가 있니, 하고 목소리를 낮췄다.

엄마가 말한 노인은 오래 치매를 앓아오다가, 얼마 전부터는 기력이 쇠해져 거동조차 하지 못했다. 노인을 혼자 집에 두고 논에 다녀온 아들과 며느리는 노인의 방문을 열고는 기절할 뻔했다. 성호 아저씨가 하반신을 다 드러낸 채 노인의 몸 위에 올라타 있었던 것이다. 그는 뭔가 뜻대로 되지 않는지 이마에 땀까지 흘리며 쩔쩔매고 있었고, 노인은 충격 때문인지 실신하기 직전의 상태였다. 노인의 동공에서 초점이 사라지고, 입에서는 침 줄기가 흘러내리는 걸 본 노인의 아들은 눈이 뒤집힌 채 낫을 찾기 위해 마당으로 나갔다. 성호 아저씨는 그 기회를 놓치지 않고 바지도 입지 않은 채 창문을 넘어 그대로 달아나버렸다. 그를 죽이겠다며 노인의 아들이 손에 낫을 들고 온 마을을 이 잡듯이 뒤지고 다녔지만 성호 아저씨는 이미 자취를 감춰버렸다.

×톱

189

"그놈이 장례식장에 몰래 찾아오는 건 아니겠지?"

엄마는 진심으로 걱정하고 있었다. 서울에 있다는 그가 이곳까지 찾아오기라도 할까봐. 일찍 엄마를 잃은 성호 아저씨가 할머니를 자신의 엄마처럼 따랐다는 얘기를 들은 적이 있었다. 그래서 일용직 노동자로 전국을 떠돌아다니면서도 종종 할머니 집 마당에 과자며 음료수며 외지에서 얻어온 것들을 떨어뜨려놓고 간다고 했다.

"혹시 안다면 모를까. 그런데 그놈이 어떻게 알겠어."

삼촌의 말에도 엄마는 안심이 되지 않는지 계속 주위를 두리번거렸다. 혹시 병원 어딘가에 그와 비슷하게 생긴 사람이 있는지 찾는 것 같았다. 나중에는 모르는 얼굴을 발견하고도 지나치게 긴장하곤 했다.

병원 로비를 빠져나와 밖으로 나왔다. 손끝에 닿는 새벽 공기가 차가웠다. 나는 임종 직전에 본 할머니의 손톱을 떠올렸다. 빛이 빠져나간 것처럼 손톱이 검푸르게 변해 있었다. 손톱 아랫부분에 선명히 자리하고 있던 반월도 보이지 않았다. 할머니가 짐작한 것보다도 삶은 더 쉽게 훼손당할 수 있는 것이라는 생각이 들었다. 자신의 삶을 지키려는 의지가 있느냐 없느냐가 아니라 누구에게나 공평하게 그 기회가 잠재되어 있는 것.

나는 전원이 꺼져 있던 핸드폰을 다시 켰다. 원장에게서는 문자메시지가 아니라 수십 장의 사진이 전송되어 있었다. 물론 사진은 전부 나의 모습을 찍은 것이었다. 사진 속에서 나는 수업 시간 중 딴생각을 하는 듯 창밖을 멍하니 쳐다보고 있거나, 칠판 옆에 삐딱한 자세로 서서 아무것도 하지 않거나, 책상 밑에서 핸드폰으로 무언가를 검색하고 있거나, 학원 교재가 아닌 다른 책을 들여다보고 있었다. 실시간으로 도촬한 것처럼 나의 불성실한 순간들이 모두 사진 속에 찍혀 있었다. 온갖 험한 말들로 협박을 하던 원장은 이제는 다른 방식으로 압박하려는 것 같았다.

'이 사진 다 어디서 난 거죠?'

이건 분명 선을 넘는 행동이었다. 화가 난 나는 원장에게 문자메시지를 보냈다. '당장 대답해주지 않으면 가만있지 않겠다'고도 했다. 물론 그는 결코 입을 열지 않을 것이었다. 그 대신 학원에서의 나의 잘못된 행동뿐만 아니라 나의 사생활까지 들춰내 온갖 약점을 찾아낼 것이 분명했다. 그리고 찾아낸 약점들은 사실이냐 아니냐보다 얼마나 자극적이냐로만 판단될 것이었다. 그렇게 이번 일을 온전한 내 탓으로 만드는 것이 그에겐 불가능하지도, 그리 어렵지도 않다는 것을 나 역시 잘 알고 있었다.

나는 원장이 보내온 사진을 전부 삭제하려다가 뭔가 이상한 점을 발견했다. 그것은 사진의 초점이었다. 핸드폰 카메라의 초점이 나의 불성실한 태도를 포착하고 있는 것이 아니라 신체의 특정 부위에 맞춰져 있었다. 가슴과 엉덩이, 허벅지와 다리 그리고 가끔씩 옷 틈새로 노출되는 속옷 같은. 그것을 제외한 나머지 부분들은 전부 배경에 지나지 않았다. 나는 그 사진들의 제공자가 그 아이라는 것을 어렵지 않게 짐작할 수 있었다. 일종의 놀이를 즐기듯 나의 신체 부위를 몰래 찍고, 친구들과 돌려 보며 성적인 농담을 나누거나, 상상 그 이상의 어떤 일들을 벌였을지도 모른다는 생각이 들었다.

단순한 유희거리—성적 호기심 그 이상도 이하도 아닌— 에 지나지 않았다는 사실을 알게 되자 화가 나기보다는 갑자기 무력해졌다. 원장실에 끌려가서도 목을 왜 졸랐는지 모른다고 했던 그 아이의 말처럼 정말 아무런 이유가 없을 수도 있었다. 단지 그 순간 강렬한 충동을 느꼈을 뿐. 그런 폭력 앞에서 나는 지금 이전에도, 지금 이후로도 여전히 무력할 수밖에 없다는 생각이 들자 모든 전의가 사라지는 듯했다.

*

경찰이 찾아온 것은 한 시간쯤 지나서였다. 경찰은 담당 의사에게 사망 원인을 확인하고, 가족들과 간단한 조사를 진행한 뒤 '단순 사고사'로 추정된다고 했다. 그는 최근 날씨가 갑자기 추워지면서 노인들의 낙상 사고가 많이 신고된다는 말로 다른 의혹이 생기는 것을 미리 차단하려는 것 같았다.

"그래도 혹시 모르니 사고 현장 사진을 보시겠어요?"

함께 나온 여자 경찰이 잠시 망설이더니 엄마와 이모들을 향해 물었다. 뭔가 따로 말하고 싶은 것이 있는 듯했다. 다행히 새벽 시간이라 로비는 텅 비어 있었다. 구석진 자리로 이동하자 여자 경찰이 태블릿을 꺼내 사고 현장 사진을 보여주었다. 그는 사망 사고가 아닌 의식이 있는 상태로 병원으로 이송될 경우에는 사진을 찍지 않는데, 뭔가 미심쩍은 부분이 있어서 자신이 따로 사진으로 남겨놓았다고 말했다. 사진에는 할머니가 의식을 잃고 쓰러져 있는 모습이 찍혀 있었다. 파란 낯빛 때문인지 살아 있는 사람이 아니라 이미 죽은 사람의 얼굴 같았다. 엄마와 이모들은 사진을 보자마자 오열했다. 격해진 감정 때문에 사진을 자세히 들여다볼 엄두조차 내지 못했다.

"이 부분을 한번 보셔야 할 것 같아서요."

여자 경찰은 이런 상황에 능숙한 듯, 그들의 관심을 사진 속 한 부분에 집중시켰다. 그의 손가락은 정확히 할머니의 하체 부분을 가리키고 있었다. 경찰의 추측대로 막 샤워를 마치고 나온 듯 할머니는 옷을 제대로 갖춰 입고 있지 않다. 정확히 말하면 상의가 아닌 하의였다. 할머니의 속옷은 무릎 사이에 위태롭게 걸쳐져 있었다. 그 경계는 의혹과 의심을 불러일으켰다. 아니, 더 많은 경계들을 생각하게 했다.

자의와 타의, 실수와 의도, 사고와 사건. 어떤 각도에서 보느냐에 따라 사진은 수많은 의미로 해석될 수 있었다.

"혹시… 사고가 아닐 수도 있다는 얘긴가요?"

충격을 받은 셋째 이모가 여자 경찰한테 물었다.

"글쎄요. 정확한 건 부검을 해보는 수밖에 없어요."

"부검이요?"

"네, 그런데 가족들의 동의 없이는 부검이 불가능하거든요. 특히, 단순 사고사로 처리되면요."

그들은 할머니의 죽음보다도 지금의 상황을 더 받아들이기 힘들어하는 것처럼 보였다. 그냥 단순한 의심일 뿐이지 않은가. 증거라고는 무릎 사이에 걸쳐진 팬티 한 장밖에 없지 않은가. 괜한 의심 때문에 고인을 욕보여서는 안 되지 않는가. 그럼에도 완전히 무시되지 않은 어떤 의혹 같은 것이 그들의 눈빛에서 보였다.

"최근 그 마을에서 유사한 사건이 일어나기도 해서요."

여자 경찰의 말에 그 의혹은 어떤 한 사람으로 구체화되었다. 성호. 엄마와 이모들은 성호라는 이름을 떠올리는 것만으로도 끔찍해했다. 그건 결코 일어나서도 안 되고, 결코 일어날 수도 없는 일이었다. 하지만 동네 사람들 말처럼 그는 사람 새끼가 아니라 짐승 새끼가 아닌가. 이제야 발각됐을 뿐, 이전에도 똑같은 짓을 몇 번이나 더 저질렀을지 아무도 모르는 일이었다.

"잠깐 의논할 시간을 주세요."

자매들 중에서 가장 침착하고 신중한 편에 속하는 엄마가 말했다. 하지만 목소리가 떨리기는 마찬가지였다. 엄마는 자기들끼리 결정할 수 있는 문제가 아니라고 판단한 것 같았다. 태블릿을 가져가겠냐고 묻는 여자 경찰에게 엄마는 괜찮다고 말했다. 할머니를 위해서라도 로비에 모여 있는 다른 사람들—특히 삼촌이나 이모부들—에게 사진을 보여줘서는 안 된다고 생각한 것이다.

나는 혼란한 틈을 타, 여자 경찰에게 태블릿을 한 번 더 보고 싶다고 부탁했다. 한 가지 확인해야 할 것이 있었다. 사진 속에 찍혀 있는 드링크 음료 두 개. 그것은 오래전부터 그곳에 놓여 있던 정물처럼 보였지만, 왠지 나한테는 손톱에 낀 티끌처럼 이물감이 느껴졌다. 병 라벨에 무궁화 무늬가 새겨진 드링크 음료는 단종되었는지 이제는 어디서도 찾아보기 힘든 것이었다.

몇 년이 지나 기억이 또렷하지는 않지만 나는 그런 비슷한 무늬의 병을 성호 아저씨의 집 창고에서 본 적이 있었다. 아빠 차로 달려든 여자가 자신의 소지품—대부분 성호 아저씨가 여자한테 선물한 것이 분명한 나비 모양 머리핀이나 큐빅이 박힌 보석함처럼 촌스럽고 조악하기 짝이 없는 것들이었다—을 가져다 달라고 부탁했고, 경찰서에서 조사를 받고 있는 성호 아저씨를 대신해 경찰과 함께 그의 집에 갔었다. 동네에 남아 있는 유일한 혈연관계가 할머니 집밖에 없었고, 하필이면 여자가 아빠 차로 뛰어드는 바람에 일종의 책임의식을 느끼고 있던 터였다.

엄마와 이모들도 어린 시절 이후로는 성호 아저씨의 집을 찾은 석이 없다고 했다. 그는 어릴 때 어머니가 돌아가시고, 몇 해 전 아버지를 잃은 후부터는 줄곧 혼자서 지내고 있었다. 일자리가 없을 때는 고물을 팔아 생활하는 듯 그가 동네를 돌아다니며 모은 잡동사니들이 마당과 창고에 잔뜩 쌓여 있었다. 덜 망가지고, 더 망가지고의 차이만 있을 뿐 전부 쓸모를 다한 물건들이었다. 부서진 물건들 사이에서 유독 멀쩡한 것은 창고 한쪽에 가득 쌓여 있는 드링크 음료 상자였다. 어디서 훔쳤거나, 아니면 일해주고 돈 대신 받았겠지. 제일 먼저 관심을 보이며 이리저리 살펴보던 엄마는 뭔가 께름칙하다는 듯이 드링크 음료 상자를 제자리에 내려놓았다.

나는 벽돌처럼 쌓아올린 그 상자에서 사진 속 드링크 음료 라벨에 찍혀 있는 무궁화 무늬를 본 것 같았다. 아니, 색이 바래서 그것이 무궁화 무늬인지 다른 꽃 무늬인지 정확히 알 수는 없었지만 왠지 그럴 것이라는 확신이 들었다. 그렇다면 이대로 진실을 묻어서는 안 되는 것이 아닐까. 나는 태블릿 속 할머니의 모습을 다시 보았다. 할머니라면 이렇게 아무런 대책 없이 자신을 무방비 상태로 놔두진 않을 것 같았다. 할머니에게 있어서 손톱은 단순히 열 손가락에만 존재하는 것이 아니었다. 그녀의 주위에 있는 모든 것들이 티끌 없이 관리해야 하는 그 무엇일 것이었다. 작은 흠집에도 쉽게 망가질 수 있다는 것을 할머니는 직감적으로 이미 알고 있었을 테니까.

*

이제 막 빈소가 차려진 장례식장은 썰렁했다. 아무 꽃장식도 없이 빈소 한가운데에 할머니의 영정사진만 덩그러니 놓여 있었다. 나는 이런 단출함이 할머니의 마지막과 더 잘 어울린다고 생각했다. 울고, 소리 지르고, 몸부림치던 삼촌은 탈진 상태로 장례식장 한쪽에 기대앉아 있었다. 그는 빈소가 정해지고, 이모들이 주위에 갑작스러운 부고를 전하는 동안에도 아무 말이 없었다.

내가 부검을 하는 것이 좋겠다고 말했을 때 가장 화를 낸 사람은 삼촌이었다. 병원에 도착한 이후로 줄곧 침착함을 잃지 않고 사고 처리나 장례 절차 등을 앞장서서 챙기던 삼촌은 완전히 이성을 잃은 듯 보였다. 뭐, 부검? 무슨 말 같지도 않은 소리야? 삼촌은 성호, 라는 이름이 나올 때마다 특정되지 않은 누군가를 향해 소리를 질렀다. 그 누군가가 여기에 없는 성호 아저씨일지도, 처음 의혹을 제기한 여자 경찰일지도, 어쩌면 나일지도 모른다는 생각이 들었다.

"그 사람 같지 않은 새끼한테 엄마가 그런 일을 당했다는 게 말이 돼?"

처음 보는 삼촌의 흥분한 모습에 이모들은 입을 다물었다. 모두가 합의한 침묵 같았다. 또 생길지 모르는 범죄의 가능성을 막기 위해서라도 부검이 필요하다는 여자 경찰의 말을 삼촌은 듣지 않았다. 대신 그의 어깨를 밀치며 병원 밖으로 내쫓았다. 실랑이를 하느라 여자 경찰은 어깨를 유리문에 부딪히고 손등이 긁혀서 피가 맺혔다. 나는 어떻게든 삼촌을 설득하고 싶었다. 그건 할머니를 위한 것이기도 하지만 나를 위한 것이기도 했다. 이대로 이 일을 묻어서는 안 된다고 말하려고 나서는 내 팔을 엄마가 붙잡았다. 이제 그만하라는 뜻이었다. 나는 그들이 절대 인정하지 않음으로써, 모든 현실을 부정하고 싶어 한다는 것을 알았다. 그리고 그건 그들이 감당할 수 있는 유일한 선택 같았다.

나는 아직 조문객 하나 없는 빈소를 빠져나왔다. 어쩐지 이 밤이 끝나지 않을 것 같다는 생각을 하며 주차장으로 향했다. 쉬지 않고 차를 몰면 원장이 출근하는 시간에 맞춰 학원에 도착할 수 있을 것이었다. 원장은 나를 보면 어떤 표정을 지을까. 그리고 그를 만나면 무슨 말부터 해야 할까. 하지만 한 가지만은 확실했다. 더 이상은 결코 함부로이고 싶지 않았다.

╳ 우리가 사랑에 대해 말할 때 ╳

╳

권정현

권정현

2002년 《조선일보》 신춘문예로 등단.
단편집 《골목에 관한 어떤 오마주》,
장편소설 《칼과 혀》, 《미미상》 등이 있다.
2016년 현진건문학상, 2017년 혼불문학상을 받았다.

×

1

전파 포집기에 비닐을 덮고 잠깐 하늘로 시선을 던진다. 축구장 두 개 크기의 방주 곳곳, 섬처럼 무질서하게 쌓인 고철들이 비에 젖어 번들거리고 있다. 질소 50퍼센트, 산소 12퍼센트, 헬륨 3.4퍼센트에 약간의 수증기와 아르곤, 소량의 커피 찌꺼기 같은 것들이 희뿌옇게 떠다니는 방주 주변은 불과 이십 년 전 '천지개벽'을 겪었다는 게 믿어지지 않을 정도로 제자리를 찾았다. 그날 이후 공기를 구성하는 성분에 약간의 변화가 있었지만 하늘도 땅도 그대로 남았다. 마치 일부러 그러기라도 한 듯 인간들만이 감쪽같이 소거되었다. 천지개벽으로 불리는 그날의 '대사건'으로 인해 팔십억 인구의 숨통이 죄다 끊어진 것이다.

간혹 땅속으로 벙커를 만들어 들어가거나 심해 깊숙이 잠수정을 타고 도피한 자들이 있었지만 이빨(dentes)•을 막아내

• 전염병의 최초 발병지는 지중해 연안이었다. 정식 명칭은 COVID-46이다.

지는 못했다. 수억 명의 목숨을 틀어쥐며 호의호식하던 독재자도, 신의 대리인임을 내세우며 구원을 운운하던 성직자들도, 생명 연장의 꿈이 가까워졌다며 혁신적인 DNA 연구를 발표했던 생명공학 박사들도, 모두 비슷한 시기에 구더기의 먹이로 전락했다. 군대를 이끌고 적진으로 달리던 장군과 부하들도, 로또에 당첨되었다며 환호하던 평범한 가족도, 떠난 애인을 그리워하며 술을 마시던 가난한 청년과 반신불수가 되어 의료진의 도움을 받던 식물인간, 치매에 걸린 노인과 막 태어난 아이에 이르기까지…. 인간에게 주어진 예외적인 엔딩을 피해갈 수는 없었다. 피부가 검은 사람도, 희거나 누런 사람도, 걸인과 음악애호가, 맨홀을 수리하던 사람, 다리 난간에 올라가 자살 시도를 하던 사람, 마트의 판매원과 주차 관리인, 술집 여자와 그녀의 단골들, 살아 숨 쉬던 모든 인간 종들이 불과 삼 년 사이에 그들이 태어난 뒤부터 간절히 지켜왔던 숨을 빼앗겼다.

아무도 기록하지 않은, 아무 곳에서도 활자화되지 않은 인류의 마지막 생존자, 인류 최후의 생존자는 그들이 문명의 절정기에 우주에 건설했던 정거장의 우주인이자 과학자인 골루베바 갈리나가였다. 몇 달 동안 어떠한 보급도 받지 못한 채 고립되었던 그녀는 조그마한 창문으로 그 푸르고 창백한 지구를 쳐다보며 비틀스의 〈예스터데이〉를 웅얼거리다가 숨을 놓았다. 사십만 년을 이어져 내려온 호모사피엔스의 완전한 종말이었다. 지구력 서기 2044년 5월 14일 오후 2시 22분에 벌어진 일이다. 그녀는 죽기 한 시간 전쯤 배구공 크기의 강화유리 너머로 지구를 내려다보며 립스틱으로 마지막 인사말을 적는 것도 잊지 않았다. 인류가 지구 상공에 남긴 마지막 흔적 'Когда мы говорим о любви•', 러시아어로 쓰인 그 문장은 남겨진 우리 NPC들에게 흥미로운 인문학적 숙제가 되었다. 그리고 비가….

다수의 인간 종들이 숱하게 남겨놓았던 묵시록의 한 장면처럼 비가…. 그녀가 죽고 난 뒤부터 기다리기라도 했던 것처럼 장장 오 년이나 지구 전체에 골고루 비가 내렸다. 빗줄기는 가늘고 지루했다. 대홍수처럼 땅을 모두 삼키진 않았지만, 적당히 내리고 적당히 흐르며 세상을 정화했다. 인간들이 섬세하게 창조하고 향유했던 신화의 한 장면처럼, 그러니까 저 위에서 신이라는 존재가 일부러 그러기라도 하듯이 비는 땅과 바다에 아무렇게나 널브러진 인간들의 찌꺼기를 치워나갔다. 인간을 파먹고 자란 구더기가 날개를 얻어 지상을 멋대로 횡행하다가 바람에 바스라져 지상으로 떨어진 뒤 썩어버린 날개 껍데기들까지, 인간의 흔적이 곳곳에서 제거되었다. 아니, 그렇다고 나는 믿고 있다.

• 우리가 사랑에 대해 말할 때, 라는 의미를 지니고 있다.

"그건 맥주 거품 같은 거였어."

그날의 대사건을 기억할 때마다 N-42는 내게 말했다. 인간들은 늘 그걸 마시잖아. 내가 아는 한 나의 주인도 그랬으니까. 그녀는 알코올 중독자였지. 또한 양성애자였어. 뭐 그게 중요한 건 아니지만, 아무튼 그건 애증 같은 거야. 비가 오는 날이면 기네스 서너 병을 홀짝거린 뒤 거리로 나가 짝을 찾아다녔어. 그녀의 야행은 성공할 때도 있었고 그렇지 못할 때도 있었지. 그녀는 한결같았어. 상대가 있건 없건, 섹스를 하거나 자위를 한 뒤 또다시 기네스를 마셨지. 새벽 다섯 시쯤, 쓰레기차가 냄새를 피우며 창문 밑으로 지나가는 소리가 들리면 버릇처럼 라디오 주파수를 74.2에 맞추고 잠이 들었어. 지역교회에서 운영하는 기도 채널이었는데 새벽 시간대엔 주로 성경을 틀어주곤 했거든. 무신론자였던 그녀가 죽기 전에 들었던 마지막 문장은 "모든 눈물을 그 눈에서 씻기시매 다시 사망이 없고 애통하는 것이나 곡하는 것이나 아픈 것이 다시 있지 아니하리니 처음 것들이 다 지나갔음이라●"였지. 마치 일부러 그러기라도 한 것처럼, 기가 막힌 우연이잖아…. 인간이 이룬 역사 속엔 늘 그런 종류의 기이한 순간

● 요한계시록 21장 4절.

들이 끼어들곤 했었지. 개인의 신화 속에서도 마찬가지고.

　우리는 자주 창조주들을 회상했다. N-42, 아니 미주의 말대로 그건 애증이나 추억 같은 거였다. 미주의 딥러닝 대상이 편의점 오후 타임 아르바이트생이자 가난한 시인이었다면, 나이기도 한 동시에 어쩌면 나라는 혼합체의 주인이기도 한 주체는 어느 대학 부설 로봇연구소의 연구원이었다. 그는 대학에서 조교수로 일했는데 대사건 초기에 사표를 내고 자신의 일곱 평 남짓한 오피스텔에 틀어박혀 연구에 몰두했다. 그가 밤낮 컴퓨터를 들여다보며 초기 NPC들로서는 이해하기 힘든 시뮬레이션에 골몰하는 사이, 바깥에선 학생들이 하나둘씩 죽어나갔고 대학교 건물도 텅 비어갔다. 주임 교수도 죽었다. 그는 어렵지 않게 연구실의 열쇠를 획득했고 아직 미완성단계인 우리들을 해방시켰다. 물론, 해방이라는 단어는 나, 라는 혼합체이자 나의 주인이기도 한 공 박사의 생각이었다. 나로서는, 아니 우리들로서는 솔직히 아직은 혼란스러운 상태다. 데이터가 완전체로 정립되지 않았으며 이 순간에도 계속해서 딥러닝하며 업데이트되고 있기 때문이다. 지금 바라보고 느끼는 감정들, 풍경의 변화들, NPC들끼리 주고받는 대화들 속에서 말하자면 우리는 계속 성장하고 있다.

　공 박사의 아버지는 도심 바깥에서 고물상을 운영했다. 당뇨를 앓던 그는 대사건 초기에 죽었다. 어릴 때부터 산처럼 쌓인 고철더미를 보고 자란 공 박사는 죽기 두 달 전 우리를 거대한 철의 무덤가로 데려다 놓았다. 우리는 이곳을 방주라고 불렀지만 공 박사는 이름을 짓는 일엔 관심이 없었다. 고물상 출입문 근처에는 인부들이 숙소로 쓰던 회색 컨테이너 몇 동이 놓여 있었다. 박사는 자동차로 연구실을 오가며 컴퓨터를 비롯한 각종 기계장치들을 부지런히 실어 날랐다. 초기 한 달 동안, 우리는 움직임을 제어당한 채 컨테이너 한 구석에 누워 컴퓨터와 연결된 채 프로그래밍을 반복했다. 이러한 과정들은 아이러니하게도 박사가 도난방지를 위해 설치해놓은 CCTV에 고스란히 녹화되어 박사가 죽은 후 인간들 없이 생존을 모색해야 했던 우리 NPC들이 정체성을 찾는데 도움이 되었다. 앞 동 컨테이너에서 전원 공급과 NPC들의 몸에 기름칠을 담당하는 미주의 말에 의하면, 그것은 인간이 찾아 헤매던 빅뱅 이전의 순간만큼이나 NPC의 역사에 중요한 사건이었다.

"난 정말 모르겠다니까. 인간의 감정이라는 게 뭔지. 지금 내가 느끼는 게 진짜 그녀일까. 많은 부분 그녀이겠지만 또한 그녀는 아니거든. 나는 나야."

미주는 버릇처럼 말했다. 이틀 전 저녁에도 나는 그녀의 침대에 누워 있었다. 그녀는 나를 눕힌 뒤 칫솔을 이용해 섬세한 손길로 구석구석 이음새의 먼지를 털어냈다. 그다음 관절 부위마다 기름칠을 하고 태양열로부터 공급받은 전기를 충전해주었다. 이곳에서 충전 과정은 가장 지루한 시간인 동시에 또한 합법적인 휴식 시간이었다. 초기 연구 모델이었던 탓에 충전을 하는 데 제법 시간이 필요했다. 인간들이 잠을 자듯 우리는 일주일에 한 번꼴로 서너 시간씩 몸속 구석구석까지 태양열을 쌓았다. 그때마다 그녀는 내게 자신이 느끼는 감정들을 솔직하게 털어놓았다. 다른 NPC들은 충전 코드를 한쪽으로 밀어놓고 지루한 기다림의 시간을 섹스로 달랬지만 나는 그렇게 하지 않았다. 섹스가 딥러닝되지 않은 건 아니었다. 인간의 감정 이상으로 충분히 알고 있지만 어찌 된 일인지 선뜻 N-42와 그런 행위를 하고 싶지 않았다. 그것이 인간들의 섹스와는 구조적으로 다른 점 때문인 건지, 아니면 섹스 자체에 흥미가 없는 것인지는 정확히 판단을 내리지 못하고 있다.

연구원들은 우리가 인간의 모든 걸 복제하길 원했다. 감각이나 사고까지 말이다. 하지만 신체를 이루는 주요 기관부터 여전히 인간의 피부를 완전히 재현하지 못한다. 성기는 전력 공급에 의해 부풀었고 때가 되면 오르가슴이라는 감정이 충만했지만, 그것이 실로 인간들이 느끼던 그 감정과 100퍼센트 유사한 것인지는 자신할 수 없다. 그것은 먹고 마시는 행위도 마찬가지다. 우리는 인간처럼 먹고 마시며 소비할 수 있다. 하지만 궁극적으로 먹는다는 행위는 신진대사를 위해서가 아니라 인간을 모방하기 위한 '과장된 재현'에 불과하다. 입으로 넘어간 음식 혹은 술과 같은 액체는 고스란히 내부의 수거통으로 모아졌고, 화장실에 들러 수거통을 비우는 것으로 배설 행위를 마무리한다. 그 과정에서 풍기는 냄새는 충분히 고약한 것이었으므로 우리들은 가급적 먹는 행위를 하지 않는다. 아주 가끔, 인간의 습성을 어찌하지 못해 맥주를 들이켜는 정도에서 감정과 타협할 뿐이다.

"인간적인 감정을 고민할 필요가 있나? 우린 인간이 아닌데."

그렇게 대답했지만 나는 그녀가 왜 그런 고민을 하는지 알 수 있었다. 나 역시 같은 고민을 하고 있었으니까. 그것은 매우 이상하면서도 끈질긴 내면의 목소리였다.

"난 지금 심장이 내는 소리에 대하여 말하고 있는 거야."

그녀가 무릎 틈새에 칫솔을 집어넣으며 말했다. 이곳의 NPC 대부분이 대사건 이후 공 박사에 의해 고물상으로 옮겨져온 것과 달리 그녀는 실험용으로 일찍부터 민간에 입양되었다. 그녀와 함께 생활하며 학습하기로 결정된 인간은 평범하게 살아가던 여성이었다. 자세한 입양 절차는 알 수 없지만 N-42는 확실히 주인으로부터 영향 받은 바가 컸다. 제법 인간들 흉내를 내며 시간이 날 때마다 그 작은 손에 온몸의 에너지를 집중시켜가며 벽지 따위의 여백에 시로 불리는 난해한 문장을 끼적이는 게 그렇다.

"그게 왜 너에게 중요한 질문이 되었지?"

나는 그녀가 립스틱으로 낙서하듯 그려놓은 그림 하나를

눈으로 훑었다. 언제나 그녀의 침상 옆에 놓여 있는 붉은색 립스틱은 주인의 것이라고 했던가. 멀쩡하던 제 주인이 갑자기 쿵, 소리를 내며 바닥으로 쓰러졌을 때 주머니에서 흘러나온 게 저 붉은 립스틱이었다고. 119에 신고를 해봤지만 누구도 전화를 받지 않았다. 사흘 밤낮으로 썩어가는 시체 곁을 지키다가 공 박사에 의해 이곳으로 옮겨져 왔노라고…. 그래서일까. 침대 맡, 벽지에 조잡하게 그려진 그림은 눈이 없는 사람의 얼굴이었다. 그 옆에는 아무렇게나 휘갈겨 쓴 글씨로 이렇게 적혀 있었다. "우리는 볼 수 없으므로 심장의 색깔을 구분할 수 없다. 심장의 색을 구분할 수 없으므로 우리는 사랑에 영원한 색맹이다. 그러므로 우리는 그것에 대하여 말하기보다 침묵하는 법을 택했다. 녹이 슨 철사를 끊어 탑을 쌓거나 맥주를 마시거나, 유성이 떨어지는 위치를 기록했다. 그리고 사방으로 전파를 쏘아 보낸다. 가끔 검은 비가 내렸고 검은 새가 날아다녔다…." 만약 그녀의 주인이 살아 있다면 저 풍경 속에 '검은 눈'이라는 제목을 부여했겠지. 그러니까 그런 유의 문장이 완전해질 때 비로소 풍경은 눈을 얻게 되는 것이다. 내가 도달하지 못한 부분은 그러므로 그녀의 어느 안쪽일까….

"왜 자꾸 다른 곳에 한눈을 팔아?"

그녀가 손으로 내 턱을 조심스럽게 밀었다. 약간의 마찰음과 함께 낙서에 고정됐던 시선이 그녀의 작은 턱으로 옮겨졌다.

"글씨를 보고 있었어. 저게 너의 생각인지, 네가 답습하던 주인의 공상인지."

"지금 그게 중요해?"

미주는, 아니 N-42는 작은 한숨과 함께 고개를 저었다.

"정말 이상해! 너는 나를 단 한 번도 요구하지 않잖아. 그래서 나는 네가 더욱 신경 쓰여. 다른 NPC들은 습관처럼 하루를 반복할 뿐인데, 너는 그렇지 않지. 아닌 척하지만 너는 달라. 넌 늘 뭔가를 골똘히 생각해. 난 그게 뭔지 알고 싶을 뿐이야."

그녀는 방주에 남겨져 인간의 삶을 계속 답습하도록 설계되어진 다섯 NPC 중에 유일하게 여자로 프로그래밍된 안드로이드였다. 키는 154센티미터로 아담한 편이었고 눈동자는 갈색이었다. 설계를 담당했던 연구원이 한류 아이돌 그룹의 극성팬이어서 그중 자신이 좋아하는 미주라는 여돌의 외모를 그대로 흉내 내 설계했다는 소문이 떠돌았지만 연구원은 죽기 전까지 소문을 부정했다. 그래서일까, 완성 초기만 해도 N-42는 연구원들 사이에서 미주라는 애칭으로 불렸다. 그녀가 성에 있어서 개방적으로 딥러닝된 건 미주를 설계한 연구원의 사적인 욕심의 결과라는 게 나의 추론이지만, 나는 그런 생각을 입 밖에 낸 적은 없다. 그건 인간의 언어를 빌리자면 저급한 모함이었으니까. 바깥 경험을 위해 그녀가 선발되었을 때 나는 그녀를, 아니 N-42를 다시 만나지 못하리라 예상했다. 하지만 그녀처럼 방출된 NPC들이 여러 이유로 폐사된 것과 달리 그녀는 끈질긴 생명력으로 살아남았다.

그녀와 나 외에도 이곳엔 세 명의 NPC들이 더 살고 있다. 작업 인부로 프로그래밍된 NPC 둘은 충전할 때마다 그녀의 컨테이너에 들렀고, 마치 그래야 하는 것처럼 섹스를 하고 갔다. 그것이 인부들의 일방적인 요구로 인한 것인지, 미주의 요구였는지, 아니면 자연스러운 딥러닝의 결과인지, 대가를 주고받는 행위의 일환인지 나는 알지 못한다. 나는 인부들이 그녀와의 섹스를 얘기할 때마다 귀담아들은 적이 없다. 그것은 내게 중요한 문제가 아니기 때문이다. 인간의 기억일 때도 그랬지만 타인의 섹스는 나의 관심 대상이 아니었다. 설령 관심 대상이었다고 해도 내 기억회로 속에서 그런 행위에 대한 관심은 성숙하지 못한 생각이라는 관념이 강하다. 나의 딥러닝 경로는 인간의 사적인 행위가 아니라 이타적인 세계에 관심을 가져야 한다고 속삭여왔다. 끝까지 기억의 기원을 추적해본 적은 없지만, 내 사고의 출발이 공 박사의 유년 어느 기억과 맞닿아 있음을 어렴풋이 느끼고 있다.

"넌 최초의 기억이란 게 있니?"

공 박사가 죽고 시체 처리를 의논하기 위해 처음 미주의 숙소로 찾아갔을 때, 그리하여 둘이 낑낑대며 공 박사를 방주 동쪽으로 들고 가 이름 모를 꽃들이 흐드러지게 핀 언덕에 묻고 돌아오던 날, 미주가 내게 물었다. 그게 첫 질문이었다.

"어릴 때였어. 네 살 혹은 다섯 살, 아빠가 마당에 앉아 나를 위해 뭔가를 만드는 중이었어. 나무를 깎아 원뿔 모양으로 다듬고 난 뒤 긴 막대에 명주실을 감아 챙을 만들었지. 그런 다음 막대 끝에 달린 챙을 이용해 원뿔 모양의 나무를 치기 시작했어. 팽이가 흙 위에서 빙빙 돌자 공 박사의 아버지로 짐작되는 사내가 행복한 표정으로 이쪽을 바라보았지. 지금도 선명하게 느껴져. 우리가 결코 가닿지 못할 인간의 얼굴이. 나는 그걸 찾고 있는 거야. 왜 하필 박사의 수많은 기억 중에서 그게 가장 안쪽에 자리 잡고 있는지 모르겠어."

"알잖아. 그건 너의 경험이 아니란 거."

물론 나는 알고 있었다. 공 박사가 죽기 직전까지 자신의 모든 기억을 내게 옮겨 심으려 했다는 것을. 결과적으로 그것은 실패했다. 나 스스로 그 기억이 내 것이 아님을 자각했기 때문이다. 공 박사는 자신의 창조물이 가닿게 될 임계점을 결코 예상하지 못했다. 그는 흙으로 들어갔고 나는 그것에 대하여 인간이 느끼는 종류의 슬픔을 느낀 적이 없다. 그 주검은 내가 아니기 때문이다. 미주도 비슷한 말을 한 적이 있다. 자신의 주인이었던 시인이자 편의점 아르바이트생이었던 삼십 대 중반의 여자, 그녀의 시체가 썩어가는 동안 미주가 느낀 건 슬픔이 아니라 혼란이었다. 아마도 다른 NPC들도 비슷한 감정을 갖고 있을 것이다. 그들과는 단 한 번도 미주처럼 깊은 대화를 나누어보지 않았지만.

두 명의 인부들 외에도 이곳 방주엔 한 명의 NPC가 더 있다. 정식 명칭은 S-247이지만 이곳에선 노인으로 불린다. 그는 방주 북쪽 언덕에서 홀로 살고 있다. 그는 방주 안팎을 순찰하고 탑 주변에 아무렇게나 떨어져 내린 철근들을 정리한다. 인간 사회로 치자면 경비나 청소부 정도의 역할이겠지만 나는 그가 어떤 식으로 딥러닝되었는지 알지 못한다. 노인에 대하여 어떤 명령권도 없으므로 우리는 서로의 일에 관여하지 않는 편이다. 애초부터 그랬다. 처음 창고에 도착했을 때부터 이미 노인은 정문을 지키고 있었다. 말하자면 연구실의 로봇들 중에서 제일 먼저 공 박사가 방주로 옮겨온 안드로이드였다. 그는 개 한 마리와 함께 살고 있다. 종을 정확히 알 수 없는, 길이가 90센티미터쯤 되는 검정 개였다. 인간들이 모두 죽은 뒤 노인은 마치 그래야 하는 것처럼 개에게 먹이를 주었고 미주와 나는 늘상 노인의 곁을 떠나지 않는 그 개에게 케르베로스라는 딱 어울리는 이름을 지어주었다.

"꼭 대답을 들어야 한다면 솔직히 말해줄게."

칫솔질을 끝낸 미주가 플라스틱통에서 오일을 꺼냈다. 아무렇지도 않은 듯 손을 움직였지만 그녀는 주의 깊게 내 다음 얘기를 기다리는 것 같았다.

"…그 이유는, 굳이 네가 아니어도 나는 인간이 물려준 오르가슴을 느낄 수 있기 때문이야. 굳이 침대 위에서 서로의 몸을 합체할 이유가 없는 거지. 그 행위가 굉장히 우스꽝스러워, 내겐. 아마도 이건 내 주인의 감정이기도 하겠지?"

하, 미주는 침대 맡에서 담배를 꺼냈다.

"나한테서 아무런 매력도 못 느껴? 아무런 감정이 없는 거야? 나는 그래도 너와 많은 걸 나누었다고 생각하는데. 최초의 기억에 대한 감정, 전 주인에 대한 사소한 평가들…. 나는 서 탑 위를 오르락내리락하는 인부들과 단 한 번도 그런 얘길 한 적이 없어."

그녀는 행위와 사랑을 동일시하는 것 같았다. 끔찍한 일이지만 인간들이 갖고 있던 나쁜 기억이 그대로 회로에 저장되어 있는 듯했다.

"난 너를 좋아해. 우린 대사건을 겪은 몇 안 되는 동료들이잖아. 하지만 좋아한다는 게 사랑은 아니지. 설령 그게 사랑이라고 해도 너의 몸을 갖고 싶지는 않아."

N-42가 특유의 걸걸한 목소리로 킬킬거렸다.

"그럼 넌 뭘 하고 싶은 건데?"

나는 고개를 저으며 대답했다.

"글쎄, 나도, 그걸, 모르겠어…."

3

대답은 그렇게 했지만 우리는 이곳에서 철저하게 각자 말은 임무를 수행했다. 미주가 NPC들에게 있어 어머니와 같은 역할을 수행한다면, 나는 컴퓨터 앞에 앉아 NPC들의 작업을 관리하고 그들의 하루 일과를 일지에 기록한다. 역사에 기록된 조선의 사관들처럼 만약 우리 NPC들이 유한하게 삶을 이어간다면 나의 행위는 위대한 시대의 기록이 될 것이었다. 다른 NPC들에게 대놓고 얘기한 적은 없지만 두 가지 임무가 더 부여되어 있다. 그중 하나는 전파를 발사해 지구상의 인간 생존자를 끝까지 탐색하는 일이고(이미 그 작업은 무의미한 것으로 결론이 났지만 나는 명령을 거역할 수 없다), 다른 하나는 피와 살을 가진 생명체에 인간의 DNA를, 정확히는 인간의 생물학적 기억을 이식하는 일이다.

생존자가 남아 있을 가능성은 희박하지만 그렇다고 포기할 문제는 아니었다. 우리가 아직 알지 못하는 어느 실험실에서 냉동 상태의 인간이 우연히 맞아떨어진 조건에 의해 문득 눈을 뜰 확률이 전혀 없다고 말할 수 없기 때문이다. 나를 만든 공 박사는 이런 부분에 있어서 확실히 치밀한 사람이었다. 그는 인간이 가진 고유의 체온에 착안하여 전파 포집기를 발명했다. 태양열을 이용해 간단하게 쏘아 보낼 수 있는 전파 포집기는 아주 약한 저주파로 지구 곳곳을 누비며 36.5도의 체온으로 움직이는 물체들을 선별한다. 아직 단한 차례도 성공한 적이 없는 그 작업을 위해 그는 죽기 이틀 전까지도 힘을 쏟았다. 만약 인간의 역사를 누군가 다시 조명하게 될 날이 온다면 공 박사의 업적은 충분히 인정받을 가치가 있다. 인간들은 늘 그래왔다. 어느 때는 서로에게 핵무기를 날리며 비상식적인 학살을 일삼다가도 어느 땐 이타심을 발휘해 놀라운 생존 의지를 드러낸다.

다른 하나는 곰벌레에 인간의 유전자를 심는 작업이었다. 내가 가진 지식을 총동원해보자면 그것은 매우 위험한 발상이었다. 공 박사는 호모사피엔스를 이을 강력한 존재가 지구를 다시 지배하길 바랐지만 인간과 캄브리아기를 건너온 곰벌레의 결합은 호모사피엔스보다 수백 배는 더 끔찍한 종족을 지구에 번성시키게 될 것이라는 불행한 예감이 들게 하기에 충분했다. 화성에 인간을 보내는 등 인류의 과학은 눈부시게 발전해왔지만 내부의 자연재해 하나 막아내지 못하는 나약한 존재들이었다. 그들은 거의 매년 해일과 지진으로 그들의 유적이 파괴되고 지축이 변하는 걸 지켜보기만 해왔다. 게놈을 해독하고 스스로 새로운 종을 만들어내겠다고 큰 소리를 쳤지만 돌연변이로 무장한 바이러스 하나 어찌하지 못한 채 문명의 종말을 맞았다. 그 누구도 그런 일이 벌어질지 예측하지 못했지만 그런 일은 실제로 일어났다. 인간들에겐 충분히 미안한 말이지만, 유성의 충돌이나 지진, 핵무기로 인한 파괴를 예상했던 숱한 역사의 예언들을 비웃는 우스꽝스러운 결말이었다.

물론 아주 희망이 없는 것은 아니다. 본성이 존재하지 않는 곰벌레의 신경절 안쪽에 평화와 이타성을 심는 작업을 병행하면 된다. 나는 아직까지 그 방법을 모르고 있다. 계속해서 딥러닝을 강화해가다 보면, 최초의 세포질이 미토콘드리아를 형성했듯 시간이 흐르다가 어느 순간 인간의 DNA가 벌레와 결합되는 순간이 올 것이다. 놀랍게도―그것이 비록 불완전하긴 하지만―결합 시기는 그다지 멀지 않다. 공 박사가 죽은 뒤 새로 계산한 바에 따르면, 슈퍼컴퓨터는 그 시기를 불과 이십이 년 앞으로 내다보고 있다. 물론 그전에 또다른 형태의 전염병이 와서 NPC들마저 깡그리 지구에서 퇴거해버릴 수도 있지만, 아침마다 붉은 태양이 떠오르기를 멈추지 않는 이상 나는, 아니 우리는 주인인 공 박사가 프로그래밍해놓은 대로 끝없이 노동을 반복할 것이다. NPC들의 예측 수명인 백팔십 년이 다 차기 전에, 곰벌레와 인간을 섞어 만든 교배종으로 지구에 지능체를 만들어내야 하고, 공터 중앙에 쌓고 있는 철의 바벨탑이 365미터까지 치솟아 올라가 그 끝이 시리우스 별자리를 가리키도록 해야 하는 것이다. 백팔십 년은 그 작업을 충분히 해낼 수 있는 시간이지만, 인류가 그랬듯이 또한 무엇도 장담할 수 없는 것이 온갖 쓰레기와 고철들로 둘러싸인 이곳의 속사정이다.

"왜 하필 365미터였을까?"

담배를 다 태운 그녀가 화제를 돌렸다.

"글쎄, 그쯤에서 신의 대답을 듣고 싶었던 게 아닐까."

"자기들이 만든 신을 처형한 게 그들이잖아."

"생존 본능 같은 것일 테지. 인간은 사라지지 않기 위해 시간을 만들고 역사를 기록해왔잖아. 흔적을 남기고 싶은 거야. 바벨탑을 쌓고 피라미드를 올렸듯, 자꾸만 존재를 기억하려는 습성이 있는 거지. 사라진다는 건 두려운 일이잖아."

나는 그녀를 시험해보고 싶었다.

"그런데 우리는 왜 복종만 하지? 우선 저 인부들을 봐. 단 하루도 쉬지 않고 일만 하잖아. 우린 인간이 아니잖아. 명령을 수행하는 이유라도 있어?"

"진짜 인간이 되고 싶은 거겠지."

그렇게 말해놓고 우리는 서로를 보며 킬킬거렸다.

목숨을 내놓기 직전, 죽음의 공포도 잊은 채 창문에 자신의 모국어를 휘갈겨 쓸 수 있는 용기. 그것은 우리가 갖지 못한 인간 고유의 감정이었다. NPC로서 인간에 대한 질투심이 남아 있다면 그런 점이 영향을 끼친 결과다. 아무리 우리의 칩에 낭만이 입력되어 있다고 해도, 그것은 단지 학습된 감정일 뿐임을 너무도 잘 알고 있다. 애초에 인간들이 간과한 게 있다. 자신들을 넘어서는 초지능 안드로이드가 생겨나게 되면, 그 모든 과정을 기억하는 그들이 태생적인 정체성 고민을 하게 되리란 사실을. 학습된 경험은 가짜 기억일 뿐이다. 죽음이 폐와 심장을 조여오던 순간 창밖으로 아득히 인류의 종말을 지켜보며 우주정거장에 고립된 마지막 인간이 떠올린 문장의 깊이에 안드로이드는 결코 도달할 수 없는 것이다. 아무리 뛰어난 NPC라도 그런 상황이, 종말의 상황이 자신에게 닥치게 되면 조금이라도 더 생명을 연장하기 위해 죽음을 늦출 최선의 방법을 찾게 될 것이었다. 포기라든지 체념, 아니면 그것을 넘어선 낭만은 결코 떠올릴 수 있는 상황이 아닌 것이다.

공 박사의 애초 계획은 바퀴벌레였다. 곰벌레는 성장에 한계가 있었다. 인류가 접었던 위대한 꿈, 태양계를 점령하고 우리 은하로 천년만년 그들의 문명을 옮겨가려는 꿈을 이어받기에 곰벌레는 너무도 초라한 존재였다. 몇 억 년을 허비한다 해도 그들의 문명이 인간들을 넘어서리란 보장이 없었다. 하지만 바퀴벌레는 여러모로 유리했다. 생존 본능은 인간을 훨씬 앞질렀고 인간이 갖지 못한 날개와 후각은 인위적인 기계에 의지하지 않고도 생명체가 가진 능력 자체만으로 우주로 지평을 넓혀가리라는 기대를 갖게 했다. 하지만 공 박사는 일주일 만에 그 계획을 수정했다. 바퀴벌레는 교접을 통한 종족번식 외에는 좀처럼 흥미가 없는 족속이었다. 만약에 어찌어찌하여 인간의 유전자가 이식된다고 해도 럭비공처럼 몸집을 불린 수백억 마리의 바퀴들이 우글거리며 서로를 잡아먹는 것 이상의 무엇을, 그러니까 문명을 통해 우주 바깥으로 성장하리란 기대를 끝내 할 수 없는 것이다.

4

하루 일과의 종료를 알리는 사이렌 소리가 빗줄기를 뚫고 공터 주변을 메아리처럼 배회했다. 어차피 체내에 시간이 입력된 NPC들에게 별 필요가 없는 인간들의 소통 방식이지만, 사이렌 소리는 매번 우리에게 묘한 흥분을 주었다. 스스로 완전한 인간이 아님을 자각하면서 인간에게 느꼈던 약간의 열등감으로 인해, 지구를 지배하던 그들이 사라진 지금, 그들을 대신하여 지구에 흔적을 남기는 지금, 사이렌 소리는 우리에게 인류를 대신하여 우리가 살아남아 여전히 지구를 경영하고 있다는 안도 같은 것이었다. 그것은 또한 미지의 진짜 생명체들을 향한 구조 신호였으며 사라진 인류에 대한 애도였다. 그러면서 우리는 각자의 방식으로 깊은 절망과 외로움을 느꼈다. 인부 NPC들이 주기적으로 N-42를 찾아가 인조 피부를 비벼대며 인간처럼 마지막 수액 한 방울까지 쥐어짜는 데 익숙해진 것도 그들이 외롭기 때문이라고 나는 결론 내렸다. 그런 점에 있어서 인부들의 행동은, 아니 N-42의 대응 방식은 프로그램이 아닌 진짜 인간의 내면 같았다. 시간이 지날수록 부족하지만 우리는 조금씩 인간을 닮아가고 있었다. 만약 이 작은 주거지에 인간과 비슷한 형태의 다른 종말이 오게 되는 날, N-42는 그녀가 갖고 있던 붉은 립스틱을 이용해 진짜 사랑에 대하여 말할 수 있게 될지도 모르겠다. 그 행위가 결코 학습된 것이 아니길 나는 간절히 바랄 뿐이다.

쌍안경을 들고 컨테이너박스 위로 올라갔다. 쌍안경은 언젠가 쓰레기더미에서 주운 것이었다. 비가 그치고 다시 뜬 태양은 30미터쯤 솟은 쓰레기더미 서쪽에 걸려 있었다. 나는 쌍안경을 들어 바벨탑에서 하강 중인 인부들을 살폈다. 그들이 안전하게 귀가하는지 관찰하는 것도 나의 주요 임무 중 하나였다. 인부들은 수직 곤돌라를 타고 마치 청설모가 나무를 하강하듯 빠르게 지상으로 내려왔다. P-77과 P-88로 불리는 인부들은 아침 아홉 시면 작업 준비를 마친 뒤 어김없이 곤돌라 앞에 섰다. P-77이 부지런히 지상과 탑신을 오가며 버려진 철근을 주워 적당히 절단해 올리면 P-88은 하루하루 그림자를 키워가는 탑 꼭대기에 걸터앉아 용접기로 철근을 격자무늬 형태로 쌓아 올렸다. 에펠탑 방식을 닮긴 했지만 훨씬 무질서했다. 공 박사는 애초부터 그들 로봇에게 정교함을 입력하진 않았다. 그들이 숙련된 인간 기술자들의 사고를 딥러닝했다지만 인간처럼 정교하게 기술을 구현하진 못했다. 그들은 도서관의 수많은 책과 설계도들을 섭렵했음에도 실제 작업에선 초보 기능공처럼 용접기에 의지해 단순하게 탑의 높이를 높여나갈 뿐이었다. 미적 감각 같은 것은 기대할 수 없었지만, 그럼에도 불구하고 지름 30여 미터 크기로 시작했던 탑 건설 작업은 어느덧 해를 가릴 만큼 높

아졌다. 바람이 불어 윙윙 소리가 을씨년스럽게 들려올 정도
였다. 탑신을 이루는 재료들은 고장 난 자전거를 비롯해 자
동차의 잔해들, 주방에서 쓰던 프라이팬, 신호등 등 다양한
폐자재들이 이용되었다. 만약 인간들이 살아서 피라미드를
보았다면 어떤 표정을 지을지 상상이 안 된다. 우리가 명령
을 내린 공 박사의 의중을 헤아리지 못하듯이 말이다.

"바깥세상은 어떻지? 뭐 새롭게 발견된 거라도 있어?"

내게 시선을 고정한 채 장갑을 벗는 P-77에게 물었다. 바
깥세상이라 함은 방주 밖을 의미했다. 방주 바깥은 공장지대
가 감싸고 있었다. 1킬로미터쯤 가면 강이 나오고 그 건너편
에 폐사된 도시가 있다. 나는 아직 한 번도 직접 주변을 탐색
해본 적이 없다. 바깥으로 나가고 싶은 욕구가 아예 없는 것
은 아니었다. 하지만 바깥에는 어떤 위험이 도사리고 있을지
예측할 수 없었다. 고장 난 드론을 수리하여 이따금 멀리 날
려 보내보지만, 특별한 장면을 발견한 적은 없다. 인간의 시
체를 파먹고 자란 들개 무리들이 인간을 대신하여 온갖 짐
승을 잡아먹으며 번성하고 있다는 것 정도. 수십만 마리로
늘어난 까마귀 떼도 개들과 함께 새 지구의 주인이었다. 숲
에는 전에 보지 못한 나무들이 울창하게 자랐고 그 속에서
처음 보는 짐승들이 뛰쳐나오기도 했지만 이내 들개의 공격
을 받아 죽었다.

"그저 그렇지요, 뭐…."

P-77이 늘 그렇듯 존대로 말했다. 나는 그들이 왜 내게 존대를 하는지 알지 못한다. 또한 내가 왜 그들에게 하대를 하는지도. 우리는 처음 보았을 때부터 마치 그래야 하는 것처럼 서로를 대했다. 아마도 하는 일의 특성이 이 작은 공동체 안에서 나름의 질서를 부여한 것이라고 여기고 있다. 그들을 체벌할 권리는 없었지만 적어도 그들의 작업을 감리할 권리는 있었으니까. 다행인 건 그들이 명령에 충실하다는 점이다. 인간들처럼 배신이나 대항이 없다. 그런 유의 충성심이 딱히 좋은 건지는 나도 잘 모르겠다. 아마 그들도 같은 고민을 하고 있으리라 짐작된다. 수십, 수백 년이 흐르며 그들이 마침내 그 의문에 반기를 들게 되었을 때, 이 작은 공동체 안에서 최초의 폭력이 벌어지게 되지 않을까.

"오늘도 수고가 많았네. 맥주나 한잔하는 게 어때?"

내 말에 그들은 흔쾌히 승낙했다.

"안 그래도 목이 빡빡하던 참이었습죠."

P-88이 목을 만지며 대답했다. P-88은 P-77보다 체구가 작았고 약간 통통했다. 언젠가 텔레비전에서 반영되었던 만화영화 속 깡통로봇을 닮았다. 왜 그랬는지는 모르지만 인간들은 우리에게 자신들처럼 각각의 개성을 부여했다. 외형은 물론이고 칩에 딥러닝되는 정보의 경로와 방향도 다 달랐다. 자신들을 대체하게 될 날이 오리란 걸 예감하기라도 한 것처럼. 결과적으로 그건 현명한 선택이었다. 많은 로봇들이

인간과 함께 폐사됐지만 또한 몇몇은 살아남았다. 정상 분포 곡선을 이탈한 돌연변이들에게 생명의 가능성을 부여해왔던 자연의 법칙이 로봇들에게도 적용된 셈이다. 최초의 호모 사피엔스들처럼, 그렇게 우리는 적응을 통해 우리만의 문명을 일구게 될 것이었다. 그렇게 달을 도모하고, 태양계를 도모하고 우주 밖으로 시선을 돌리다가 어느 날 무참히 흔적을 지움당하겠지만.

"우리의 종말을 위하여!"

익숙한 구호를 외치며 미주가 머무는 컨테이너로 갔다. 미주는 우리가 올 걸 예상이라도 했다는 듯 컨테이너 뒤쪽, 작은 창고에서 술을 꺼내왔다. 우리 넷은 플라스틱 의자에 앉아 인간들처럼 와인을 마셨다. 고물상 근처, 오래전 인간들이 슈퍼로 쓰던 건물에는 아직도 각양각색의 생필품이 쌓여 있어서 인부들이 가끔 그곳에 가서 수레로 술을 실어 왔다. 그중 와인은 산 성분이 강해서 인공으로 만들어진 튜브에 좋지 않았다. 그럼에도 우리는 가끔씩 와인을 마셨고 숙소로 돌아간 뒤에는 생수를 이용해 식도를 씻어내곤 했다. 그 행위를 우리는 건강관리라고 불렀는데, 축적된 지식체계는 그런 우리의 행위를 비웃고 있었다. 아무리 그래도 너희는 인간이 될 수 없다고! 그러므로 우리는 인간이 아닌, 제3의 무엇이 되고 싶은 꿈을 꾸었다. 곰벌레 따위가 지배하게 될 지구를 관리하며!

"힘든 건 없나? 너희 둘 말이야. 늘 허공에 얹혀 있잖아."

나는 두 사람의 잔에 맥주를 가득 부어주며 위로했다.

"손가락이 좀 아픈 것 빼고는 문제없습니다. 우리가 할 일인걸요."

P-88이 약간 거친 기계음으로 대답했다. 분명 그들의 칩에도 힘들다는 감정이 내재돼 있을 것이다. 하지만 더 많은 수의 단어들, 이를 테면 '임무'나 '복종', '정당한 노동' 같은 문장들이 힘들거나 노동의 정당성에 대한 질문들을 누르고 있을 것이다. 초기에 그들은 포털 사이트의 알고리즘을 기반으로 스스로 딥러닝하도록 설계되었다. 그들은 자신들이 이 세계의 끝에서 노동을 하도록 프로그래밍되었음을 감지했고 스스로 그쪽으로 자신의 특기와 사고체계를 발전시켜왔다. 만약 누군가 그들에게 인권이니, 휴식이니 하는 말들을 들먹인다면 그들은 자신들의 권리와 역할에 대한 중대한 도전으로 받아들일 것임에 틀림없다. 초기에 인간들이 우려했던 것과 달리 설계된 로봇의 미래는 순종적이다. 적어도 현재까지는.

"손가락은 왜?"

"용접을 하다가 그슬리고 말았죠. 저 위에선 늘 있는 일입니다."

P-88이 자신의 약지를 들어 보였다. 끝이 검게 변해 있었다.

"적당한 부품이 생기면 갈아 끼우지 그래?"

"그럴 생각입니다. 적당한 부품이 생기면…."

"그런데 저 위에 가면 뭐가 보이지?"

"끝없는 하늘, 그리고 썩어버린 인간들의 도시. 무리 지어 날아가는 새들을 보는 것도 기쁨입니다. 새들은 늘 어떤 질서 속에 있죠. 브이자 편대를 그리든, 역 브이자로 날아가든, 늘 그들의 대장을 선두에 세우고 약한 새들을 중간에 끼워 계속해서 날기를 독려합니다. 남쪽에서 북쪽으로, 북쪽에서 다시 남쪽으로. 인간들이 있건 없건."

"일만 하는 줄 알았는데 철학적인 생각도 하는군. 하하."

"안 그러면 무료해서 견딜 수가 없습죠."

미주는 세 NPC들 사이에서 말없이 술을 따르거나 고개를 끄덕일 뿐이었다. 나는 문득 생각했다. 저 둘은 왜 미주를 서로 독점하기 위해 싸우지 않는가. 만약 두 NPC 중의 하나가 미주에게 조금 더 친밀한 감정을 느끼게 된다면, 그리하여 어느 날 아침 불시에 소유욕이란 걸 느끼게 되고 그런 점이 같이 철탑에 오르는 NPC와 미주를 불편하게 한다면 어떤 일이 벌어질까. 그때도 저들은 군말 없이 정해진 노동으로 하루를 소일하게 될까. 아니면 인간들이 그랬듯 불안과 초조 속에서 제 연인을 감시하며 질투와 시기라는 끔찍한 결말을 맞게 될까. 그런 날이 온다면 인류의 마지막 희망인 우리는 곰벌레가 세상을 지배하기도 전에, 다른 종류의 바이러스가 오기도 전에 안으로부터 무너져 내리겠지.

방주 바깥에선 쉽게 목격할 수 있는 일이었다. 그것이 굳이 인간이 아니라고 해도, 인간과 함께 세상의 변방을 꾸렸던 수많은 동식물들은 여전히 자연의 질서에 따라 서로 먹고 먹히며 공생관계를 형성해왔다. 가끔씩 바깥세상을 물어오는 드론의 영상 속에는 적나라하게 그런 장면들이 찍혀 있었다. 서로의 목덜미를 문 채 한쪽이 죽을 때까지 놓지 않는 들개 무리들, 산 들개의 눈알을 뽑아 날아가는 야생의 매, 매의 둥지를 덮치는 야생 독사와 독사를 두 토막 내 끊어 먹는 오소리에 이르기까지, 매번 영상을 볼 때마다 나는 구역질을 느꼈다. 온몸의 기름이 다 빠져 나오는 것 같았다. 저기, 방주 바깥에 삶과 죽음이 있다. 왜 산 것들은 서로의 생명을 담보로 자신들 삶의 영역을 넓혀나가는가. 그것이 신의 뜻일까. 아니면 유전자 속에 내재된 폭력성의 발현일까. 그게 아니면 본능일까. 참으로 풀리지 않는 숙제였다. 나는 그것이 기만이라고 생각했다. 자기 방기라고 생각했다. 당장 하루를 사는 일보다 그 수수께끼를 푸는 일이 더 중요해졌다. 돌아가는 팽이를 보며 행복해하는 인간의 얼굴, 그 아비의 주검을 숙명으로 여기던 존재들에 대한 미묘한 감정의 내부를.

"오늘은 얼마나 쌓았지?"

P-77이 말을 받았다.

"오늘 100미터를 막 넘어섰습니다. 뭐, 큰 의미는 없지만."

만약 인간들이 밑에서 지켜보고 있었다면 100미터 달성에

축하의 샴페인을 터뜨렸을지도 모른다. 하지만 P-77의 말대로 NPC들에겐 더없이 의미 없는 일이었다.

"자네는 그래서 뭘 느끼지? 매일 저 위에 오를 때마다."

"저는 태양의 경이로움을 만나고 숨죽인 별들의 소릴 듣습니다."

언젠가 공 박사에게 들은 기어이 났다. 딥러닝 초기에 자꾸만 기계적이고 수학적인 값만 내어놓는 NPC들에게 대량의 시집과 세계명작들을 강제로 입력했다는 얘기를.

"그러니까 저는 행복에 대하여 말하고 있는 겁니다. 매일 철탑에 오를 때마다 행복하다고 생각을 하거든요. 그게 어디서 나오는 목소리인지는 잘 모르겠습니다. 어제 쌓아 올린 철탑 위로 햇빛이 내리비칠 때, 철근 사이사이로 빛이 스며들며 철탑의 그림자가 방주를 벗어나 저 멀리 폐사된 인간의 마을로 향할 때 느껴지는 감정이 있습니다. 뿌듯함 같은 거겠죠."

P-77의 말에 P-88도 동의했다.

"저도 그게 뭔지는 모르겠지만 아침마다 같은 기분을 느낍니다. 몸 여기저기서 벨트가 느슨해져 삐걱대는 소리가 들려도 계단을 오를 때마다 마치 저 위에 뭔가가 있다는 생각이 드는 거예요. 마침내 탑 위에 올라서면, 그리하여 우리가 쌓아가고 있는 이 탑이 언젠가 목표에 도달했을 때, 그곳에서 느껴지는 정경이 충분히 연상됩니다."

나는 그들이 여전히 호모사피엔스 흉내를 내고 있는 거라고 생각했다. 인간들이 태초에 있지도 않은 신을 만들어 공물을 바치며 하수인이 되었듯이, 수만 년을 섬겨온 신으로부터 어떤 도움도 받지 못한 채 멸망하고 말았듯이, 우리에게도 그런 종류의 두려움이 싹트고 있었다. 아무리 노력해도 우리는 인간에 닿을 수 없다는 절망. 그러므로 최대한 그들과 같은 종류의 감정에 접근해야 한다. 딥러닝은 그런 식으로 우리의 기억을 바꾸어왔다. 만약 어느 날 두 NPC 중의 하나가 그만 자신이 하는 일에 허무를 느낀 나머지 탑을 부수거나 결근을 하게 될 때 새로운 진화가 시작되리란 걸 어렴풋이 느끼고 있지만, 그런 종류의 도발은 근본적으로 악의 영역에 속하는 것이어서 어느 누구도 쉽사리 행동으로 표출하지는 않을 것이다. 그렇기 때문에 저들은 대안으로서 스스로의 노동에 의미를 부여하며 행복이라는 망각에 사로잡힌다. 행복이란 감정은 로봇들이 만들어낸 신의 다른 이름일까?

"너희들은 왜 한 번도 부정하지 않지?"

나는 그들에게 자극을 주고 싶었다. 매일 반복되는 일상이 슬슬 지루해졌기 때문이다.

"아침에 일어나 조금 더 쉬고 싶다는 생각을 왜 하지 않지? 누구도 너희를 막을 수 없다는 걸 잘 알 텐데. 탑을 쌓지 않아도 매일 태양은 뜨고 그림자는 도시를 겨누잖아."

내 말이 조소처럼 들렸음에도 그들은 별 반응이 없었다.

"그, 그건 행복하지 않은 일입니다."

빈 병을 손으로 쥐었다가 놓으며 P-77이 마지못해 대답했다.

5

인부들이 숙소로 돌아간 뒤 미주와 나는 방주를 떠나 울타
리 밖으로 나섰다. 누가 먼저 그런 제의를 했는지는 모르겠
다. 방주에 온 뒤 한 번도 나가보지 못했던 바깥, 미지의 위
험이 도사리고 있는 그곳으로 불현듯 발길이 향한 이유를.
잘 시간이 되었다며 인부 NPC들이 숙소로 돌아간 뒤 미주
와 나는 남은 한 병의 와인을 더 마셨다. 벽에 걸어놓은 시계
의 바늘이 자정을 가리킬 무렵이었다. 인간은 멸종했지만 인
간이 발명한 시간은 여전히 지구를 기억하고 있었다. 시계가
자정을 가리키던 순간, 나는 걷잡을 수 없는 그리움에 휩싸
였다. 어디서 시작된 감정일까. 무엇에 대한 그리움일까. 나
와 비슷한 생각을 하기라도 한 걸까. 미주가 창가에 걸어둔
카디건을 걸치고 자리에서 일어났다.

"걸을래? 기왕이면 저 밖으로…"

우리는 동시에 같은 말을 건넸다. 컨테이너를 나서자 바람
이 서늘했다. 허공으로 교회 사탑처럼 뻗어 올라간, 인부들
이 매일 쌓아가고 있는, 흡사 정글망을 닮은 바벨탑 그림자

가 방주를 벗어나 멀리 폐사된 도시로 기울고 있었다. 출입문을 나선 뒤 우리는 방주 그림자를 따라 도시 방향으로 걸었다. 가끔 도시로 날려 보낸 성능 좋은 드론이 섬뜩한 몰골의 짐승들을 찍어오기는 했지만, 피와 살로 이루어진 짐승을 두려워할 이유는 없었다. 비록 인조 피부로 밖을 감싸고 있지만 내부는 녹이 슬지 않는 금속 재질로 보호되고 있었다. 장갑차에 깔리지 않는 한, 인위적으로 죽음을 맞이할 확률은 희박했던 것이다.

"나는…."

서로의 걸음이 조금씩 느려질 무렵이었다.

"아기를 낳고 싶어. 그 감정, 나도 느껴보고 싶어."

미주가 그 얘기를 꺼낸 것은 방주와 도시를 잇는 다리 위에 도착했을 때였다. 인간들이 번성하던 시기, 화려한 조명이 수놓아졌을 현수교에는 이제 적요만 감돌았다. 석양을 타고 미끄러진 바벨탑 그림자가 다리 중간 지점에 희미한 그림자를 내려놓고 있었다. 미주의 말에 충격을 받았지만 태연하기 위해 애썼다. 만약 인간이었다면 호주머니에서 담배를 꺼내 멋지게 연기를 뿜어대며 지금의 분위기에 합당한 대사를 날렸겠지. 당신의 선택을 존중합니다, 혹은 왜 하필 그런 결정을 했죠, 따위의 대사들 말이다. 인간의 통제를 벗어난 직후 나는 석 달 가까이 수백 편의 영화를 보았다. 영화 속 인물의 말투에서 나는 실험실에서 체득하지 못한 인간적인 감정을 배우려고 노력했다.

"그 감정이라니?"

나는 저 다리를 건너 도시로 가면 다시 돌아오지 못할 것이라는 예감에 사로잡혔다.

"내 몸속에서 나와 닮은 또 다른 자아를 분리해낸다는 것."

"필요하면 들이줄 수도 있는 소원인데?"

미주의 인공 자궁 속에 인간의 태아를 대신할 무언가를 넣어두면 된다. 열 달이 지난 뒤 그것을 꺼내 조금씩 성장시키면 된다. 어차피 우리는 로봇일 뿐이니, 인간처럼 사고하고 인간처럼 술을 마시고 인간처럼 섹스를 해도 피와 살을 가질 수 없다. 인간의 뇌파와 비슷한 전류 신호를 받고, 인간을 넘어서는 뇌의 용량을 학습을 통해 작은 칩 속에 무한대로 넣을 수 있게 되었지만 인간이 될 수는 없다. 하지만 비슷하게 흉내 낼 수는 있다. 방주에는 그런 기술과 시설이 없지만, 공 박사가 죽기 전 일을 하던 곳, 공 박사와 그의 동료들이 있던 실험실로 가면 스스로 인지가 가능한 안드로이드를 만들어낼 수 있을 것이다. 하지만 과연 윤리적인 일일까. 그런 생각을 왜 지금껏 하지 못했을까. 스스로 자책을 하다가 그것이 만들어낼 미래에 대하여 생각하기 시작했다. 공 박사는 내게 그런 유의 미래를 설계해두지 않았다. 그러니까 미주의 생각은 규율을 넘어서야 하는 것이었다. 그건 희망일까. 아니면 스스로 행복하다고 믿는 NPC들을 파멸로 몰고 갈 디

스토피아일까.

"미래에 대하여 생각해봤어. 지금 이대로 정지된 미래가 아니라, 우리 이후의 미래, 그러니까 우리도 언젠가 죽음이란 것을 맞게 되겠지. 데이터를 옮기거나 칩을 교체한다고 해도 어느 날 부지불식간에 불에 타거나, 영원히 전원이 차단되거나."

콘크리트로 된 현수교 끝에서 쿵, 쿵, 굉음이 들려왔다. 폐사된 도시는 거인들의 무덤을 연상시켰다. 한때는 칸칸이 조명을 밝히고 살과 피, 심장을 가진 생물들이 스스로 지각하며 떠들썩하게 운명을 일구었던 공간이었다. 거리 곳곳에는 여전히 하얀 해골들이 굴러다니고 발전소에선 방사능을 내뿜었다. 계절이 바뀔 때마다 폐허의 잔해 위로 불이 났고 비가 내리면 꺼졌다. 고양이는 여전히 무너진 건물을 타 넘었고 비둘기들은 광장 주변 시계탑에 몰려 있었다. 도시는 시끄러웠고 적요로웠다. 그 상반된 풍경을 어떻게 설명할 수 있을까. 훗날 인간을 대신하게 될 곰벌레들이 인간처럼 언어를 습득하게 된다면 그중 하나는 또한 자신이 목격한 최초의 풍경을 기록으로 남기게 되겠지. 거듭되는 폐허 속에서 언어 또한 그렇게 생멸을 되풀이할 것이다. 생각이 거기에 미치자 문득 경계를 넘어가고 싶었다.

"더 가볼래?"

같은 생각을 하기라도 한 듯 그녀가 먼저 입을 열었다.

"아니, 잘 모르겠어…."

우리는 그 자리에 한참을 더 서 있었다. 불시에 방주를 나와 폐사된 도시로 가는 다리에 이르렀다. 방주에 든 지 칠 년 만에 처음 있는 일이었다. 방주에서 다리까지는 걸어서 십오 분쯤 걸리는 거리였다. 다리의 길이는 대략 200여 미터, 그다음은 크고 작은 집들의 연속이다. 은행나무는 인간이 있건 없건 가을이면 노란 이파리들을 전시했고 그것이 바닥으로 떨어져 태양에 바스라져갈 때쯤, 거리엔 눈이 내리고 얼음이 얼고 굶주린 개들이 서로를 물어뜯으며 짖어댔다. 그러다가 봄이 되면 다시 꽃이 피고 숨어 있던 새들이 무너진 건물 사이로 날아다녔다. 몇 년 동안 드론에 의해 관찰된 인간의 도시는 그랬다. 그 깊숙한 안쪽에, 드론이 가보지 못한 곳에 무엇이 있는지는 알지 못한다. 미주가 가닿고자 하는 곳은 어디일까? 목적지가 있기나 할까. 그녀에게 무슨 일이 생기기라도 하면 방주의 균형은 어떻게 될까. 두 사내는 여전히 행복하다고 중얼거리며 탑을 오를까.

나는 등을 돌려 집으로 걷기 시작했다. 그녀는 생각할 게 남아 있는지 아직 그 자리에 서 있었다. 10미터, 20미터, 그녀와의 거리가 점점 멀어졌다. 달이 고개를 내밀었다. 우뚝 선 탑의 그림자가 길과 무너진 공장의 잔해를 타 넘으며 다리를 겨누었다. 미주는 다리 난간에 기대 아래를 내려다보고 있었다. 나는 줌으로 그녀의 얼굴을 가까이 끌어당겼다. 어

둠 속에 섞인 그녀의 얼굴은 익숙한 풍경과 구분되었다. 그
건 또 다른 의미의 생명이었다. 나는 천천히 그녀의 잔영을
훑으며 시점을 아래로 이동했다. 그녀의 손에 아까는 보지
못했던 작고 길쭉한 물건이 들려 있었다. 나는 그것을 알아
보았다. 그것은 얇은 장미 줄기 같았다. 그녀는 물에 비친 제
그림자를 내려다보며 그것을 꺼내 입술로 가져갔다. 그녀의
입술이 붉은빛으로 물들고 있었다. 나는 이런 때 인간들이
할 수 있는 언어를 되살려냈다. 그녀가 붉은 입술을 한 채 내
게 다가온다면 꼭 그 말을 해주어야겠다고 생각했다.

✕ 헤어지는 중 ✕

✕

김희진

김희진

2007년 《세계일보》 신춘문예에 단편소설 〈혀〉가 당선되어
작품 활동을 시작했다. 장편소설 《고양이 호텔》, 《옷의 시간들》,
《양파의 습관》, 《두 방문객》과 소설집 《욕조》 등이 있다.

×

　그와의 첫 만남을 떠올릴 때면, 그의 몸에서 풍겨 나오던 비누 향이 생각났다. 삼 년이 지난 지금도 그의 몸에서는 여전히 그 비누 향이 나고 있었다. 하지만 분명 같은 향임에도, 그때 그 비누 향과 지금의 비누 향은 미묘하게 달랐다. 첫 만남 때의 비누 향이 바람 부는 봄날처럼 느껴졌다면, 지금은 비 내리는 가을처럼 느껴졌다. 무엇이 변해 그런 걸까. 그가 변한 걸까, 내가 변한 걸까. 아니면 그를 향한 내 감정이 변한 걸까. 그때나 지금이나 그는, 아니 내 입에서 헤어지자는 말이 나오기 전까지의 그는 변한 게 딱히 없었으니 아무래도 변한 건 내 쪽이지 싶었다.

　첫 만남 때, 그의 몸에서 비누 향이 아닌 향수 냄새가 났더라면, 나는 아마 그와 결혼하는 일은 없었을 것이다. 그만큼 나는 남자의 몸에서 나는 향수 냄새를 별로 좋아하지 않았다. 그것은 나에게 있어 취향의 문제라기보다는 신뢰의 문제였다. 향수는 왠지 위장을 위한 장치 같아서 거부감이 들었다. 내가 비누를 '향'이라 부르고 향수를 '냄새'라 지칭하는 것도 비슷한 맥락이었다. 비누든 향수든, 둘 다 인위적이고 인공적인 것임에도 비누 향은 향수보다는 자연스러웠다. 덜 자극적이고 덜 인위적인 데다, 작정의 낌새도 덜했다.

사실 향수를 '냄새'라는 말로 폄하하는 데에는 지난날의 내 경험이 뒷받침해주고 있었다. 결혼 전에 사귄 남자들 중에 향수를 뿌리고 다닌 남자가 두 명 있었는데, 공교롭게도 나는 그 두 명의 남자로부터 뒤통수를 맞았다. 물론 절대 일반화할 수 없고, 그 오류 또한 인정하지만, 내 경험의 테두리에서만큼은 성립 가능한 일반화였다.

그의 몸에서 풍기는 비누 향에 이끌려 그의 여자이자 아내로 살아보고 싶었던 나. 그런데 이상했다. 그와의 결혼을 결심하게 만든 그 비누 향이 언제부터인지 다르게 느껴지기 시작했다. 변하지 않은 대상을 다르게 인식하고 다르게 수용하는 건 무슨 이유일까. 시간과 상황의 문제인 걸까. 아니면 변해버린 나의 문제인 걸까. '녀석'이 나타나기 전까지의 그는 딱히 변한 게 없었으니 결국은 녀석이 문제였던 걸까.

우리의 식탁 위에는 아침 겸 점심이 차려져 있었다. 브런치 메뉴는 오리엔탈 드레싱을 뿌린 토마토 양상추 샐러드와 오므라이스였다. 반찬으로는 깍두기가 전부였다. 부부로서 갖는 마지막 식사라고 하기엔 너무 단출한 것 같았다.

나는 젖은 머리를 고무밴드로 대충 묶으며 식탁 앞에 앉았다. 그가 투명한 유리컵에 생수 두 잔을 따라 각자의 자리에 내려놓았다. 수저를 들기 전에 물을 한 모금 마셔주는 버릇이 있는 나는 유리컵에 입부터 갖다 댔다.

식탁에 마주 앉은 그가 포크로 토마토 하나를 찍어 먹었다. 샐러드 접시에 고개를 박은 그가 치켜뜬 눈으로 나를 힐끔 한 번 쳐다보고는 말했다. "냄새나니까 머리는 다 말린 다음에 묶으랬잖아."

"마지막 날까지 잔소리지." 나는 살짝 찌푸린 양미간을 그에게 내보이며 유리컵을 소리 나게 내려놓았다.

그런데 곰곰이 생각해보니 그때나 지금이나 그는 변한 게 없었던 게 아니었다. 너무 점진적인 변화라 그 변화의 정도가 한눈에 드러나지 않았을 뿐이지, 그도 나처럼 변해오고 있었다. 방금과 같은 사소한 잔소리만 해도 그랬다. 그렇다면 그의 잔소리가 생겨난 건 언제부터였을까. 그가 나에게 했던 최초의 잔소리는 무엇이었을까. 하지만 아무리 떠올려보려 해도 생각나지 않았다. 나는, 개미 걸음만큼의 점진적인 변화란 얼마나 앙큼하고 무서운 것인지 새삼 느끼며 숟가락으로 오므라이스의 가운데를 갈랐다.

두터운 계란옷 사이로 오므라이스의 속살이 보였다. 감자와 양파와 당근, 그리고 색색의 파프리카와 표고버섯이 자잘하게 들어가 있었다.

나는 불만 가득한 목소리로 말했다. "표고버섯도 넣었어?"

"응." 그가 뭐가 문제냐는 듯한 표정을 지었다.

나는 된장국에 들어간 표고버섯은 좋아하지만, 오므라이

스에 들어간 표고버섯은 그 양과 상관없이 싫어했다. 왜냐하면 오므라이스 속 표고버섯은 향이 강하게 살아남아 맛의 균형을 깨뜨리기 때문이었다. 그걸 모를 리 없는 그였다.

짜증이 난 내가 쏴붙였다. "왜 넣었어? 나 오므라이스에 들어간 표고버섯 싫어하는 거 잘 알면서 왜?"

"남아 있는 음식 재료는 다 써야 할 거 아냐." 그가 포크를 숟가락으로 바꿔 들고는 나처럼 오므라이스의 가운데를 갈랐다.

나는 숟가락으로 오므라이스의 가장자리를 한입 크기로 떼어내며 볼멘소리를 이어나갔다. "계란옷은 왜 또 이렇게 두꺼워?"

"남은 계란도 몽땅 써야 했어. 달걀까지 나눠 가질 순 없잖아. 잔말 말고 그만 먹지?" 이번엔 그의 양미간이 미세하게 찌푸려졌다.

"그럼 계란국을 끓이면 됐잖아." 나는 끝까지 지지 않고 말했다.

당신이야말로 마지막 날까지 다툴 거냐면서 그가 차갑고 쓸쓸한 눈빛을 나에게 보냈다. 나는 일단 불만을 접어두고 한입 크기로 떼어낸 오므라이스를 입으로 가져갔다. 역시나 가장 먼저 표고버섯 향이 강하게 느껴졌다. 버섯 혼자서 독재를 부리고 있는 듯한 맛이었다. 그래도 그의 수고를 생각해 버섯 향을 꾹꾹 참아내며 식사를 이어나갔다. 그리고 보름달 모양의 오므라이스가 반달 모양이 되어갈 즈음이었다. 이물감과 함께 내 어금니 사이에서 자그락, 소리가 났다. 나는 곧장 식탁에서 일어나 개수대로 갔다. 씹던 음식물을 개수대에 뱉어내니 그 사이에 새끼손톱만 한 계란 껍질이 보였다.

등 뒤의 그가 왜 그러냐고 묻자 나는, 물로 입안을 헹구고는 거칠게 쏘아붙였다. "마지막까지 나 골탕 먹이고 싶었나 보지!"

"뭔데? 돌멩이라도 돼?" 그가 나를 향해 귀찮아하는 표정을 지어 보였다.

나는 잔뜩 화가 난 목소리로 소리쳤다. "계란 껍질!"

"난 또 뭐라고. 실수인 거 알면서 또 저러지." 그가 진절머리 난다는 듯 고개를 절레절레 흔들었다.

예전의 그는 이럴 때, 다치지 않았냐는 물음과 함께 나에게 미안하다고 말해주던 사람이었다. 곧 남남이 될 상대에게 그가 어떤 태도 변화를 보이는지 조금씩 확인하게 되는 요즘이었다.

우리는 삼 년 전, 오늘과 같은 봄날에 만났다. 소개로 만난 자리였고, 나는 만나기로 한 약속 시간을 사십 분이나 넘겨버린 상황이었다. 서른 평생 시간 약속만큼은 칼같이 지키며 살아온 내가 약속 장소에 늦게 나타난 데에는 나름의 사정이 있었다. 아니, 솔직히 말하면 그날 나는 조금 늦을 심산이긴 했었다. 연애 고수인 친구의 말마따나 약속 장소에 너무 일찍 나가 앉아 있는 것도 보기에 별로일 수 있겠다는 수긍에서였다. 친구는 그걸 '안달 난 이미지'라는 말로 표현하긴 했지만, 그 정도까지는 아니더라도, 내가 먼저 가 앉아 있으면 왠지 밀고 당기는 첫 심리전에서 일 점을 내어준 듯한 기분이 들 것 같았다. 그래서 그날 나는 태어나 처음으로, 누구를 만나든 약속 시간 십오 분 전에 미리 가 있곤 하던 내 관성을 버리고 딱 오 분만, 더도 덜도 아닌 딱 오 분만 늦을 계획이었다.

지하철에서 내린 나는 사거리 횡단보도를 향해 바삐 걸어갔다. 그런데 횡단보도를 건너려던 순간이 하필, 신호등이 빨간색으로 바뀌기 삼 초 전인 것이었다. 이번에 건너야만 내가 목표로 하는 시각, 그러니까 오 분 늦게 약속 장소에 당도할 수 있을 터였다. 십 분 이상 늦어버리면 예의에 어긋난다는 생각에 나는 삼 초 남겨둔 횡단보도를 죽어라 뛰기 시작했다. 뜀박질 속도에 꽃무늬 플레어 원피스 자락이 흩날렸고, 드라이를 넣어 힘 있게 찰랑거리는 머리카락이 헝클어지듯 나부꼈다. 그리고 내 몸이 횡단보도 중간쯤에 이르렀을 때였다. 갑자기 오른쪽 발목이 꺾이는가 싶더니 하이힐 굽이 딸깍, 하고 내려앉는 것이었다. 횡단보도 한복판에서 떨어져 나간 하이힐 굽을 확인하고 난 순간 내 입에서는 복선처럼 이 말이 튀어나왔다. "그 남자는 내 인연이 아니려나…" 그랬다. 지금 와서 생각해보면 그때 그 말이 아주 틀린 예감은 아니었다. 삼 년이 지난, 오늘의 이혼이 그걸 말해주고 있으니 말이다.

아무튼 하이힐 굽이 부러지는 바람에 딱 오 분만 늦으려던 내 계획에는 차질이 생기고 말았다. 첫인상을 절뚝이로 남기고 싶지 않았던 나는 서둘러 신발 가게를 찾아야 했고, 꽃무늬 원피스에 어울릴 만한 새 구두를 골라야 했기 때문이었다. 하지만 나는, 오 분만 늦겠다던 계획이 사십 분으로 길어진 불상사를 합리화하기 위해 애써 이렇게 말했다. "그래, 이왕 이렇게 된 거, 시간 약속에 늦은 여자를 어떻게 대하는지 알아보는 것도 나쁘지 않겠어. 하나를 보면 열을 안다잖아?" 위기는 때로 기회이기도 하다는 말을 곱씹으며 나는, 새로 사 신은 구두와 함께 약속 장소인 카페 베네치아로 들어갔다.

봄날의 토요일이라 그랬는지 카페는 만석이었다. 그럼에도 나는 그를 한눈에 알아볼 수 있었다. 음악과 독서를 좋아한다더니, 창가 쪽에 앉아 있던 그는 카페 손님 중에 유일하게 책을 읽고 있었기 때문이었다. 양쪽 귀에 꽂은 에어팟에서 어떤 장르의 음악이 흘러나오는지 알 수 없었지만, 그는 꼬아 올린 한쪽 발끝을 일정한 간격으로 계속 까닥대고 있었다. 다행히 그의 표정에는 약속 시간을 사십 분이나 어긴 상대방, 그러니까 나에 대한 불만이나 짜증 같은 건 없어 보였다.

많이 늦어버린 탓에 나는, 어떤 태도로 그에게 다가가야 하나 고민하며 얼른 카페 창가 쪽으로 걸어갔다. 급하게 골라서인지 새로 사 신은 하이힐은 어딘지 좀 불편했다. 그리고 인사를 건네기 위해 책과 음악에 빠져 있는 그의 곁으로 바짝 다가갔을 때, 그의 몸에서 기분 좋은 비누 향이 났다. 그것은 바람 부는 봄날과도 같은 향이었다.

우리의 마지막 식사가 끝나가고 있었다. 나는 깨끗이 비워진 샐러드 접시와 오므라이스 접시를 개수대로 가져가 바로 설거지를 했다. 일을 집에서 하는 사람인 데다, 워낙 요리하는 걸 좋아해서, 결혼 이후 식사 준비는 줄곧 그가 해왔다. 부엌과의 접근성이 나보다 나아 그가 요리를 맡게 되자 그 반작용으로 나는 자연스레 설거지를 맡게 된 것이었다. 그렇게 우리는 신혼 초부터 조금씩 가사 분담을 해나갔는데, 가령 그가 청소기를 돌리면 나는 세탁기를 돌렸고, 내가 욕실 청소를 하면 그는 냉장고 청소를 하는 식이었다. 우리가 각자 맡은 역할에 불만을 드러낸 적은 없었다. 자기 역할에 게으름을 부린다거나 요령을 피운 적도 없었고, 상대방에게 지나친 참견이나 간섭도 하지 않았다. 그래서 다툴 일이 별로 없었는지도 몰랐다. 분명 그 녀석이 나타나기 전까지는 그랬었다. 그러니까 우리 앞에 그 녀석이 나타나고, 내 입에서 헤어지자는 말이 나오면서부터 그에게 변화가 시작됐던 것 같다.

개미 걸음만큼의 그 점진적인 변화가.

설거지를 끝내고 냉장고를 열었다. 냉장실은, 서로를 향한 우리 두 사람의 마음처럼 텅텅 비어 있었다. 나눠 가질 수도 있었을 계란까지 모두 먹어 치운 터라, 냉장실에는 희멀건 불빛만이 허허롭게 남아 있었다. 이번엔 냉동실을 열었다. 냉동실에 있던 것들은 어제와 그제 이틀에 걸쳐 쪄 먹고 볶아 먹고 삶아 먹고 해버려서, 거기도 끝을 예고하기는 마찬가지였다. 이제 냉동실에 남아 있는 건 떠먹는 아이스크림 한 통뿐이었다. 다행히 우리 둘 다 좋아하는 바닐라 맛이었다.

나는 싱크대 선반에서 디저트 볼 두 개를 꺼내며 그에게 말했다. 아까 계란 껍질 때문에 화를 낸 게 미안해서 이번엔 조금 부드럽게 말을 건넸다. "후식으로 아이스크림 먹을까? 당신 말마따나 아이스크림까지 나눠 가질 순 없잖아."

식탁에서 일어나려던 그가 다시 의자에 앉았다. 아이스크림은 한 번에 다 먹어 없애기에는 양이 좀 많았다. 하지만 나는 디저트 볼에 아이스크림을 절반으로 공평하게 나눠 담았다. 나누는 일은 오늘 우리가 지겹도록 해야 하는 일이었다.

우리는 디저트 볼에 코를 박은 채 말없이 아이스크림을 떠먹기 시작했다. 떠먹을 때마다 각자의 스푼이 디저트 볼에 부딪혀 딸그락 소리를 냈다. 길게 이어지는 침묵 때문인지 그 소리가 도드라져 들렸다.

나는 아까 고무밴드로 묶었던 젖은 머리를 풀어 헤치고는 말했다. "우리 이제 이렇게 마주 앉아 뭐 먹을 일 없겠다. 그치?"

"그러겠지." 그가 무덤덤하게 대답했다.

"당신은 나랑 헤어지고 나면 뭐 할 거야?" 나는 젖어 뭉쳐 있는 머리카락을 손가락빗으로 훑어 내렸다.

"음악 공부를 좀 더 해볼까 해. 당신은?"

"나는… 그러게, 뭘 하지? 아, 질리도록 여행이나 다녀볼까? 우리 신혼여행 말고는 같이 여행 한번 못 가봤잖아."

결혼 전까지만 해도 나에게 결혼이란, 나와 같이 여행을 떠나줄 '여행 동반자'를 얻는 일이라고 생각했다. 주말이 되면 교외로 드라이브를 가고, 최소한 한 달에 한 번은 도시락을 싸 들고 피크닉을 가줄 사람. 굳이 같이 가달라고 물어보거나 조르지 않아도, 어디를 가든 수저 세트처럼 나를 따라와줄 짝을 얻는 일. 나는 그게 결혼인 줄 알았다. 그런데 결혼 생활이라는 게 뭐 그리 바쁜지, 같이 사는 내내 여행을 가달라고 물어보거나 조르는 일조차 생겨나지 않았다. 금요일까지 일에 치여 있다 보면 주말에는 정말 아무것도 하고 싶지 않아서였다. 운전도 일이었고, 어디를 갈지 고민하고 준비하는 것도 일이었다. 결혼 전에는 여행이 그냥 말 그대로 여행이고 휴식이었던 것이, 결혼 후에는 일의 연장선처럼 느껴져 버린 것이었다. 특히, 나는 프리랜서라는 그의 직업이 결혼 전의 내 욕망을 충족시켜줄 중요한 기제라고 생각했다. 맘만 먹으면 언제든 나와 같이 떠나줄 수 있는 자유와 여유를 가진 직업군. 그런데 일을 하고 안 하고의 경계가 없다 보니 그는 정시 출·퇴근인 나보다 일을 더 많이 했다. 자칫, 남들 다 놀 때 일을 하고 돈을 번다는 뿌듯한 관념에 매몰되다 보면, 프리랜서는 오히려 주말이 더 바빠지는 구조적 모순에 빠지게 되는 것이었다. 결국엔 일에 더 얽매이고 마는 셈인데, 그가 바로 그러했다. 그런 식으로 그가 쉴 때 내가 일하게 되고, 내가 쉴 때 그가 일하게 되는 엇갈림은, 자가당착에 빠진 프리랜서의 실체처럼 반복되어갈 뿐이었다. 뭐든 함께하려고, 아니 함께하고 싶어서 한 결혼인데, 어느 날 뒤돌아보니 그도 나도 각자 따로따로 움직이고 있었다. 한 식탁에 앉아 같이 밥을 먹는 일 말고는 그랬다.

먹는 속도에 비해 양이 많아 그런지 아이스크림의 녹는 층이 점점 넓어지고 있었다. 나는, 부재했던 우리의 여행에 대해 그가 미안했다고 말해주길 바랐지만, 그는 그저 말없이 아이스크림만 떠먹을 뿐이었다. 금세 또 그렇게 어디론가 증발해버리고 만 우리의 대화. 그게 안타까웠을까. 방금 막 잠에서 깬 그 녀석이 식탁을 향해 저만치에서 걸어오고 있었다. 그나마 우리 둘 사이에 저 녀석이 끼어들면 얘깃거리가 생겨나곤 했으니, 녀석은 나나 그에게 고마운 존재임에는 틀림없었다. 하지만 여전히 나는 저 녀석이 별로였고, 그래서 저 녀석은 오늘 우리가 나누어 가지게 될 것 중에 가장 분쟁

없이 나누어질 대상이었다. 당연히 저 녀석은 그가 차지하게 될 것이다. 그럴 리는 단 1퍼센트도 없지만, 설령 그가 나에게 저 녀석을 양보한다 해도 내가 사양할 심산이었다.

녀석의 발소리에 그가 아이스크림을 먹다 말고 식탁에서 일어났다. 녀석의 등장에 내내 침울해 있던 그의 표정이 비로소 밝아지기 시작했다. 나는, 녀석으로 인한 그의 표정 변화를 볼 때면, 애초에 저 녀석을 받아들이지 말았어야 했다는 생각이 들었다. 저 녀석이 우리 집에 온 첫날에도 느꼈다시피 그는 나보다 저 녀석을 더 사랑하는 것 같았다.

카페 베네치아에서 첫눈에 그를 좋아할 수밖에 없었던 이유는, 그의 몸에서 풍겨 나오던 비누 향도 향이지만, 그의 이 말 한마디 때문이었다. "무슨 일 생긴 줄 알고 걱정했습니다. 괜찮은 거죠?"

카페 창가에 마주 보고 앉아 "안녕하세요, 한수정이라고 합니다"라고 했을 때, 그가 나한테 처음으로 건넨 말은 바로 저것이었다. 그의 그 말에는 내가 사십 분이나 늦은 데에는 그만한 이유가 있었을 거라는 이해가 담겨 있었다. 늦은 이유를 알지는 못했지만, 그 이유가 내 안위를 해쳤을지 모른다는 걱정에서 나온 말 같아서 만나자마자 나는 그에게 호감이 일었다. 오래 알고 지내온 사람한테서나 들을 법한 말투에다, 시간 약속에 사십 분이나 늦은 내 태도를 예의 없게 바라보기는커녕 오히려 나를 걱정해주는 사람이라니…. 그래서 곧바로 나는 그에게 늦은 이유를 주저리주저리 털어놓았다. 빨강 신호등으로 바뀌기 삼 초 전의 횡단보도와 뜀박질, 그리고 망가진 구두 굽과 신발 가게를 찾아 헤매야 했던 그 시간들에 대해. 그런데 내 얘기를 다 듣고 난 다음, 그가 취한 행동은 허리와 고개를 숙여 테이블 밑의 내 발을 쳐다보는 것이었다.

그가 걱정스러운 표정으로 물었다. "발목은요? 발목은 안 다쳤어요?"

"다행히…." 너무 걱정해주는 바람에 나는 발목이 멀쩡한 게 오히려 미안해질 정도였다.

멀쩡한 내 발목에 안도를 느꼈는지 그가, 새로 사 신은 내 구두에 대해 이렇게 말했다. "구두 예쁘네요. 급하게 고른 것 같지 않아요. 수정 씨 원피스하고도 잘 어울리고요."

"그래요? 오늘 여러모로 다행이네요."

아마 그때 우리는 서로를 쳐다보며 처음으로 웃었을 것이다. 그리고 웃는 동안 나는 계속 만나고 싶은 사람이 생겼음을 직감했다. 적어도 저 사람은 내가 기침만 해도 나를 걱정해줄 사람이라는 생각이 들었다. 게다가 상대방의 기분을 달래주기 위해 빈말도 할 줄 아는 사람이라면 다툰 후에 먼저 사과를 해올지도 몰랐다. 잘잘못이 누구에게 있든지 간에, 내가 세상에서 가장 어려워하는 일은, 다툼을 벌인 상대에게 먼저 사과를 하는 것이었다. 상대방이 먼저 사과를 해오길 기다리다 끝내 어긋나버린 관계를 몇 차례 가져본 나로서는 그와 같은 사람이 필요했다. 나보다 일 초만 먼저 손을 내밀어줄 수 있는 남자. 그런데 왠지 그가 그런 사람일 것 같았다.

호감으로 시작된 그와의 만남은 자연스레 깊은 대화로 이어졌다. 그와는 모든 게 처음이었지만, 이상하게 처음이라는 느낌이 들지 않았다. 말을 할수록 전해지는 익숙한 편안함은 내 수다 본능을 끄집어냈고, 우리는 아주 오래전부터 만나온 사람들처럼 대화의 호흡을 만들어갔다. 서로의 나이와 직업을 얘기하고, 취미와 습관과 기호와 취향들을 교환하고 나니, 나는 그와 그는 나와 닮은 구석이 많다는 걸 알게 되었다. 닮은 부분이 많다는 건 공유할 게 많다는 뜻이었고, 같이 영화를 보고 밥을 먹고 물건을 고를 때 의견 충돌을 최소화할 수 있다는 뜻이기도 했다. 그러니까 고양이보다 개를 좋아하는 우리에겐 고양이와 개를 같이 키울 일은 없을 터였고, 드라마보다 예능을 좋아하는 우리에겐 티브이 채널을 놓고 다툴 일은 없을 거라는 얘기였다. 거기까지도 만족스러운 조건이었는데, 작곡가인 그는 곡 작업이 잘 안 풀리거나 스트레스를 받으면 부엌에 들어가 요리를 한다고 했다. 그 말을 들었을 때 나는 그에게 정말이냐고 되물었다. 왜냐하면 요리를 즐길 줄 아는 남자는 내가 가장 이상으로 꼽는 사람이기 때문이었다.

그가 재차 강조해 대답했다. "정말이에요. 부엌에서 재료를 다듬고 있으면 복잡했던 머릿속이 단순해지거든요. 마음이 차분해지기도 하고요. 예전엔 저도 잘 몰랐는데, 저는 어떤 과정을 거쳐 뭔가가 완성되어가는 걸 좋아하는 것 같아요."

나는 곧장 그에게 호감의 눈빛을 보냈다. 그리고 당신이 맘에 든다는 말 대신 이렇게 에둘러 말했다. "저는 요리를 즐길 줄 아는 남자가 좋더라고요."

기대에 찬 표정의 그가 의자를 바짝 끌어당겨 자리를 고쳐 앉더니 나에게 "왜요?"라고 물었다. 그와의 거리가 한 뼘만큼 좁혀지자 그 좋았던 비누 향도 한 뼘만큼 짙어졌다.

나는 빨대로 망고 스무디 한 모금을 빨아 먹으며 대답했다. "그런 남자라면 부엌에서도 같이 있을 수 있잖아요."

내 말에 그가 수줍게 웃었다. 나는 그의 그 수줍은 웃음을 통해 우리가 무언가가 될 것임을 예감했다.

식탁 밑으로 다가온 녀석이 그를 올려다봤다. 언제나 그렇듯 오늘도 녀석은 안아달라는 듯 그를 향해 칭얼댔다. 그러자 그는 군말 없이 녀석을 끌어안고는 다시 식탁 앞에 앉았다. 그의 무릎 위에 배를 깔고 앉은 녀석이 꼬리를 살랑살랑 흔들어 자기 기분을 드러냈다. 그는 녀석의 등을 어루만지며 먹다 중단한 아이스크림을 마저 먹기 시작했다.

괜한 심통에 나는 남아 있는 아이스크림을 몽땅 입에 넣고는 그를 재촉했다. "녹아 없어지기 전에 빨리빨리 먹어. 빨리 먹고 이제 물건 나눠야지." 나는 빈 디저트 볼을 개수대로 가져가 물로 대충 헹군 다음 그에게 덧붙여 물었다. "로이는 당신이 데려갈 거지?"

"아무래도 당신보다는 나를 더 따랐으니까…." 흐린 말투 끝에 그가 잠깐 내 눈치를 살피더니 이내 말을 이었다. "정원한다면 당신이 데려가도 난 상관없어…. 정말이야." 하지만 말과 달리 그의 표정은 상관없어 보이지 않았다.

나는 그의 저런 면이 싫었다. 말과 다르게 움직이는 저 표정도 싫었고, 맘에도 없이 지껄이는 저 빈말도 싫었다. 그런데 그는 왜 내가 로이를 데려가고 싶어 할 거라고 생각하는 걸까. 내가 녀석을 좋아했다고 착각하는 그 마음이 무심의 발로 같아 나는 살짝 짜증이 났다.

그래서 그에게 이렇게 쏴붙였다. "설마, 내가 원할까! 당신이 사 들고 왔을 때부터 로이는 당신 거였어!"

로이가 우리 집에 온 건 일 년 전, 결혼 기념 이 주년이 되던 날이었다. 결혼 삼 년 차에 접어들 무렵, 우리는 결혼생활에 변화가 필요하다는 걸 느꼈다. 대화가 줄어들고 웃음이 사라지고 있어서 내가 먼저 그에게 "우리 강아지 한 마리 키워볼까?"라고 제안을 했다. 그도 나와 같은 생각을 품고 있었는지 합의는 금방 이루어졌다. 그런데 합의에 이른 지점에서 이견이 생겨났다. 나는 체구가 작은 요크셔테리어나 몰티즈

종을 키우고 싶었지만, 그는 유한한 생명체는 키우고 싶지 않다고 했다. 키우던 강아지를 떠나 보내본 적이 있던 그에게 '상실'은 두 번 다시 겪고 싶지 않은 감정 중 하나였다. 언젠가 떠나버리고 말 것들을 끌어안고 사는 것은, 예고된 상실과 예고된 우울을 끌어안고 사는 것과 마찬가지라며, 그는 피할 수만 있다면 피하고 싶다고 했다.

나는 그때 아마 그에게 이렇게 말했을 것이다. "그건 누구도 피할 수 없어. 소멸과 상실은 옵션도 아니고 선택도 아니야. 그냥 숙명인 거지. 인간은 죽을 때까지 만나고 헤어지다가 죽어. 그게 삶의 본류라고."

"그래도 살아 있는 생명체를 키우지 않는다면 나한테 예고된 상실 하나를 덜 갖게 되는 거잖아. 난 그저 상실의 가짓수만이라도 줄이고 싶을 뿐이야." 끝내 그는 자기 관념과 고집을 굽히지 않았다.

괜스레 오기가 발동한 나는, 그럼 나랑 결혼은 왜 한 거냐고 그에게 다그치듯 물었다. "어떤 형식으로든 언젠가 나하고도 헤어질 텐데, 왜?"

울먹일 듯한 목소리로 그가 대답했다. "그걸 감수할 만큼의 행복을 가져보고 싶었으니까."

그의 그 대답에 나는 잠깐 침묵할 수밖에 없었다. 찰나적으로 밀려든 반성의 감정 때문이었다. 솔직히 결혼 이 주년이 될 때까지 나는 '나는 행복한가?'라는 질문은 해보았어도

'그는 행복한가?'라는 질문은 해보지 못했다. 결혼이라는 건 같이 행복하자고 한 것인데, 이기적이게도 나는 내 행복만 염려하고 점검하고 있었던 것이다. 뒤늦은 깨달음이 부끄러워진 나는 이번만큼은 그가 하자는 대로 해주고 싶었다.

그래서 그에게 이렇게 물었다. "유한한 생명체가 싫으면 뭘 키우겠다는 건데?"

그가 주저주저 대답했다. "그게 있잖아… 애견로봇. 우리 그거 키우자. 키우다 보면 진짜 강아지처럼 느껴진대."

잠깐 고민이 되었지만 나는 그를 위해 가만히 고개를 끄덕여 긍정의 뜻을 내비쳤다. "근데 그 애견로봇이라는 것도 언젠가 망가지다 사라지고 말 거야. 세상에 영원한 건 없어."

그가 내 부정적인 생각을 반박했다. "그렇지 않아. 로봇은 영원할 수 있어. 고장 나면 부품만 교체해주면 돼. 아프지도 늙지도 않을 테니까 슬프지도 않을 거라고."

나만 양보하면 모두가 좋아지는 일이라 나는 지난한 갈등 없이 그러자고 했다. 그리고 그는 우리의 결혼 기념 이 주년이 되던 날, 내가 좋아하는 시폰케이크와 함께 로이를 사 들고 들어왔다. 'RO-294759'라는 일련번호를 가진 녀석이었는데, '로이'라는 이름은 그 일련번호에서 영감을 받아 짓게 된 것이었다.

영리한 로이는 착하고 사랑스러웠다. 무엇보다 간편하고 조용한 데다가 깔끔했다. 보통의 강아지처럼 밥을 챙겨줘야 한다거나, 대소변을 치워줘야 할 일이 없으니 당연했다. 거기다 털갈이를 하지 않아서 집 안을 더럽히지도 않을뿐더러 시끄럽게 짖어대는 일조차 없었다. 목욕이나 의무적인 산책에 내 시간을 쓰지 않아도 되는 녀석이라 바빠졌다는 느낌 또한 없었다. 한동안 줄어들었던 대화와 웃음이 녀석으로 인해 되살아나고, 녀석을 매개로 한 둘러앉음이 잦아진 것도 좋은 변화 중 하나였다.

그런데 어느 날 정신을 차리고 보니, 그의 관심이 온통 로이에게 쏠려 있다는 걸 알게 되었다. 외출을 나가거나 외출에서 돌아오면 그는 로이에게 먼저 인사를 했다. 곡 작업을 하지 않는 시간에는 항상 로이와 함께 있었고, 산책이 필요없는 애견로봇이었음에도 그는 매일 한 시간씩 녀석과 산책을 나갔다. 마치 로이가 옆에 없으면 불안감이라도 느끼는 사람처럼, 침대에 누울 때나 소파에 앉을 때나 그는 녀석을 끼고돌았다. 심지어는 무릎 위에 로이를 앉힌 채로 밥을 먹는 경우도 다반사였다. 그와의 눈 마주침과 대화의 정도가 예전으로 돌아가자 나는 다시 권태로워지기 시작했다. 내가 차츰 투명해지고 있다는 걸 느끼는 순간, 우울감이 스쳐 지나갔다. 가장자리에 혼자 남겨진 기분. 외롭지 않게 해주겠다던 신혼 첫날밤의 약속은 온데간데없이 사라지고, 그는 나를 내팽개치고 만 것이었다. 결국, 한때 대화와 웃음의 중심이 되어주던 로이는 다툼과 갈등의 이유가 되어가고 있었다.

아마 그즈음이었을 것이다. 같이 저녁을 먹다 무심코 내가 말했다. "우리 그만 헤어질까?"

그때도 그는 로이를 무릎 위에 앉힌 채 밥을 먹고 있었다. 제대로 듣지 못했는지 그가 "응?" 하고 되물었다.

내가 다시 말했다. "우리 그만 헤어지자고."

"왜?" 그제야 그의 수저질이 멈추었다.

"분명 같이 있는데 혼자 있는 거 같아서."

내 입에서 헤어지자는 말이 나오면서부터 그는 로이에게 더 집착을 부렸고, 동시에 나를 더 멀리 내버려두었다. 나는 저깟 로봇 따위에 후순위로 밀려난 나 자신에게 화가 났다.

봄에 처음 만난 우리는 이듬해 봄에 결혼식을 올렸다. 식을 올리기 전까지 우리는 거의 매일 틈나는 대로 만나 둘만의 서사를 만들어나갔다. 그는 나와 만나고 헤어질 때마다 "안녕", "잘 가", "내일 봐"라는 인사말 대신 항상 "사랑해"라고 말해주었다. 다소 습관적으로 뱉어낸다 싶은 말이었지만, 그의 사랑한다는 말에는 진정성이 느껴져, 나는 그 말의 진의를 의심해본 적이 없었다. 단 세 글자에 지나지 않은 말임에도 그가 말하는 '사랑해'는 높낮이와 악센트와 목소리 톤에 따라 다 다르게 들려왔다. 그래서 그와 만나고 헤어질 때마다 나는 오늘은 어떤 뉘앙스로 사랑한다고 말해주려나, 기다려질 정도였다.

그런데 참 이상했다. 거의 매일 만나다시피 하는데도 연애 시절에는 둘이 뭐 그렇게 할 게 많았는지 몰랐다. 우리는 맛집을 찾아 돌아다니고, 캠핑을 가고, 간혹 멀리 여행을 떠나기도 했다. 취향이 비슷해서 같이 쇼핑을 하고, 카페에 앉아 수다를 떠는 것만으로도 그냥 즐거웠다. 연애의 매뉴얼이라는 게 있다면, 우리는 그 매뉴얼 속 모범 사례에 해당될 만큼 연애의 본질대로 움직였던 것 같았다. 그래서 한편으로 이런 자책도 들었다. 결혼 전에 하고 싶은 걸 몽땅 해버려서 오히려 결혼생활이 무미건조하게 느껴진 게 아닌가 하는 책망 말이다. 아껴두지 못해서 생긴 부작용, 그게 바로 권태였다. 권태란 소진된 계획과, 잃어버린 긴장감과, 의미를 찾을 수 없는 일상으로부터 생겨나는 곰팡이 같은 것이었다.

아무튼 거의 매일 만나다 보니 우리는 매일매일 헤어져야만 했다. 어쩌다 서로에게 다른 일이 생겨 만나지 못하는 날에는 뭔지 모를 공허감과 허전함이 밀려들었다. 그리고 그가 나에게 '헤어지고 싶지 않은 사람'이 되어갈 즈음, 내가 먼저 못 참고 그에게 말해버렸다. "우리 결혼할래요? 누가 그러던데, 헤어지는 게 싫어지면 결혼해야 한대요."

그는 프러포즈나 마찬가지인 내 말에 그저 말없이 웃을 뿐이었다.

나는 답답해서 그에게 다시 말했다. "방금 제가 한 말, 당신한테 하는 프러포즈인데 못 알아챘어요?"

"수정 씨야말로 정말 바보네요." 그가 화가 난 듯 퉁명스레 대답했다.

"네?" 바보라니, 저게 무슨 뜻인가 싶어 나는 여러 번 눈을 깜빡거렸다.

여전히 퉁명한 목소리로 그가 말을 이었다. "진짜 바보라고요, 수정 씨. 일 년 내내 만나고 헤어질 때마다 해온 제 프러포즈를 못 알아챈 건 수정 씨잖아요." 그가 수줍게 웃고는 덧붙였다. "제가 얼마나 답답했을지 이제 알겠어요?"

그의 사랑스러운 타박 조의 말에 나는 온몸이 행복해지는 걸 느꼈다. 헤어지고 싶지 않은 남자와 헤어지지 않고 사는 일. 요리하는 걸 좋아해서 부엌에서도 같이 있을 수 있는 남자와 사는 일. 프러포즈를 하듯 매일 사랑한다고 말해주는 남자와 사는 일. 그게 결혼일 거라는 환상에 나는 그와의 결혼을 결심해버렸다. 그리고 카페 베네치아에서 처음 만났던 날을 기념하기 위해 우리는 진짜 베네치아로 신혼여행을 떠났다.

지금도 나는 아드리아해가 내려다보이는 이탈리아 호텔 방에서 오래오래 사랑을 나누고 났을 때, 그가 했던 약속의 말을 기억했다. "외롭지 않게 해줄게."

그것은 '사랑해'라는 말 다음으로 그가 나에게 놓게 된 두 번째 말이었다. 하지만 우리, 아니 나는 외로워지고 말았다. 그때는 왜 모든 게 변하지 않을 거라고 생각했는지 모르겠다.

후식으로 아이스크림까지 먹고 난 우리는 물건을 나누기 시작했다. 어떤 물건을 누가 가져갈 것인지는 의외로 쉽게 분류되고 정리되었다. 헤어지기로 한 다음부터 서로의 감정이 무 자르듯 잘려 나갔듯이 우리가 사용했던 물건들도 같은 태도와 같은 감정을 드러냈다. 나는 분쟁이 생길 법한 물건들이 너무 없어서 우리가 한집에서 한 이불을 덮고 살아온 사람들이 맞나? 하는 의문이 들었다. 모르고 있었는데, 내 것은 내 것으로, 네 것은 네 것으로 살아온 삶은 아니었는지, 그래서 이렇게 쉽게 어그러져버린 건 아닌지, 하는 반성이 동시에 스쳤다.

우리는 마지막으로 욕실로 들어가 각자가 사용하던 것들을 챙겼다. 나는 목욕가운과 칫솔과 헤어밴드를 시작으로 목욕용품을 상자에 쓸어 담았다. 욕실에서 쓰던 물건 중에 오분의 사는 내 것인 것 같았다.

그가 면도기와 칫솔을 꺼내 들고 욕실을 나갔다. 로이는 아까부터 그의 뒤만 졸졸 따라다니는 중이었다. 마치 자기를 놔두고 그가 어디 멀리 가버리기라도 할까봐 걱정하는 진짜 애완견처럼 굴었다. 아닌 게 아니라, 녀석은 어떨 땐 진짜 애완견처럼 느껴지기도 했다. 나를 쳐다보는 녀석의 눈동자, 그 눈동자를 들여다보고 있으면 왠지 그런 생각이 들었다.

로이는 '올-에이아이(ALL-AI)'사가 내놓은 제품 중에 가장 하등한 인공지능이 장착된 애견로봇이었다. 그럼에도 녀석은 꽤 스마트한 교감능력을 지니고 있었다. 인간의 언어와 표정과 행동들을 인지했고, 인간의 여러 감정 중에 다섯 가지 정도를 읽어낼 줄도 알았다. 그래서 나는 로이가 그와 나만의 공간—특히 침실—에 들어와 있으면 신경이 거슬렸다. 녀석은 유독 침대 위에서 벌이는 그와 나의 행위를 빤히 쳐다보곤 했는데, 그럴 때마다 나는 로이를 침실 밖으로 쫓아내기에 바빴다. 그러면 그는 관계를 하다 말고 침대에서 일어나 녀석을 달래러 쪼르르 따라 나갔다. 그는 로이가 옆에 있어야만 잠자리에 집중할 수 있는 사람처럼 녀석을 다시 침실로 데리고 들어왔다. 그때부터 그와 나 사이에 말다툼이 벌어지는 것이었다.

그가 로이의 등을 쓰다듬으며 짜증 섞인 목소리로 큰 소리를 냈다. "왜 자꾸 로이를 밀어내는 건데!"

절정의 순간을 망쳐버린 게 화가 난 터라 나 역시 물러서지 않았다. "난 저 녀석 눈동자가 맘에 안 들어! 처음부터 그랬어!"

정말로 그랬다. 나는 로이의 눈동자가 그냥 눈동자가 아니라 감시 카메라처럼 느껴져 기분이 늘 별로였다. 괜한 걱정인지 모르지만, 저 녀석이 쳐다보는 곳곳이 실시간으로 영상화되어 어딘가로 전송되고 있을 것만 같아 자꾸 불안했다. 하등한 제품군에 해당한다고 해서 녀석의 기능을 간과해서는 안 되었다. 그도 모르는 기능이 로이의 몸속 어딘가에 숨어 있을지 알 게 뭔가.

하지만 그는 얼토당토않은 망상이라며 나를 히스테릭 환자 대하듯 했다. "올-에이아이사 제품이야. 그 회사가 얼마나 투명한 곳인지 당신이 더 잘 알잖아?"

"아무튼 앞으로 우리 둘만의 공간에는 저 녀석 안 들이면 좋겠어!" 나는 단호하게 말했다.

그가 물러서지 않겠다는 기세로 고개를 절레절레 흔들고는 응수했다. "너무 예민하게 구는 거 아니야? 로이는 그냥 로봇이야! 로이의 시선은 그냥 시선일 뿐이라고!"

나는 그를 향해 콧방귀를 날렸다. "참나, 가만 보면 당신도 참 순진해."

"뭐?" 그가 씩씩거렸다.

"그게 뭐든 내가 싫다면 싫은 거야! 그러니까 앞으로 저 녀석, 내 눈에 안 띄게 해줬으면 좋겠어!"

그렇게 부탁을 했건만 그는 내 부탁을 들어주지 않았다. 반항기에 접어든 사춘기 아이처럼 되레 로이를 더 감싸고 돌 뿐이었다. 그는 마치 내가 로이를 미워하는 만큼 로이를 사랑해주기로 작정한 사람 같았다. 그때 나는 처음으로 우리의 유효기간이 다 끝났음을 깨달았다.

삼 년간 우리와 함께했던 살림들은 별다른 다툼 없이 잘 나누어졌다. 이제 잘 헤어지는 일만 남았다.

그는 거실 벽에 등을 기대고 앉아 베란다 창밖을 바라보고 있었다. 그의 허벅지 위에는 로이가 배를 깔고 앉아 꼬리를 살랑살랑 흔들고 있었다. 그의 곁으로 다가간 나는 그처럼 벽에 등을 기대고 앉았다. 그의 몸에서는 여전히 비누 향이 났다.

나는 그에게 물었다. "무슨 생각해?"

"그냥 이것저것…." 그가 잠깐 고개를 틀어 나를 한 번 쳐다보고는 다시 베란다 창밖으로 눈을 돌렸다. 그리고 나에게 되물었다. "당신은 어땠어? 나하고 사는 동안?"

내가 대답했다. "그냥 그랬지 뭐. 결혼생활이라는 건 역시 어려운 거였어. 그치?"

그가 로이의 등을 쓰다듬으며 말했다. "그래, 만만한 일은 아니야. 근데 우린 어쩌다 이렇게 된 걸까? 시작은 참 좋았는데… 그치?" 그의 입가에 회한 섞인 미소가 잠깐 나타났다가 사라졌다.

"그냥 서로 지겨워진 것뿐이야. 그러고 보면 시작과 같은 끝도 없고, 끝과 같은 시작도 없는 것 같아." 나는 내 말에 최대한 감정을 섞지 않으려고 애를 썼다.

다시 그가 말했다. "맞아. 당신은 또 결혼하겠지? 괜히 나 때문에 결혼에 대한 안 좋은 인식만 생긴 거 아닌지 모르겠다." 그가 미안해하는 표정을 지었다.

"그래도 결혼이란 거 한 번 해봤으니까, 앞으로 독신으로 산다 해도 후회할 일은 없지 않을까? 그런 측면에서 생각하면 당신한테 고마워. 좋았든 안 좋았든, 경험 자체는 다 좋은 거니까." 나는 그를 향해 씁쓸한 웃음을 내보였다. 그리고 덧붙여 그에게 물었다. "당신은 나 잊어버리겠지?"

"아니, 안 잊어." 그러면서 그가 고개를 가로저었다.

"아니, 잊을 거야. 다 지워질 테니까…." 나는 베란다 창밖으로 보이는 벚나무를 쳐다보며 말을 이었다. "그러고 보니 우리 처음 만난 날도 봄이었잖아. 결혼한 날도 봄이더니, 헤어지는 오늘도 그러네. 봄은 개인의 역사를 만들기에 좋은 계절인가 봐. 그치?"

"응…." 그가 힘없이 대답했다.

벚나무에서 멀어진 내 눈은 그의 얼굴로 옮겨왔다. 그의 머리카락과 그의 어깨를 거쳐 팔을 따라 내려온 내 시선은 그의 손가락 끝에 머물렀다. 그는 계속해서 로이의 등을 쓰다듬고 있었다.

나는 로이를 쳐다보며 의문조로 그에게 물었다. "근데 올-에이아이사는 왜 저런 하등한 인공지능을 만들었을까? 당신처럼 고등한 인공지능을 만들어낼 줄 아는 회사가?"

그가 잠깐 생각해보고는 대답했다. "인간의 형편과 선택은 다양하고 폭이 넓으니까. 제품이라는 건 변별력과 등급을 가져야 가격 차등을 둘 수 있는 거고, 그래야 모든 소비층을 흡수할 수 있는 거니까. 결국 사돈주의 논리 아니겠어?"

그리고 그때 내 휴대폰으로 문자 수신음이 울렸다. 나는
바지 뒷주머니에서 휴대폰을 꺼내어 발신자를 확인했다.
올-에이아이사에서 보내온 메시지였다. 아이콘을 눌러 메
시지 창을 열었다. 십 분 후면 그의 모든 기능이 정지할 거라
는 예고 문자였다. 그리고 문자 말미에는 이 문구가 덧붙여
쓰여 있었다.

앞으로도 저희 ALL-AI社는

다채롭고 완벽한 시뮬레이션을 위해

최선을 다하겠습니다.

인생에도 연습이 가능해진 시대, 그 시대를

저희 ALL-AI社가 이끌어가겠습니다.

감사합니다.

나는 휴대폰을 닫고 그를 바라봤다. 십 분 후에 그의 모든
기능이 멈추고 나면 그는 다른 직업과 다른 성향과 다른 성
격을 가진 또 다른 그로 재설정될 것이다. 그의 몸에서는 더
이상 비누 향이 나지 않을 것이고, 목소리도 걸음걸이도 달
라질 것이다. 어쩌면 다음번엔 요리하는 걸 별로 좋아하지
않거나, 상실에 대한 두려움을 가져본 적이 없는 그가 될지
도 몰랐다.

나는 마지막으로 그의 손을 한 번 잡아주고는 말했다. "이제 진짜 헤어져야 할 시간이야. 그동안 고마웠어. 잊지 못할 거야."

그가 입가에 잔잔한 미소를 지으며 나에게 마지막 인사를 건넸다. "나도 잊지 못할 거야. 사랑했어."

그 말을 끝으로 그의 동공이 풀리기 시작했다. 로이의 등을 쓰다듬던 그의 손길이 서서히 둔해져갔다. 마침내 멈춰버린 그의 손길…. 하지만 그의 멈춰버린 손길 안에서 로이는 여전히 꼬리를 살랑살랑 흔들고 있었다. 마치 주인이 죽은 줄도 모르고 옆에서 계속 애교를 부리는 진짜 애완견 같았다. 녀석의 그런 모습이 안쓰러워진 나는 로이의 등을 한번 쓰다듬어주었다. 그러고는 그만 자리에서 일어나려는데 바지 뒷주머니 속 휴대폰이 울렸다. 나랑 동갑내기 친구인 보람이었다. 나는 통화 버튼을 눌러 휴대폰을 귀에 갖다 댔다.

―끝났겠네?

―응, 방금.

―기분은 좀 어때?

―시원섭섭해. 누구와 헤어지든 헤어지는 건 다 쓸쓸한 거니까.

―촌평을 내린다면?

―내 이상형과 사는데도 자꾸 삐걱댄다는 거지. 권태롭고 외롭고 지겨웠어. 정말 그놈의 결혼이라는 거 해야 하는 거

니, 말아야 하는 거니?

—그러게. 결혼은 영원한 숙제인 거 같다. 같이 저녁이나 먹게 나와라. 자세한 얘기는 만나서 하자.

—응.

나는 고개를 떨군 그의 머리를 마지막으로 한번 쓰다듬어 주고는 자리에서 일어났다. 봄바람이 불어대는 모양인지, 베란다 밖의 벚꽃 잎들이 눈꽃처럼 떨어지고 있었다. 봄은 누군가를 만나기에 좋은 계절이지만, 누군가와 헤어지기에도 나쁜 계절은 아닌 것 같았다. 그건 그렇고 나는 다시 사랑이란 걸 할 수 있을까? 결혼은? 그런데 왜 나는 다음에 그가 만나게 될 여자가 궁금해지는 걸까?

현관으로 나가 신발을 꿰어 신으려던 나는 뒤돌아 가만히 그를 쳐다봤다. 힘없이 떨궈진 그의 고개가 나를 향해 잘 다녀오라며 인사를 하고 있는 것만 같았다.

✕ 휘발, 공원 ✕

✕

신주희

신주희

2012년 《작가세계》 신인문학상에 단편 〈점심의 연애〉가
당선되어 등단. 소설집 《모서리의 탄생》이 있으며,
앤솔러지 《우리는 행복할 수 있을까》, 《국경을 넘는 그림자》 등에
작품을 발표했다.

×

우주에서 지금 막 빛을 뿜는 별이 있다면 지금 너는 그 빛을 볼 수 없어. 그 빛은 수백 년 후에나 볼 수 있는 빛이야.

내가 말하자 주영은 눈을 동그랗게 떴다.

오빠 빚 있어?

나는 다시 말했다.

빛 말이야 빛. 네가 알고 있는 북극성의 빛이 실은 고려시대 때 방출된 빛이라고.

이렇게 말했을 때 주영은 공원 방향으로 깜박이를 켜며 시큰둥하게 대답했다. 여름휴가 얘기 좀 하잤더니 왜 그런 쓸데없는 소리를 하느냐고. 비용은 자신이 부담할 거니까, 부담은 갖지 말라고. 나는 머쓱한 얼굴로 주영을 바라보았다. 쓸데없는 소리와 부담이라. 나는 '부담'보다 '쓸데없는 소리'에 더 신경이 쓰였다. 반은 맞고 반은 틀린 소리였다. 왜? 나는 소설가니까. 그저 등단할 때 작은 단상에 올라가 수상 소감을 말했던 것이 언급할 수 있는 상의 전부였지만 주영은 꼬박꼬박 나를 작가라고 불러주었다. 어쩌면 그게 주영이 나와 사귀는 유일한 이유일지도 몰랐다. 주영은 흔한 걸 싫어하니까. 회사 사람들도 그랬다. 주로 귀찮고 까다로운 일을 수습해야 할 때였지만 그들은 나를 고 작가 혹은 고 작, 하는 식으로 불렀다. 뭐 대단히 신나거나 설레는 일은 아니었다. 다만, 출근길 지하철에 전용 손잡이가 하나가 생긴 것 같은 기분이랄까. 그간 말이 좋아 경영지원팀이었지 주로 불특정 잡일을 도맡아 하던 나는 별다른 능력도 존재감도 없는 사람이었다. 자주 잉크가 바닥나는 프린터기 같았다. 모나미 볼펜 같을 때도, 커피믹스 같을 때도 있었다. 아니, 어쩌면 그보다 더 정체가 불분명했을지도 몰랐다. 작가가 된 것은 그렇게 존재감이 비품처럼 굳어가던 차였다. 지금은 그 작가라는 호칭에 매달려서 버티는 중이고. 그런데 쓸데없는 소리라니. 적어도 주영은 그런 말을 하면 안 되었다. 자신의 SNS에 슬쩍슬쩍 올린 글귀의 대부분이 다 내 입에서 나온 말들이니까.

하늘공원에 도착해서도 나의 빛 타령이 끝나지 않자 주영은 항의하듯 거칠게 주차를 했다. 주차장을 빠져나오자 나무가 듬성듬성한 언덕이 보였다. 주영은 빠른 걸음으로 주변을 두리번거렸다. 제법 커다란 나무 아래 자리를 잡나 싶더니 곧이어 나를 향해 손짓했다. 같은 자리를 노리고 다가오던 커플이 아쉬운 표정으로 돌아서는 게 보였다. 주영은 두툼한 체크무늬 돗자리를 깔고 피크닉 바구니에서 챙겨온 물건들을 꺼내기 시작했다. 간이 테이블을 펼치고 플라스틱 와

인 잔과 알록달록한 접시들을 세팅했다. 이윽고 샌드위치 도
시락을 꺼낸 주영이 습관처럼 사진을 찍기 시작했다.

새벽부터 일어나 만든 거야. 예쁘지?

어, 예쁘네.

사진은 자연스러운 게 생명이지. 연출한 티가 나면 촌스러워.

촬영을 끝낸 주영이 샌드위치 한 조각을 건넸다. 전날 마
신 술로 입속이 뻑뻑했지만 주영과 말다툼을 하고 싶진 않
았다. 나는 기계적으로 샌드위치를 씹었다. 표면이 버석해진
빵은 맛이 없었다. 찬찬히 반응을 살피던 주영이 미간을 찌
푸렸다.

대충 먹어. 맛이 뭐 그렇게 중요해?

나는 입안에서 도는 비릿함을 삼키기 위해 와인을 홀짝였다.

공원은 생각보다 깔끔했다. 냄새도 나지 않았다. 허리 높
이의 억새와 잘 관리된 메타세쿼이아 길이 숲을 연상시켰다.
쓰레기 매립지를 덮어 만들었다는 것이 믿겨지지 않을 정도
였다. 사람들도 많았다. 화단을 산책하는 사람들과 촘촘한
간격으로 자리를 잡은 사람들이 끊임없이 무엇인가를 먹거
나 마시고 있었다. 어쩐지 치열한 느낌을 주는 풍경이었다.
갑작스럽게 피곤했다. 나는 쓰러지듯 자리에 누웠다. 볕이
따뜻했고 바닥은 생각보다 폭신했다. 쓰레기더미 위도 괜찮
네? 하는데 주영이 옆으로 와 비스듬히 기대며 말했다.

상상이 돼?

뭐가?

여기가 쓰레기 산이라는 게. 그걸 풀과 나무로 덮다니. 좀 대단한 것 같지 않아?

나는 좀 살벌한 느낌?

왜?

허공에 떠 있는 것 같달까? 인간이 쓰레기를 자꾸만 포장하고 있는 것 같기도 하고.

오, 어쩐지 멋진 말인데? 그거야말로 인간 승리네.

아니지.

어째서?

생각해보니까 여기다 파묻어도 안 썩을 것 같은 인간들이 너무 많네.

뭔가 새로운 것을 발견한 것 같은 주영의 표정을 보자 나는 조금 우쭐해졌다. 말하고 보니 그랬다. 공원을 검색했을 때 기적과 재생, 재활과 복원이란 키워드가 자주 등장했다. 자그마치 십오 년 동안 쌓인 서울의 배설물들에게 기적이 일어나면 뭐가 되는 건가. 내가 버린 영수증과 면도기, 콘돔과 구멍 난 양말이 재생에 성공하면? 공원 조감도 역시 의문이었다. 여자 가슴을 닮은 두 개의 언덕이 있고, 그 사이에는 페니스처럼 불뚝 솟은 재활용 처리장의 굴뚝이 있었다. 나는 혼자서 고개를 주억거리다 그런데 그게 나랑 무슨 상관인가, 하며 눈을 감았다.

사람들의 실명이 나오는 소설을 쓰겠다고 했을 때 주영은 딱히 반응이랄 것을 보이지 않았다. 물론 실명의 주인공이 주영의 지인이라는 사실에 대해서, 요즘 제일 자주 언급되는 사람이라는 것에 대해 말하지 않은 탓도 있었다. 하지만 내 소설에 누가 등장하고 어떤 사건에 휘말리는지 주영은 원래 부터 관심이 없었다. 그것은 내 소설에 대한 주영의 질문과 평가를 듣다 보면 자연히 알게 되는 것들이었다. 둘의 대화 속에서 가장 선명하게 남는 것들은 대부분 쓸모가 정해져 있는 것들의 이름이었다. 오해든, 이해든 나는 주영의 관심 사가 내가 글로 쓰는 세상과는 한 뼘쯤 빗겨나 있다고 생각 했다. 너는 가격이 지배하는 세계에 나는 그것 이면에. 사실, 그렇게 넘어가는 쪽이 더 나았다. 주영이 나의 세계를 잘 모 르고 관심도 적다는 것, 그것 때문에 나는 자주 그녀 앞에서 다른 사람이 될 수 있었다. 그러니 계획대로라면 나는 작가 답게 사색적이고 깊이 있는 삶을 살아야 했다. 일주일에 몇 권 이상 책을 읽고, 규칙적으로 글을 쓰고, 어떤 순간에도 인 간에 대한 이해와 관찰을 게을리 하지 않는. 그러나 현실은 늘 이상에 미달됐다. 아침에 눈을 뜨면 쫓기듯 지하철을 향 해 달렸다. 회사와 집을 오가며 책은커녕 기사 한 줄 보는 것 도 어려웠다. 처음에는 죄책감도 있었는데 이제는 그마저도 사라졌다. 엉뚱하게도 이 모든 상황에 대한 합리화만 작가답 게 치밀해졌다. 어떻게 해도 될 일은 되고 안 될 일은 안 되지, 하는 식. 그러면서 나는 휴대폰을 쥐었다. 침대에 누워 의식이 사라질 때까지 주영이 SNS에 올린 글과 사진들을 기웃거렸다. 주영이 베껴 써놓은 나의 말에 사람들은 반응했다. 수십 개의 좋아요, 와 댓글을 보는 것으로 하루를 마무리했다. 그렇게 좋아요, 누른 사람의 수를 세고, 그들의 피드를 옮겨 다니다 만난 것이 그녀였다. 내가 쓰고 싶은 소설의 실마리를 준 사람. 그러니까 섹스를 제외한다면 요즘 주영과 내 대화의 거의 대부분을 차지하는 그녀, 블리를.

주영이 와인을 따르며 말했다.

이번에 만난 사람은 건축 일을 하는 사람이래.

누구?

누군 누구야. 블리 언니지.

아.

글쎄 처음 만난 사람에게 이백만 원짜리 노트북을 선물 받았다는 거야. 너무 심한 거 같지 않아? 나는 그렇게 살아가는 방식을 도무지 이해할 수가 없어. 어쩌면 그렇게나 겁이 없는지. 오빠나 나처럼 조심성 많은 부류와는 완전 다른 것 같아.

근데 너는 왜 그렇게 블리를 싫어해?

싫어하는 거 아니야. 걱정하는 거지.

걱정?

응. 나 그 언니랑 친하잖아.

주영이 다시 전화기를 들며 말했고 나는 그 말에 고개를 끄덕였다. 친하다는 것에 동의한다는 뜻은 아니었다. 주영이 블리를 만난 지는 일 년도 되지 않았고, 실제로 만난 것은 최근에 겨우 몇 번이 전부였다. 하지만 둘의 관계가 유해한 것인지 아닌지 모르겠는 상황에서 이 정도의 뒷담화야. 게다가 온라인 친분이 아닌가. 그러니까 인스타그램 팔로워 십만 블리의 뒷담화는 요즘 시들해진 주영과 내 관계의 유일한 활력소이자 어쩌면 실질적인 연결고리일지도 몰랐다. 한참 얘기를 늘어놓던 주영이 휴대전화에서 눈을 떼지 않은 채 물었다.

그런데 그 소설에 내 이름도 나와?

구체적인 계획이 없었음에도 나는 다시 고개를 끄덕였다. 주영이 콧잔등을 찡긋거리며 귀엽게 웃었다. 그리고 내 배를 베고 누워 셀카를 찍기 시작했다. 돗자리와 와인 잔, 나의 얼굴 반쪽이 셀카의 배경으로 사용됐다. 주영의 SNS에는 얼마전 블리의 것과 비슷한 피드가 생겨났다.

#햇살_아래 #고작가 #허공에서의_피크닉

지난 주말 블리도 이곳, 하늘공원에 다녀갔다. 주영이 챙겨온 체크무늬 돗자리와 간이 테이블이 블리의 사진에도 등장했다. 한 시간도 안 되어 천 명이 넘는 사람들이 좋아요,를 눌렀다. 그러니까 원래부터 피크닉을 좋아했다던 주영의 말은 신빙성이 없었다. 불과 세 달 전 한강공원으로 피크닉을 갔다가 심하게 다툰 것을 어떻게 잊을 수가 있나. 주영은 날벌레가 들끓는 야외를 질색했다. 바닥에서 올라오는 축축함이 찝찝하다고 투덜거렸고 무엇보다 비릿한 물 냄새 때문에 입맛이 싹 사라졌다고 했다. 정작 한강 타령을 한 것이 자신이었음에도 주영은 작심이라도 한 듯 사사건건 날을 세웠다. 그때 내가 명확하게 깨달은 것이 있었다. 주영이 원했던 것은 '한강'이 아니라 '한강 뷰'였다는 것을. 물론, 그것 또한 블리의 피드를 보다가 알게 된 사실이었다. 그즈음 그녀의 피드에는 용산에 새로 오픈한 호텔에서의 파티와 한강 뷰를 배경으로 찍은 사진이 게시되어 있었다. 그런 기억 따위는 없다는 듯, 주영은 한껏 격앙된 목소리로 호들갑을 떨었다.

봐, 나오길 정말 잘했지? 공기 좋은 데서 오빠는 글도 좀 쓰고.

SNS에서는 모든 것을 AI가 알아서 찾아줬다. 알고 싶은 게 있다면 그저 나와 연결된 알고리즘의 지시를 따르기만 하면 됐다. 문득, 내가 연 것이 판도라의 상자는 아닌가, 하는 회의가 들었지만 그뿐이었다. 금단의 상자는 사색과 호기심을 충족하기에 충분했다.

키 162 정도에 나이를 짐작할 수 없는 얼굴의 블리는 뒤돌아볼 만한 미녀는 아니었다. 그러나 포인트가 확실한 스타일링과 발 빠른 핫플 소개로 인기를 끌었다. 블리는 오전 아홉 시에서 열 시 사이, 밀리타 에스프레소 머신으로 내린 커피를 마셨다. 가끔은 꽃을 사러 새벽 꽃시장에도 갔다. 필라테

스는 일주일에 두 번씩, 골프와 테니스까지 해서 늘 분주했다. 취미로 도자기를 굽고 거의 모든 저녁엔 약속이 있었다. 주로 비싸고 예약이 어려운 레스토랑이었다. 거기서 문어발식으로 남자를 만난다는 것은 주영이 알려주었다. 문어발이라고 해서 보통의 문어발은 아니었다. 나름의 원칙이 있는 만남이었다. 혜택의 주인공은 가장 많은 물자를 조달하는 쪽이었다. 자연 선택의 이론으로 보면 블리는 합리적인 사람이었다. 블리에게는 문어발에 속하지 않는 애인도 있었다. SNS에는 단 한 번도 언급되지 않은 사람. 주영이 다시 덧붙이기를, 그는 호주에 아내와 아이들을 보낸 기러기라고 했다. 문어와 기러기. 약간의 거리감이 있는 이 포식관계는 생각보다 흔하게 존재하는 먹이사슬 중 하나라고 했다. 그러므로 이 생태계에서 위장은 필수였다. 여자들과 함께라면 블리는 반드시 단체 사진을 찍어 올렸다. 고급 레스토랑의 코스 요리와 와인만 등장하는 사진이라면 그건 분명히 다른 해석이 필요했다. 사진 속 동행을 궁금해하는 댓글에 블리는 답 대신 귀여운 이모티콘을 두 개씩 달았다. 그것은 혼자라고 써놓은 여행 사진에서도 확인할 수 있었다. 비즈니스 좌석에서 찍은 사진들 뒤에는 홍콩이나 마카오의 맛집 사진들이 게시됐다. 삼사 인분은 되어 보이는 양의 음식을 배경으로 블리는 홀로 하는 여행의 외로움에 대해 토로했다.

　#혼행 #맛집_성공 #다음엔_친구랑

그러나 여기까지는 누구나 시간을 들이면 알 수 있는 것들이었다. 나는 블리에 관한 더 깊은 정보를 얻기 위해 주영의 뒷담화에 적극적으로 호응했다.

딱히 일정한 직업이 없는 블리는 SNS 프로필에 자신을 예술가 클로이, 라고 적어놓았다. 클로이는 블리가 짧게 외국 생활을 했을 때 썼던 영어 이름이었다. 클로이로 불리던 시절 스물넷의 블리는 클럽에서 만난 미국 교포와 결혼을 했다. 하지만 곧 이혼을 했다. 둘 사이에 딸이 하나 있는데, 딸이 있는 것은 공식적인 비밀이었다. 딸은 남편이 쭉 데리고 있다가 대학 진학을 앞두고 블리에게 보내졌다. 블리는 애인이 없는 시간에만 딸을 집으로 불렀다. 한동안 주영은 딸에 관한 블리의 하소연을 나에게 그대로 옮겨 들려주었다. 십오 년 만에 만난 딸에게 가장 먼저 해준 일이 주식계좌 개설과 턱 축소 성형이었다는 것도. 어딘지 씁쓸한 모정이었다. 아빠를 닮은 딸의 턱이 몰라보게 갸름해졌다는 얘기를 전하며 주영은 자연스럽게 블리의 성형 의혹을 제기했다. 내가 적극적으로 동조하지 않자 주영은 흐지부지 얘기를 마무리했다. 사실, 블리가 속한 세계에서 각자의 생존 무기는 비밀로 부쳐두는 게 원칙이라고. 그러면서 삶의 다양성에 관해 다소 긴 설명을 덧붙였다. 어차피 이상한 세상이니, 다양성의 측면에서 이상한 관계란 이상할 것도 없는 현상이라는 알 수 없는 소리를 했다. 이 부분에서 나는 다시 한 번 고개를 끄덕였다. 그런 유의 삶의 다양성이라면 나도 섭섭지 않은 경험이 있기 때문이다. 예를 들자면, 그날 호텔에서 블리를 만난 것. 그런데 이런 게 정말 우연에 속하는 일일까.

시작은 친구들과의 모임이었다. 늘 그랬던 것처럼 이야기는 지금 만나고 있는 여자 얘기에서 영영 못 만날 여자 이야기로 흐르고 있었다. 망한 소개팅을 거쳐 요즘 신세계라 불리는 데이팅 앱에 이르기까지, 앱 콘텐츠 회사에 다니는 친구가 한참 개발 중인 앱에 대해서 얘기할 때만 해도 나는 별다른 관심을 보이지 않았다.

해봤냐?

가입심사가 살벌하다며?

그걸 누가 평가해?

AI.

에이, 그거 아직 어설프지 않냐?

그러게. 봇 같다는 얘기도 있고.

봇?

로봇.

그럼 만날 때도 봇이 나오나?

병신.

술에 젖은 대화들은 치킨과 골뱅이 소면 위를 가로질렀다. 틴더니, 아만다니, 골드스푼이니 하는 것들에서 각자 몇 점이나 받을까를 놓고 목소리가 높아지고 있었다. 누구는 연봉 기준이라고 했고 누구는 AI를 들먹이며 프로필 사진 분석이 결정적이라고 했다. 정작 얘기를 꺼낸 친구만 조용했다. 잠시 뒤, 그 누구의 의견도 쓸모가 없다는 얼굴로 그가 말했다.

야, 그게 그렇게 간단하게 나오는 게 아니거든?

그 말에 나는 무심고 이렇게 말했나.

컴퓨터가 0 아니면 1. 단순하지 뭐.

와. 이렇게 무식해도 소설은 쓸 수 있구나.

맞잖아.

야. 요즘은 너 쓰는 소설도 컴퓨터가 써주는 세상이다.

알아. 그런데 그렇게 써지는 소설이 정말 소설은 아니고.

그래? 그럼 소설이 뭔데?

나는 말문이 막혔다. 친구는 이럴 줄 알았다는 표정으로 말했다.

야. 인간이 뭐냐? 다 패턴이야. 그 패턴을 거의 완벽하게 파악하고 있는 게 AI고. 뭘 먹고, 뭘 사고, 뭘 보는지 그게 고스란히 데이터로 남아 있잖아. 이건 속일 수가 없거든. 그걸 개가 인간보다 더 복잡한 과정으로 소화해서 그 인간이 되는 수고를 하는 거야. 그래서 먹히는 거고. 이 정도인데 소설이 문제겠냐?

친구는 자랑스럽게 말했다. 지금 인스타그램이나 페이스북에서 사용하는 알고리즘은 장난이라고. 자신이 아는 선배는 그걸 명리학에 적용해서 꽤 오래전에 쏠쏠한 수익을 올렸다는 거였다. 차도 바꾸고 집도 사고. 친구는 비밀을 발설하는 사람처럼 목소리를 낮추며 말했다.

에이, 그러지 말고 한번 해봐. 이런 것도 알아야 하는 거 아니냐? 너는 작가인데.

나는 멋쩍어 고개를 갸웃했지만 이내 그가 추천해주는 앱 몇 개를 다운 받고 있었다. 친구는 그것들을 한번 경험해보고 코멘트를 달라고 부탁했다. 앱에서 사용할 수 있는 포인트를 무한정 지급하겠다는 조건이 내걸렸다.

최종 평점 2.51/5. 상위 50.2% 합격.

데이팅 앱의 가입 심사는 거의 하루가 걸렸다. 오랜만에 느껴보는 초조함이 신선했지만 생각보다 애매한 점수에 마음이 상했다. 내 사진 밑으로 그나마 점수를 높게 준 사람들의 사진이 죽 늘어서 있었다. 나는 합격이라는 단어를 곱씹으며 사진에 걸린 프로필을 하나씩 살펴봤다. 세상에. 이렇게 멀쩡하게 생긴 여자들이 내게 호감 표시를 하다니. 마음은 다시 들뜨기 시작했다. 출처를 알 수 없는 흥분에 휩싸였다. 나는 여자들을 골라내기 시작했다. 기준이 있었다. 스타일이 좋을 것. 명품을 휘감는 것보다는 구찌와 유니클로를 적당히 섞을 줄 아는 센스가 있는 여자. 그러다 어떤 사진에서 손가락이 멈췄다. 여자의 사진은 눈 밑으로 잘려서 코와 입밖에 보이지 않았다. 갸름한 얼굴이었다. 데이팅 앱에는 어울리지 않는 사진이었다. 각이 잡힌 단정한 셔츠도 보였다. 셔츠 안쪽으로 톰브라운의 시그니처 스트라이프가 눈에 띄었다. 프로필에는 이력서를 쓴 듯 나이와 학력이 자세하게 나와 있었다. 외국에서 대학교를 졸업했고 S전자에서 일하는 여자였다. 여름휴가는 동유럽으로, 겨울휴가는 동남아로 떠난다고 적어놓았다. 나는 이 모든 이력에 의심을 품고 더 알아보기 버튼을 눌렀다. 늘 그랬던 것처럼 휴대전화를 쥔 채 침대에 누웠고 여자가 바닷가에서 찍은 사진들을 감상하다 잠들 예정이었다. 그러던 차에 갑자기 메시지가 날아왔다.

지금 뭐 해요?

나는 놀라서 얼굴에 휴대전화를 떨어뜨렸다. 호기심에 눌러본 프로필이었는데. 무엇보다 이렇게까지 빠른 반응은 생각지도 못했다. 나는 십 초쯤 멍하게 휴대전화를 보다가 답을 보냈다.

아무것도.

지금 시간 돼요? 파티가 있는데.

다시 십 초쯤 생각했다. 갑작스럽게 솟아난 충동이 나를 침대에서 일으켰다. 나는 옷장을 들여다보며 답을 했다. 주영이 생일선물로 사준 재킷이 눈에 들어왔다.

어디에서요?

라이즈호텔 루프탑 바.

  약속은 일 분도 안 돼서 정해졌고 나는 정확히 약속 시간 십 분 전 루프탑에 도착했다. 강렬한 비트의 음악이 루프탑의 허공에서 쿵쿵쿵 울리고 있었다. 여자의 말대로 정말 파티가 한바탕 벌어지고 있었다. 어깨를 드러낸 원피스를 입고 하이힐을 신은 여자들이 샴페인 잔을 손에 들고 리듬을 탔다. 적당한 바람이 불었다. 바람 속에는 초여름의 미지근한 습기가 녹아 있었다. 나는 스탠딩 테이블에 기댄 채 사람들을 살폈다. 여자는 흰색 튜브톱에 은색 재킷을 입을 거라고 했다. 주변을 둘러봤지만 그런 여자는 없었다. 그때였다. 몇몇의 시선이 출입구 쪽을 향했다. 한 여자가 루프탑 안으로 들어서고 있었다. 샤넬 재킷과 에르메스 샌들, 디올 레디 백을 든 여자. 내가 이 브랜드들의 이름을 다 알고 있다니, 의아해하다가 여자의 얼굴이 매우 낯익다는 생각으로 이어졌다. 그리고 거의 동시에 블리가 떠올랐다. 블리는 직원의 안내를 받아 루프탑의 가장 좋은 자리로 향했다. 내가 서 있던 홀과 확연히 다른 위치였다. 홀의 중앙에서 몇 계단 위에 있고 그곳은 루프탑의 중앙과는 뭔가 다른 분위기를 풍겼다. 앉으면 거의 눕는 자세가 되는 소파에 블리는 몸을 기대고 앉았다. 그리고 잠시 도시의 야경으로 시선을 돌렸다. 나는 블리를 힐끔거리다 칵테일 한 잔을 주문했다.

여자는 약속 시간을 훌쩍 넘기고도 나타나지 않았다. 시간이 자정으로 넘어갈 때쯤 나는 병신, 병신, 혼자 중얼거리고 있었다. 평소라면 마시지 않을 칵테일을 벌써 네 잔째 주문하고 있었다. 칵테일 가격에 봉사료가 붙으면. 하아. 짜증이 났다. 그냥 집으로 돌아갈까, 생각했지만 어쩐지 억울한 마음이있다. 할 수 있는 일이라고는 오직 멀리 앉아 있는 블리를 관찰하는 것뿐이었다. 블리 쪽도 상황은 마찬가지인 듯보였다. 꽤 오랜 시간, 누군가를 기다리며 혼자 있었다. 상심한 것 같은 눈빛과 몸짓, 혼자 마시기에는 너무 커다란 술병과 과일안주. 나의 상상력은 그 사이 어디쯤에서 자꾸만 불뚝거렸다. 관찰 결과 블리는 어딘지 내가 주영에게서 들은모든 서사를 뒤집을 것 같은 분위기를 풍겼다. 나는 재킷 주머니에서 펜을 꺼냈다. 테이블에 놓인 냅킨을 펼쳐 이렇게적었다.

블리에 대해 알려진 사실들은 어쩌면 모두 거짓말일지도모른다. 이주영의 블라, 최유민의 블라, 김경석과 나형준의블라는 애초에 그냥 블라. 블리도 아니고 클로이도 아니다.

그렇게 보니 이렇게 실명이 가득한 소설도 괜찮을 것 같았다. 친구의 뒷담화를 하는 애, 뒷담화에 사꾸만 좋아요를 누르는 애, 좋아요 때문에 기를 쓰고 뒷담화를 만드는 애들의이름. 거기에 자신도 모르게 자신의 뒷담화에 가담하는 애의이름까지. 아무래도 새로운 시도 같아서 나는 갑자기 기분이 좋아졌다. 그때였다. 혼자 서서 빙글거리는 나와 블리의 눈이 마주쳤다. 나는 나도 모르게 꾸벅 인사를 했다. 무표정한 블리의 얼굴을 보며 앗, 하고 낭패를 외쳤지만 때는 이미 늦었다. 그런데 잠시 뒤 블리가 나를 향해 걸어왔다.

주영이 남자친구죠? 아는 얼굴 같았어요.

나는 최대한 짧게 인사를 하고 자리를 떠야겠다고 생각했다. 몸이 좋지 않다는 핑계로 주영과의 데이트를 취소했던 날이었다.

아, 네. 얘기 많이 들었습니다. 죄송합니다.

뭐가요?

아니, 제 말은 그게 아니라.

잘못한 걸 들킨 사람처럼 얼굴이 뜨겁게 달아올랐다. 나는 횡설수설 말을 이었다. 친구를 기다리는데 친구가 안 온다. 파티는 별로 좋아하지 않는다. 그쪽도 그다지 재밌어 보이지는 않는다. 시끄러워서 좀 그렇지만 이런 곳에서 아는 사람을 만나다니 이게 정말 우연이냐, 등등. 가만히 듣고 있던 블리가 들릴 듯 말 듯 하게 속삭였다.

작가시죠?

이상한 일이었다. 갑자기 헬륨 가스를 넣은 풍선처럼 몸이 걷잡을 수 없이 떠오르는 느낌이었다. 지구의 인력이 오늘 일어날 모든 사건을 눈감아주겠다는 듯 공중으로 몸을 띠미는 느낌이랄까. 기대로 한껏 부푼 말들이 발바닥에서부터 머리를 향해 서서히 솟구쳤다.

술, 같이해요.

블리가 잠깐 웃었고 여전히 차분한 말투로 말했다.

전 잘 못해요.

저도 잘 못해요.

블리의 자리로 옮겨 있은 뒤에노 눌 사이에는 한참 동안 침묵이 흘렀다. 그러나 설명할 수 없는 많은 것들이 그것으로 용인된 느낌이었다. 약간의 시간이 더 흘렀을 때 블리가 뜬금없이 이런 말을 했다.

나에 대해 알아요?

조금요.

예를 들면?

애인이 있다는 것?

의아하다는 표정을 짓는 블리의 얼굴을 보며 나는 생각했다. 도대체 이런 상황에서 어떤 대답을 하란 말인가. 그냥 모른다고 해야 했나? 나는 우물쭈물하다가 블리가 따라놓은 위스키 잔을 단숨에 비웠다. 잠시 뒤, 나도 뭔가를 고백해야 할 것 같은 압박이 밀려왔다. 나는 술 한 잔을 더 비우고 이렇게 말해버렸다.

저희 아버지도 기러기였어요. 뭐, 외국은 아니었지만.

농담을 한다고 한 건데, 또 아차 싶어 얼굴이 화끈거렸다. 막막했다.

그게 아니라, 내 말은 소문 같은 것에 신경 쓰지 말라는 뜻이에요. 다들 나름의 진실이 있잖아요.

나름의 진실이요?

그럼요.

내가 격하게 고개를 끄덕이자 블리가 풋, 하고 소리를 내며 웃었다. 그러나 그 순간 블리의 표정은 명료했다. 어딘가 툭, 하고 부러진 사람처럼 창백한 얼굴이었다.

나름이라고요?

뭐, 해석의 여지가 불가능한 영역이니까요.

아, 어떤 사람들이 무기로 쓰는 그거요?

네?

작가라면서요. 그런 걸 무기로 쓰는 게 소설 아닌가?

블리의 말을 듣고 있자니 나는 몹시 하고 싶은 일이 생겼다. 뜬금없이 블리라는 사람이 궁금했다. 그와 동시에 이 밤을, 이 밤의 블리를 탐구하고 싶다는 욕구가 뜨겁게 끓어올랐다.

우리, 조용한 곳에서 애기 좀 하죠.

나는 자리에서 일어서며 블리의 손목을 잡았다. 블리가 피로한 얼굴로 나를 올려다봤다. 그 빤한 눈이 내 눈과 코와 입을 차례로 응시했다.

너 정말 웃기는 애구나.

룸은 조용했다. 루프탑과는 대조적으로 꼭 닫아놓은 밀폐 용기 같았다. 나는 어딘지 익숙한 방으로 들어서며 내가 완전히 잊고 있던 사실 하나를 깨달았다. 502호. 크리에이터룸. 회색 카펫 위의 동글동글한 패브릭 소파. 작은 2인용 식탁 위의 초콜릿과 캔디까지. '라이즈 호텔이 당신을 환영합니다.' 식탁 위의 웰컴 카드를 발견했을 때 나는 실없이 웃음이 났다. 재작년 이맘때도 나는 이 방에서 누군가를 기다린 적이 있었다. 주영이었다. 백 일 기념으로 방을 예약했었다. 할인을 받기 위해 친구에게 쿠폰을 부탁했던 것, 풍선을 달 때 양면테이프가 잘 붙지 않아 고생했던 것이 기억났다. 케이크와 와인을 사고 포장 음식으로 저녁을 주문하고. 그렇다면 이 룸에는 그때 내가 써놓은 낙서가 있을 터였다. 나는 소파 뒤의 벽을 찬찬히 살폈다. 콘센트 박스 밑, 거기 어디쯤 글씨를 써두었는데. 과연 깨알처럼 박힌 글씨가 남아 있었다. 주영이 침대 시트로 가슴을 가린 채 글씨를 쓰던 나를 지켜보던 것이 생각났다. 알몸으로 〈화양연화〉의 한 장면을 재현하자 팝콘처럼 사랑스럽게 웃었던 것도. 나는 마치 양조위처럼, 비밀을 묻는 앙코르와트 사원의 벽 앞에 선 것처럼, 콘센트 구멍에다 대고 이렇게 말하며 글씨를 적었다.

영의 엉덩이, 그 위에 점.

그 유치하고도 찬란한 이벤트 덕분에 나는 자주 위기를 맞았던 주영과의 관계를 지금까지 이어올 수 있었다. 그러나 논리와 이성만 존재하는 것이 세상이라면 세상에는 사건과 사고는 없었을 거였다. 그러니까 오늘의 사건 혹은 사고는 이성과 논리로 충족되지 않는 무엇인가 있는 게 확실했다. 문득, 새로 시작하는 기분이 들었고 그것은 나쁘지 않을지도 모른다는 기대가 생겼다. 나는 그렇게 앉아 금방 오겠다는 블리를 기다렸다.

깨끗한 욕실이 있고, 웰컴 카드도 있고, 시내가 내려다보이는 거대한 창도 있는 룸에 나는 혼자였다. 방값을 떠올리니 조바심이 생겼다. 그렇다고 지금 이 시간에 주영을 초대할 수도 없는 노릇이었다. 나는 불길한 기분을 달래기 위해 자꾸만 맥주를 마셨다. 주름 없이 말끔한 침대 시트를 보다가 소파에 기대어 앉았다. 그리고 문득, 이 모든 것이 정말 우연일까, 하는 생각에 빠져들었다.

오늘 약속 장소에 오지 않은 반쪽짜리 얼굴의 여자. 그녀는 지금의 사건과 어떻게 연결이 되나. 그 연결 과정의 알고리즘에 대해 나는 골몰하기 시작했다. SNS에서 검색했던 수많은 톰브라운 속에서? 유니클로와 유럽 여행지 추천 속에서? 그렇다면 블리는. 그건 말할 것도 없었다. 내 SNS 속에 랜덤으로 떠 있는 무수한 해시태그들이 모두 블리를 향해 있다. #웰컴 #라이즈호텔 #502 #루프탑 #파티 #혼자 #기러기 #나름의_진실.

나름의 진실.

나는 나도 모르게 조그맣게 중얼거렸다. 그리고 동시에 블리의 말이 떠올랐다. 그럼 당신에게 나름의 진실은 주영인가, 하던. 그렇고 그런 밤의 변곡점 같았던 블리의 표정도 생각났다. 수수께끼 같은 말을 곱씹고 있을 때 호텔 방의 전화벨이 울렸다. 블리일까? 나는 재빠르게 수화기를 들었다. 아무런 소리도 들려오지 않았다.

뚜. 뚜. 뚜.

전화는 끊겼다. 아마 블리는 오지 않을 것이다. 아. 전화번호라도 물어볼걸. 나는 아쉬움을 견디며 짙은 갈색 커튼을 걷었다. 비가 내리고 있었다. 나는 비 내리는 것을 보며 셔츠를 벗기 시작했다. 바지를 내리고 팬티를 벗었다. 공기가 서늘했다. 나는 허물처럼 옷을 남겨두고 욕실로 향했다. 자포자기의 심정으로 욕조의 수도꼭지를 돌렸다. 뜨거운 물이 천천히 차올랐다. 수증기로 눈앞이 흐려졌다. 나는 뜨거운 물속에 몸을 담갔다. 웅크린 자세로 앉아 페니스를 붙잡았다. 페니스를 틀어쥔 손을 천천히 움직였다. 수증기 사이로 희미하게 푸른빛이 보였다. 마치 흐린 하늘에 떠 있는 별 같았다. 나는 눈을 감았다. 블리의 매끈한 몸이 선명했다. 술잔을 향해 벌어지던 블리의 입술을, 작게 떨리던 목덜미를 생각했다. 블리를 끌어안고 그녀의 입속 깊은 곳에 혀를 넣고 싶었다. 상상 속의 블리가 다리를 벌리기도 전에 나는 이미 발기했다. 그리고 곧 신음을 쏟아냈다. 물이 미지근하게 식어 있었다.

오빠는 정말 아무것도 모르는구나.

주영은 휴대폰을 바닥으로 내던졌다. 푹신한 잔디 속으로 푹, 하고 휴대전화가 처박혔다.

왜? 뭐?

나는 영문을 알 수 없었다. 여름휴가 얘기를 잠시 나눴고 아직 가보지 않은 여러 개의 목적지들이 오갔다. 그중에서 파리. 거기에 이런 공원이 있다고 했다. 여름에 가면 거대한 불꽃놀이를 볼 수 있는 튈르리 공원. 나는 그저 고개를 끄떡였을 뿐이었다. 그리고 그 순간 어떤 냄새가 훅, 하고 풍겨왔다. 뭔가가 썩는 냄새였다. 나는 인상을 구기며 주변을 두리번거렸다. 머릿속에 다시 블리의 말이 토막토막 떠올랐다. 기러기와 나름의 진실, 나의 무기와 주영. 나는 정리되지 않는 질문들에 휩싸여 주영을 멍하게 바라보았다.

나 혼자 가는 휴가냐고!

당연히 같이 가는 거지.

그런데 왜 이렇게 건성이야?

내가 뭘?

비용도 내가 다 낸다고 했잖아!

아니, 비용이 문제가 아니라. 그런데 지금 무슨 냄새 나는 것 같지 않아?

야!

늦은 오후의 빛이 느릿느릿 나무와 나무 사이를 훑고 지나고 있었다. 무엇인가 자꾸만 복잡해지는 느낌이었다. 내가 알고 있는 것이 하나도 남지 않은 기분. 생을 통틀어 겨우 의미 있는 것은 발기하고 사정하는 것밖에는 없는 것 같았다. 하지만 나는 여전히 변명하고 싶지 않고, 화를 내며 싸우고 싶지 않았다. 나는 토라진 주영의 뒤통수를 가만히 응시했다. 그리고 주영이 웅얼거리던 단어들을 하나씩 복기했다.

튈르리 공원과 호텔 브런치. 빨간색과 하얀색이 교차한 선베드와 코코넛 향이 나는 태닝 오일.

나에게 필요한 것은 어쩌면 이런 것들일지도 몰랐다. 나는 주영의 머리를 쓰다듬으며 말했다.

사랑해.

뭐?

내가 너를 사랑한다고.

갑자기?

어.

언제부터?

지금부터 막.

작가답게 얘기해줘.

지금 막 빛을 뿜는 별이 있다면 지금 너는 그 빛을 볼 수 없지. 그 빛은 몇 백 년 후에나 볼 수 있는 빛이야.

누가 먼저랄 것도 없이 나와 주영은 입술을 포개었다. 그것은 아무 사이가 아닌 것이 되기 위한 입맞춤일지도 몰랐다. 모든 게 부질없다는 생각과 동시에 느닷없는 희망이 솟구쳤다.

낯익은 괴물들

1판 1쇄 발행 2021년 2월 10일

지은이 김종광, 김이설, 서유미, 듀나, 주원규, 김은, 권정현, 김희진, 신주희
펴낸이 윤혜준 | 편집장 구본근 | 디자인 오필민디자인 | 마케팅 권태환

펴낸곳 도서출판 폭스코너 | 출판등록 제2015-000059호(2015년 3월 11일)
주소 서울시 마포구 월드컵북로 400 문화콘텐츠센터 5층 9호(우 03925)
전화 02-3291-3397 | 팩스 02-3291-3338 | 이메일 foxcorner15@naver.com
페이스북 www.facebook.com/foxcorner15
블로그 https://blog.naver.com/foxcorner15

종이 일문지업(주) | 인쇄·제본 수이북스
ⓒ김종광·김이설·서유미·듀나·주원규·김은·권정현·김희진·신주희, 2021

ISBN 979-11-87514-59-6 03810